정글
서베이어

* 이 책의 내용 중 외래어는 외래어 표기법이 아닌 원어를 기준으로 표기했습니다.

정글 서베이어

나무를 찾는 사람

한동천 지음

21세기북스

어릴 때부터 산에 오르기 좋아해서 '수풀 임林'이 붙은 임학과林學科를 택했지만, 정확히 무엇을 공부하는지는 입학하고 나서야 알게 되었다. 사실 이러한 선택은 학교 성적과 집안 형편의 영향도 있었다. 등록금이 두 배 이상 비싼 사립대에는 갈 수 없었기 때문이다.

대학에 다니면서 우리 임학과 학생들은 매년 식목일 때마다 각자 산에 흩어져 여러 사람에게 어린 묘목을 어떻게 심는지 시범을 보이고, 감독도 했다. 당시 산업화 과도기에 있던 우리나라는 각종 개발로 주위가 온통 헐벗은 민둥산뿐이었다. 그러나 매년 4월 5일 식목일에 학생, 군인, 직장인 등 온 국민이 나서서 산에 나무를 심고 가꾼 덕택에 오늘날 우리는 푸른 강산을 갖게 되었다.

대부분 '산림개발'을 환경파괴와 동일시하고 있지만, 사실 산림개발은 산에 있는 나무를 전부 베어내는 것이 아니다. 원시림에는 1ha당(사방 100m) 아름드리나무 이상으로 큰 나무들이 30여 그루가 있는데, 그 중에서도 경제적 가치가 있는 네다섯 그루만을 베어내는 것이다. 실제 산림 보유 국가들에는 산림이 커다란 경제적 자원이다. 이 천연자원을 어떻게 경제적으로, 환경에 큰 피해를 주지 않으면서, 조화롭게 개발하느냐가 우리 임학도들에게 주어진 임무라고 생각한다.

긴 시간 동안 정글을 누비면서 겪었던 정신적, 신체적 고통은 지금은 모두 아름다운 추억으로만 남아 있다. 그런데 30여 년간을 주로 후진국, 그것도 오지에서만 살았기 때문인지는 몰라도, 내가 만난 그곳 사람들의 생각이나 생활방식은 우리가 살아왔던 방식과는 너무도 달랐다. 그러나 오랫동안 함께 지내보니 그들의 생활과 사고방식은 그곳만의 특이한 자연환경과 기후에 적응하며 살아온 그들만의 '노하우'임을 알 수 있었다.

원주민들은 사람이 살 수 없을 것 같은 깊은 정글 속에서 문명의 혜택을 전혀 받지 못하는데도, 표정만큼은 언제 보아도 순수하고 맑고 평화로웠다. 이것이야말로 '무소유無所有'에서 나오는 넉넉함이 아닐지 조심스레 추측해 본다. 목마르면 아까르 나무를 잘라 천연의 물을 마시고, 비가 오면 커다란 나뭇잎으로 비를 가리며, 나무 열매로 식사를 대신하면서, 빠랑(정글도) 하나로 언제 어디서든 의식주를 해결할 수 있는 그들이, 과연 문명의 혜택에 익숙한 우리를 부러워할까?

모든 사람이 상대의 입장에서 역지사지易地思之로 생각하여 긍정적으로 보고 행동할 때, 우리가 사는 세상도 원시 정글 속의 평화로운 세상처럼 변할 수 있지 않을까 생각해 본다.

차례

프롤로그 • 4

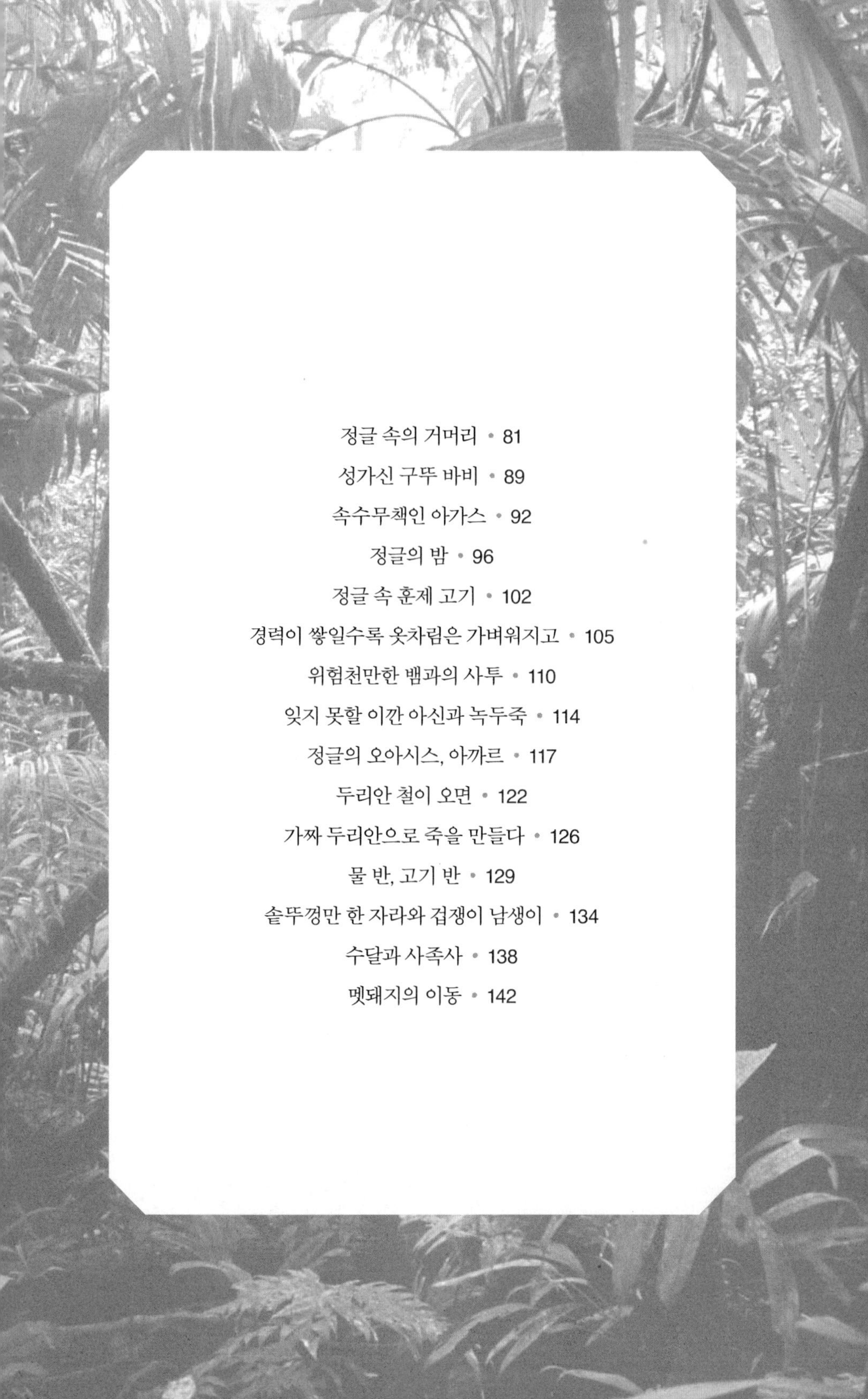

부록

사주팔자

1977년 2월 초, 대학교 졸업을 며칠 앞둔 나는 친구들과 같이 서울 수유리에 있는 4.19 묘지에 이른 봄나들이를 갔다. 오후 들어 제법 따뜻한 봄기운이 감도는 그곳에는 여기저기 사주 좌판을 벌이고 있는 노인들이 많았다.

우리는 심심풀이로 그 중 한 노인께 사주를 봐 달라고 부탁했다. 그런데 나에 대해 이것저것 맞춰 본 그 도인(?)이 "너는 역마살이 끼었어. 앞으로 외국을 제집 드나들 듯할 건데, 올해가 가기 전에 바다를 건널 거야. 너의 역마살은 그때부터 시작이다!" 하시는 것이 아닌가.

당시만 해도 외국에 나가는 것은 하늘의 별 따기만큼 어려웠다. 아무리 집에 돈이 많더라도, 국가 정책상 외화를 아껴야 했기 때문에 외국 여행을 하려면 정부의 허가를 받아야 했다. 게다가 그 허가를 받으려면 보통 연줄로는 어림도 없었다. 그러나 국외 취업은 예외였다. 하지만 그

마저도 가족과 함께 나가는 것은 거의 불가능했고, 당사자에게만 허가가 나왔다.

국외 취업을 하면 최소한 1년간은 가족과 떨어져 있어야 했지만, 그래도 그때에는 다들 무슨 수를 써서라도 외국에 나가려고 했다. 우선 봉급 자체가 국내의 두세 배는 되었고 숙식도 회사에서 제공해 주었으니, 돈을 헤프게 쓰지 않고 몇 년만 착실히 벌면 변두리에 조그만 서민 아파트 한 채 정도는 거뜬히 장만할 수 있었다.

당시 국내 일류 기업의 대졸 초임 봉급은 12~13만 원 정도였다. 반면 인도네시아의 산판 개발 업체는 초임이 미화 450달러 내외로, 당시 환율을 적용하면 대략 35만 원 정도였다. 물론 다른 업종도 비슷한 조건이었다. 그러니 너도나도 국외 취업을 하려고 모여들었고, 그 경쟁을 뚫기는 정말 하늘에서 별을 따는 것만큼이나 어려웠다.

이때 ROTC 장교 출신들은 거의 모든 국외 취업에서 우선순위에 있었다. 대졸자들이 국외 취업을 나가면, 전문 기술직보다는 사무직이나 현장의 감독직으로 가는 경우가 대부분이었다. 그래서 현지 언어나 전문 지식보다는 그들을 통솔할 수 있는 리더십을 더 중요시했고, 이에 일반병보다 더 리더십이 있는 장교 출신들이 제격이라고 생각했기 때문인 듯하다.

그런데 현역병 출신도 아닌 방위 출신인 내가 선발되어 외국에 나간다는 것은 정말 꿈같은 이야기였다. 도사의 말을 들으니 기분은 나쁘지 않았지만, 당시 상황으로서는 너무 터무니없는 소리라 그냥 흘려듣고 잊기로 했다.

사실 나는 바로 전해인 1976년 10월과 11월, 몇몇 목재 회사에 국외 파견(주로 인도네시아) 임목직杺木職 모집 원서를 낸 적이 있었다. 그러나 2차 필기시험은 고사하고 1차 서류 전형에서 계속 떨어졌기 때문에, 외국을 내 집 드나들 듯 할 거라는 그 사주 풀이는 그야말로 전혀 근거 없는 소리였다. 게다가 학과 교수의 추천으로 어느 목재 전문 주간지에 취직이 확정되어, 출근을 앞두고 있던 때였다. 그러니 그해 안으로 외국에 간다는 것은 상상도 못할 일이었다.

그런데 목재 전문지에서 근무한 지 6개월이 되면서 수습기자의 딱지를 뗄 무렵인 그해 9월, 인도네시아에 파견할 임학과杺學科 출신을 공채로 뽑는다는 신문 공고가 났다. 그 회사는 수마트라 섬과 보르네오 섬에서 산림 개발을 하는 한국의 한 중견 회사였다. '30세 미만의 임학과 출신 군필자'가 지원 자격이었고, 지원자 전원에게 필기시험을 보게 한 후, 2차 면접시험을 진행한다고 했다.

그동안 필기시험조차도 볼 수 없었던 나로서는 정말로 반가운 소식이었기에, 혹시나 하는 마음으로 지원했다. 시험 과목은 영어, 임학 그리고 일반 상식이었다. 영어와 일반 상식은 수험생 평균 정도로 푼 것 같았지만, 임학 과목은 내가 생각해도 만 점 이상(?) 받을 것 같았다.

사실 그렇게 자신 있었던 데는 그만한 이유가 있었다. 당시 신문사에 근무하면서 특집 기사를 쓰기 위해 산림청과 대학교, 임학 연구소 등 이곳저곳을 다녔었다. 그때 관련 서적도 보고 전문가들과 인터뷰도 했는데, 바로 그 주제가 그대로 문제에 나와 있었다. 행운이란 바로 이런 것이 아니겠는가! 문제를 보자마자 주저 없이 16절지 두 장에 빽빽하게 써냈으니, 아마 채점자도 놀랐을 것이다. 지금 돌이켜 보면, 그것은 이미 정해져 있던 나의 운명이 아니었나 하는 생각도 든다.

그렇게 필기시험에서 당당히 수석을 차지했고, 2차 면접시험을 볼
수 있는 기회가 주어졌다. 1백여 명의 지원자 중에서 다섯 명이 2차 면
접을 보았고, 결국 30 대 1도 넘는 경쟁률을 뚫고 그 관문을 통과했다.
중·고등학교 6년간 학급 번호 1번을 한 번도 놓쳐 본 적 없는 작은 체구
에 방위 출신이었지만, 비교적 괜찮은 나의 학력과 필기시험 성적은 그
런 신체 약점들을 감춰 주었던 것 같다. 무엇보다 직원을 인맥이나 학력
이 아닌 실력으로 뽑은 그 회사의 회장님이 너무나도 고맙고 감사했다.
한낱 우스갯소리로 흘려들었던 '역마살이 끼었다'는 꿈같은 사주팔자
가 정말로 내 팔자의 시작일 줄 누가 알았겠는가!

인도네시아로 가다

나에게는 역사적인 1978년 1월 8일, 우리 일행이 서울에서 홍콩을 거쳐 자카르타에 도착한 것은 늦은 저녁 무렵이었다. 일행 여섯 명 중 인솔자 한 명을 제외하고는 전부 그때 함께 선발된 신참들로, 모두가 외국 여행은 물론이거니와 비행기를 타 보는 것도 난생처음이었다.

한겨울이었기에 모두 내복까지 챙겨 입고 김포공항까지 갔는데, 당시는 공항 내부에 난방 장치도 제대로 갖춰져 있지 않았던 때라 바깥 날씨와 큰 차이가 없었다. 다들 차마 입고 온 내복을 벗을 생각조차 못한 채 비행기를 탔다. 그리고 그대로 자카르타까지 갔다. 비행기 내 화장실에서라도 내복을 벗었으면 될 것을, 모두 비행기를 처음 타 보는 촌사람들이라 거기까지 신경 쓸 여유가 없었던 것이다.

아, 이곳이 '상하常夏의 나라', '남쪽 나라 십자성十字星'의 바로 그 나라로구나!

자카르타에 도착해 비행기 트랩으로 내려서는 순간, 후끈한 열풍이 온몸을 휘감았다. 남쪽 나라의 저녁 날씨는 섭씨 약 25도 내외로 서늘한 편이었지만 입고 온 내복 때문에 그 열기를 한층 심하게 느낀 것이 사실이었다. 그러나 한나절도 안 되어 기온이 40도 가까이 차이가 났다. 마치 냉탕, 온탕을 오간 것 마냥 온도 차이가 났으니, 적응하기에 무리가 있을 법도 했지만 다행히 탈이 난 사람은 없었다. 모두 첫 외국 여행이라 긴장했던 탓도 있었으리라.

자카르타 공항에는 한국인 직원이 나와 모든 절차를 봐 주었고, 우리는 두 대의 차로 나누어 타고 시내 숙소를 향해 출발했다. 숙소는 일반 이층집을 고쳐서 1층은 사무실로 쓰고, 2층은 한국인들 숙소로 쓰고 있었다.

숙소에 도착할 무렵에는 비가 주룩주룩 내리기 시작했다. 간단하게 샤워를 마친 우리는 모두 마루에 나와 생소한 이국의 저녁을 음미하고 있었다. 마침 숙소에서 일하는 가정부가 지나가다 우리를 보고 고개를 숙이며 '슬라맛 다땅, 뚜안, 뚜안^{Selamat Datang, Tuan, Tuan}' 하고 인사했다. 물론 지금은 그 말이 '어서 오세요'라는 환영 인사임을 알고 있지만, 그때는 다들 그냥 눈치껏 '예스, 예스, 오케이'로 웃어넘겼다.

사실 인솔자를 제외한 나머지 다섯 명은 그야말로 귀머거리에 벙어리나 다름없었다. 인도네시아 말은 전혀 배운 바가 없었으니 그렇다 하더라도, 10여 년을 넘게 배운 영어조차 무용지물이었다. '헬로'는커녕, '땡큐' '굿모닝'도 입에서 떨어지지 않아 그저 '예스'만 남발할 뿐이었다. 어쩌다가 누군가의 입에서 '땡큐'라는 말이 나오면 '영어 제법 하는구나' 하며 속으로 부러워하기까지 했다.

그러던 중 누군가가 용기를 내어 "헬로" 하고 식모를 불러 세웠다. 그러고는 내리는 비를 손가락으로 가리키며 "레인, 레인"을 되풀이했다. 결국 본인도 어지간히 답답했던지 "비가 당신들 말로 뭡니까?" 하고 한국말로 물어보고 말았다. 눈치 빠른 가정부는 그 뜻을 금방 알아채고는 입가에 미소를 띠며 "우잔Ujan"이라고 했다. 그 말이 우리가 처음 정식으로 현지인에게 배운 인도네시아 말이었다.

다음 날 아침에는 한국인 직원의 안내를 받아 자카르타 시내를 관광했다. 무심코 지나가다 보니 시내 한가운데로 복개도 하지 않은 개천이 흐르고 있었다. 개천은 전날 내린 비 때문인지 흙탕물로 가득했다. 심지어 개천 본래의 물인지, 하수구에서 나오는 물인지조차 분간할 수 없는 빛깔이었다. 그런데 그곳에는 많은 사람이 나와 남녀노소 가리지 않고 양치질과 세수를 하고, 심지어 목욕까지 하고 있었다. 벌거벗고 자맥질을 하는 아이들도 있었다.

그런 장면을 듣도 보도 못했던 우리에게는 그 광경이 너무도 신기하고, 이국적이었다. 어떻게 저런 물로 머리를 감고, 양치질까지 하는지 도무지 이해할 수가 없었다. 더구나 개천가에는 공중전화 부스처럼 판자로 여기저기 세워 놓은 임시 건물이 있었는데, 정식(?) 화장실이라고 했다. 그 안에서 볼일을 보는 동안에 바로 옆에서는 아무렇지도 않게 양치질과 목욕을 하는 것이다. 그곳 사람들이 말하기를, 남방의 햇살은 워낙 강해서 물속 1m까지는 일광 소독이 되기 때문에 보기보다는 아주 위생적이라고 했다. 믿거나 말거나지만 어쨌든 그들에게는 그 모든 것이 너무도 자연스러운 일상 같았다.

습관의 중요성을 새삼 깨닫는 순간이었다. 어느 나라든 습관에 따른 생활 방식, 의식주, 그리고 도덕적인 잣대가 모두 다르다. 그런데 그런 것들을 자신이 살아온 습관과 비교하면서 옳다, 그르다 단정 지을 수 있을까? 아니 그럴 자격이나 있을까? 무엇보다 다른 나라 또는 다른 지역의 습관이나 전통을 이해하고 포용하는 융통성을 보여 줄 때 진정한 이웃이 될 수 있으며, 이로써 자연스럽게 세계화와 국제화가 이루어진다고 생각한다.

다음 날 아침 일찍, 우리 신참 다섯 명은 원목 생산 현장인 산판山板이 있는 보르네오 섬으로 출발했다. 다섯 명 중 한 명은 자카르타 사무실에 근무할 예정이었고, 또 다른 한 명은 수마트라에 있는 산판으로 발령될 예정이었다. 그러나 각자 근무지로 가기 전에 보르네오에 있는 산판 현장에서 함께 3주 동안 산림 개발 사업에 대한 기초 지식과 인도네시아어 등을 교육받기로 되어 있어서 다 같이 그곳으로 가게 됐다.

깔리만딴 섬으로

보르네오 섬은 북극에 있는 그린란드 섬, 그리고 파푸아뉴기니^{Papua New Guinea, PNG} 섬 다음으로 세계에서 세 번째로 큰 섬으로, 인도네시아에서는 '깔리만딴^{Kalimantan}'이라고 부른다. 섬 북서쪽은 브루나이 왕국^{Brunei}, 말레이시아의 사바^{Sabah} 주와 사라왁^{Sarawak} 주 등으로 나누어져 있고, 그 외 인도네시아 영토 쪽은 동부 깔리만딴, 서부 깔리만딴, 남부 깔리만딴 그리고 중부 깔리만딴 등 네 개의 주^州로 나누어져 있다.

우리의 임지는 깔리만딴 북동쪽에 있는 '말리나오^{Malinau}'라는 곳에 있었다. 말리나오 산판은 동부 깔리만딴에 속해 있는데, 말레이시아의 사라왁 주와 접경지대인 내륙 깊숙한 곳에 있어 비행장도 없고 차로 갈 수 있는 도로도 없었다. 그곳의 상주인구는 100명도 채 안 되는 조그만 산간 마을이었는데, 우리 회사가 들어서면서 유동 인구까지 천 명 가까이 되는 그럴듯한 마을이 됐다.

중간 기착지인 남부 깔리만딴의 빨리빠빤Palipapan을 거쳐, 저녁 무렵 동부 깔리만딴의 주州 수도인 따라깐Tarakan에 도착했다. 따라깐은 보르네오 섬 북동쪽에 있는 조그만 섬으로, 원목 집산지 겸 수출항이다. 이 섬의 육지와 앞바다에서는 원유가 생산되고 있어 상주인구는 몇천 명도 안 되었다. 하지만 그 일대의 산판들과 유전에 필요한 물자의 공급 기지이자 목재 및 원유의 수출 항구였기에 돈이 넘쳐났고, 섬 치고는 유흥가도 제법 많았다. 말리나오에서 생산된 우리 회사 나무는 이곳까지 뗏목으로 옮겨져, 선적할 때까지 수상 저목장貯木場에 보관되었다. 그래서 이곳에서는 수출 사무소 겸 산판의 보급 기지로서 사무소가 운영되고 있었다.

원목의 선적 과정에 대해 간략하게나마 설명하자면 다음과 같다. 우선 생산된 원목은 선적하기 전까지 썩지 않도록 잘 보관해야 하는데, 육지가 아닌 바닷물 속에 저장해야 오래간다. 그래서 바닷가에 원목을 엮어 울타리를 쳐 놓고 그 속에 원목을 띄워서 저장하는데, 이런 곳을 원목 저목장Log Pond이라고 한다.

그러나 바닷물 속에도 너무 오래 저장하면 안 된다. 원목을 물속에 보관하면 썩거나 햇볕에 말라서 원목 표면이 갈라지는 것Sun check, Crack은 어느 정도 방지할 수 있지만 '마린 보어Marine Bore'라는 복병을 만나면 속수무책이다. 이는 크기가 콩알만 한 조개의 일종인데, 수십, 수백 마리가 원목 속으로 파고들어 구멍과 터널들을 만든다. 그렇게 되면 비싼 원목이 한낱 땔감灬木으로 전락하고 만다.

당시만 해도 메란띠(라왕)와 같은 물에 뜨는 수종Floater을 80% 이상 생산했다. 그래서 까뿔Kapul(아삐똥), 꾸르잉Kuruing 등 물속에 가라앉는 침수목^{沈水木, Sinker}은 수종 사이사이에 끼워서 엮어 뗏목^{Raft}을 만들고, 이곳 수출항까지 예인선^{Tug Boat}으로 끌고^{Towing} 왔다.

이때 물이 들어오고 나갈 때에는 뗏목을 끌 수가 없다. 특히 큰 밀물일 때에는 거센 물살의 저항에 뗏목을 엮은 와이어^{wire}가 터질 위험이 크다. 또한 썰물을 타고 뗏목을 몰고 가다가는 그 물살에 뗏목을 제어할 수가 없다. 그래서 반나절은 쉬고 반나절만 끌고 오기 때문에, 산판 현장에서 이곳까지 보통 2~3일 정도 걸린다. 이 뗏목을 저목장에 그대로 넣어 두고, 선적할 배가 올 때까지 15일에서 20일 정도 보관한다. 한 개의 뗏목은 대개 원목 150본 정도를 엮어서 만들었는데, 전체 재적^{材積, Volume}이 800~1000㎥였다. 그래서 비용이 여러모로 적게 들었다.

그러나 요즘은 원시림^{Virgin Jungle}이 드물고, 2차 또는 3차로 다시 개발되는 임지^{再開發 林地, Re-Logging Forest}가 대부분이다. 이 때문에 20~30년 전 처음 개발할 당시 경제성이 없어 남겨 두었던 침수목이 지금은 물에 뜨는 수종보다 훨씬 높은 비율로 생산된다. 그래서 뗏목으로 엮어 운반하는 것은 사실상 불가능해졌다.

침수목은 바지선^{Barge}*에 실어 예인선으로 끌고 나온다. 그러려면 바지선뿐 아니라 크레인과 같은 고가의 장비가 필요하기 때문에 뗏목으로 운반하는 것보다 그만큼 비용이 많이 든다. 원목도 수중 저목장이 아닌 바닷가의 육지에 쌓아 놓았다가, 선적배가 오면 다시 바지선에 실어서 본선으로 실어 날라야 한다.

이때 원목을 실어 나르는 배를 '원목선'이라고 한다. 당시 한국의 선

---

* 원목을 운반하는 바지선은 보통 폭이 약 9m, 길이가 약 25m짜리를 이용하는데, 한 번에 실을 수 있는 양은 1000~1200㎥ 정도다.

박 회사들은 동남아시아산 원목인 남양재南洋材만을 운송하는 원목선을 20여 척 넘게 보유하고 있었다. 5000~6000톤짜리 배가 대부분이었고, 1회 선적량은 6000~6500m³였다. 그러나 지금은 한두 척만이 남양재를 실어 나르고 있을 뿐이다. 원자재原資材인 원목을 수입하는 대신, 2차 가공품인 제재목製材木이나 합판合板 또는 베니어Veneer 등을 수입하기 때문이다.

이렇게 비용이 많이 드는 만큼 요즘은 단단한 침수목이 물에 뜨는 가볍고 무른 수종보다 1.5배 가까이 비싸게 받을 수 있다. 그래서 오히려 침수목이 효자 노릇을 한다. 얼마 전까지만 해도 혼자서만 대우를 받았던 수종들은 꽤 억울하고 분할 것이다.

과일의 왕, 두리안

따라깐^{Tarakan}에 도착하여 비행기 문이 열리자마자 시궁창 냄새가 코를 찔렀다. 우리 일행 모두는 그 냄새가 너무 지독해서 코를 막고 입으로 숨을 쉬며 눈살을 찌푸렸다. 때마침 그곳 한국인 사무소장이 이민국 수속장 안까지 들어와 수속을 밟아 주고 함께 나왔다. 사무소는 바로 공항 옆이었다.

밖으로 나오니 그 역겨운 냄새가 더 짙어졌다. 길가에서 야자열매^{Coconut}만 한 크기에 밤송이 가시보다 훨씬 큰 가시로 덮인 초록색 과일을 여기저기 산더미만큼 쌓아 놓고 팔고 있었는데, 바로 그 과일에서 나는 냄새였다.

그 과일이 바로 열대 과일의 왕, 두리안^{Durian}이었다. 'Duri(두리)'라는 말은 인도네시아어로 '침, 또는 가시'라는 뜻의 명사인데, 동사로 '가시가 달리다'라는 뜻도 있는 것 같다. 대개 인도네시아어의 동사나 형용사에 접미사인 ‘-an’이 붙으면 보통명사화된다. 결국 Durian은 ‘가시 달린 것’이라는 의미 같았다. 이 과일 껍질이 온통 가시로 되어 있어 그렇게 이름이 붙여진 모양이다.

우리 일행이 새로 온 한국 사람임을 눈치채고는, 그 중 한 명이 팔고 있던 두리안 한 개를 급하게 까서 우리에게 내밀었다. 엄지손가락을 들어 보이며 최고라는데 두리안 맛이 최고라는 것인지, 자기네 두리안이 최고라는 것인지는 알 수 없었지만, 어쨌든 공짜를 마다할 우리가 아니었다.

‘냄새는 그렇지만, 설마 맛도 그렇게까지 독하지는 않겠지’ 하는 생각에, 나를 포함한 세 명이 도전(?)해 보기로 했다. 일행 중 두 명은 아예 손사래를 치며 멀리 도망갔다. 나는 한 손으로는 코를 막고 다른 한 손으로는 어린아이 주먹만 한 두리안을 잡고는 거기에 붙어 있는 살을 조금 깨물어서 입에 넣었다.

순간 평생 겪어 보지 못했던 이상한 맛과 냄새에 기겁하여, 씹어 보지도 못하고 뱉어버리고 말았다. 심지어 구토까지 해 댔다. 역시나 그 냄새에 조금도 뒤지지 않는 맛이었다. 결국 우리 중 그 누구도 두리안을 끝까지 삼키지 못한 채 먹는 것을 포기해야 했다.

남방 최고의 과일, 과일의 왕이라는 두리안을 먹어 보지도 못하고 뱉어내다니. 그런데 이런 맛과 향을 가진 과일이 정녕 ‘과일의 왕’이란 말인가? 식성이 그다지 까다롭지 않은 나는 먹지 못하는 것이 거의 없었다. 비위가 상하는 음식이란 상한 음식 말고는 없었는데 두리안은 도저히 먹을 수도, 또 곁에 놔둘 수도 없었다.

그런데 그로부터 6개월 뒤, 정글 속에서 서베이 생활만 하다 나온 나의 입맛은 완전히 180도 바뀌어 있었다. 그해 7월에 또다시 두리안 철이 되자, 지난 1월의 그 악취(?)는 온데간데없이 기막힌 향기가 입속에서 군침을 돌게 했다. 향기도 향기려니와 그 맛은 또 얼마나 좋은지 이루 표현할 수 없었다. 그런데 어떻게 6개월 전에는 이 맛과 이런 향기에 구토까지 하며 유난을 떨었는지 믿을 수가 없었다.

극과 극은 통한다더니, 그때의 그 악취가 원래 이런 향기였단 말인가. 그동안 정글에서 현지의 특별 음식이라고는 야자수와 그 기름만 먹어 봤는데, 그것 때문에 내 입맛과 체질이 이렇게 바뀌었나 싶기까지 했다. 어느 성직자가 말하기를 '세상에서 선과 악은 종이 한 장 차이'라더니, 비유는 약간 다르지만 정말로 그럴 수도 있겠다는 생각이 들었다.

두리안은 1년에 한 번 열매를 맺지만, 모든 나무가 한철에 똑같이 열매를 맺는 것이 아니다. 우기가 길어지면 꽃이 폈어도 빗물에 떨어지거나, 곤충이나 벌이 제대로 활동하지 못해 꽃이 수정을 못 하면 과일 철이 되어도 열매를 맺지 못한다. 또한 각 지역 또는 능선과 강에 비가 똑같이 내리지 않기 때문에 열매 맺는 시기도 달라진다. 그런 상황이 계속 반복되면서 지역에 따라 서로 다른 시기에 열매를 맺는 것 같다. 그래서 두리안은 보통 건기가 시작되는 1~2월 사이 또는 7~8월 사이에 맛볼 수 있다.

두리안 철이 되면 도시든 시골이든 어디를 가도 이 두리안의 향기로 가득하다. 도시의 아파트나 호텔(원칙적으로는 갖고 들어갈 수 없지만), 그리고 집집마다 그 향기가 나지 않는 곳이 없다. 두리안의 그 향기가 역겨운 사람은 일 년에 두 번, 이 기간이 정말 고역일 것이다.

어쨌든 그 짧은 시간에 나의 후각과 미각이 180도 바뀌었다니, 경험상 인간은 어떤 동물이나 식물보다도 훨씬 더 빠르고 적절하게 환경에 적응해 가는 것 같다. 그래서 지금까지 이렇게 살아남아 만물의 영장이 될 수 있었던 게 아닌가 싶다.

이런 일이 있고 나서 나뿐 아니라 우리 가족 모두는 두리안 마니아가 됐다. 이와 관련된 재미있는 일화 하나를 소개하자면, 10여 년 전에 한국에서 설을 보내기 위해 아내와 함께 귀국을 준비하던 때였다. 우리는 한국에 있는 가족에게 두리안의 맛을 보여 주려고 아주 잘 익은 두리안 여러 개를 골라 겉껍질을 벗겨서 냉동실에 며칠 얼려 두었다. 그리고 비행기를 타는 날, 꽁꽁 언 두리안을 여러 겹의 비닐로 싼 뒤 장모님이 김치를 보내 주실 때 늘 쓰셨던 스티로폼 상자에 넣고, 테이프로 몇 겹을 감았다. '이 정도면 냄새가 새 나올 리 없겠지' 안심한 우리는 서둘러 공항으로 출발했다.

그러나 짐으로 부쳤다가는 금세 탄로 날 것 같아, 손수 들고 타기로 했다. 결국 아무 탈 없이 김포행 비행기에 오를 수 있었고, 자리에 앉기도 전에 짐 넣는 선반에 깊숙이 상자를 넣었다. 우리 부부는 서로 마주 보고 의미심장한 웃음을 지으며 '이제는 무사히 가져갈 수 있겠구나' 안도의 한숨을 내쉬었다.

그런데 김포에 거의 도착할 무렵, 익숙한 냄새가 솔솔 풍겨 나왔다. 아주 약하기는 하지만 두리안 향기가 틀림없었다. 비행기는 착륙하기 위해 고도를 낮추기 시작했다. 그런데 하필 우리 좌석 근처의 한 한국인 아주머니가 코를 킁킁거리며 "무슨 가스 냄새가 나는데……" 하는 게 아닌가.

'어이쿠, 기어이 일이 터지는구나' 하고 바짝 긴장했다. 그나마 다행인 점은 비행기가 흔들려서 선반의 뚜껑이 들썩거릴 때에만 그 냄새가 약하게 나다가 말다가 했다. 근처의 다른 사람들도 그 냄새를 맡았겠지만 아마도 '누가 방귀라도 뀌었나 보다' 생각했을 것이다.

보딩 브릿지(탑승교)와 연결되자 사람들이 일어나서 선반의 짐들을 꺼내기 시작했다. 우리는 가능한 한 선반 뚜껑을 늦게 열려고 뭉그적거리면서 시간을 끌었다. 그러나 그 선반 속에는 우리 짐뿐만 아니라 다른 사람의 짐도 있으니 어쩔 수 없이 열어야 했다.

마침내 뚜껑이 열리는 순간, 그 속에 갇혀 있었던 향기(?)가 한꺼번에 쏟아져 나왔다. "가스가 여기서 새어 나오고 있었네. 빨리빨리 나가자!" 사람들이 서둘러 나가기 시작했다. 우리도 재빨리 상자를 챙겨서 도망치듯 빠져 나왔다. 승객 중 한 사람이 승무원에게 "저기 어디에선가 가스가 새고 있어요" 말하는 소리를 뒤로한 채……:

사실 모든 국제선 비행기에는 두리안의 기내 반입이 금지돼 있다. 하지만 요즘은 사람들도 약아져서 두리안 알의 씨까지 모두 버리고 순수한 속만 얼려서 가져온다. 그러면 부피도 5분의 1로 줄고, 그만큼 향기(?) 관리도 쉽다. 그때는 두리안을 있는 그대로 보여 주려고 그런 것이었지만, 생각이 모자랐다. 사진을 찍어 놓고, 속만 가져가도 되었던 텐데 말이다. 하지만 이렇게 번거로운 과정을 거치지 않아도 지금은 한국에서 두리안을 살 수 있으니, 역시 세상은 오래 살고 볼 일이다.

뗌뻴을 타고, 베이스캠프로

다음 날 아침 일찍 원목 생산의 최전방 기지가 있는 말리나오^{Malinau}로 가기 위해 부둣가로 나갔다. 그곳에 베이스캠프가 있는데, 베이스캠프를 인도네시아어로 '빵깔란^{Pangkalan}'이라고 한다. 이는 원목의 저장 장소^{Log Yard}이면서, 선적지^{Loading Point}의 기능을 하는 곳이라는 뜻이다.

말리나오는 조그만 산간 마을로, 이곳 따라깐 앞바다에서 북서쪽으로 말레이시아의 사라왁^{Sarawak} 경계선까지 뻗어 있는 서사얍 강^{Sungai Sesayap}을 따라 상류로 약 150km 정도 떨어져 있다. 서사얍 강은 풍부한 강수량과 호수같이 잔잔한 뱃길이 있어 수상 교통수단으로 안성맞춤이다. 앞으로도 일부러 많은 돈을 들여서 도로를 건설할 필요가 없을 정도다. 물론 교통량이 문제겠지만, 어쨌거나 자연의 혜택을 보는 셈이다. 그러나 이를 보통 스피드 보트로 거슬러 올라가려면 열 시간 이상이 걸린다.

서사얍 강은 한강보다 길이는 짧지만, 수량은 훨씬 많다고 한다. 그래서인지 강어귀는 그 폭이 몇 킬로미터도 더 되어 보였고, 수심도 수십 미터가 넘는 것 같았다. 그곳 부둣가에는 고깃배와 스피드 보트 등 크고 작은 배들이 밧줄이나 고무줄로 기둥에 나란히 묶여 있었다. 불어오는 바닷바람과 밀려드는 파도에 배들이 출렁거리고 있었는데, 마침 밀물 때라 파도가 제법 높았다.

밀물 때에 맞춰서 강을 거슬러 올라가면 말리나오까지 두 시간 정도의 이득을 보기 때문에 아주 급한 일이 아니라면 가능한 밀물 때를 맞춰 출발한다고 했다. 이 강은 말리나오까지 비교적 평탄하게 이어져 있어서, 말리나오 역시 밀물과 썰물의 영향을 거의 그대로 받고 있다.

한편 인솔자는 그곳에서 비교적 큰, 주로 뗏목을 끄는 예인선들이 묶여 있는 곳은 거들떠보지도 않고, 아주 조그만 배들이 묶여 있는 곳으로만 계속 가고 있었다. 나는 그때만 해도 배에 대한 상식은 거의 없었기 때문에 클수록 더 안전하다고 생각했다. 설마 하면서도 혹시나 했는데, 설마가 사람을 잡는다고 했던가. 인솔자는 묶여있는 작은 배 중 하나에 올라타고 있었다. 맥주병인 나는 가슴이 철렁 내려앉았다. 그때까지 배라고는 딱 한 번, 대학교 졸업 여행 때 제주도에서 부산까지 밤새도록 멀미하며 500톤짜리 여객선을 탔던 게 전부였기 때문이다.

저쪽 바다 끝에 어렴풋이 보이는 강어귀까지의 거리도 거리지만, 그곳까지 하얗게 부서지며 계속 이어지는 파도, 굉음을 내며 달려드는 바람, 그리고 무엇보다 물귀신이 될지도 모른다는 공포심이 나를 새 가슴으로 만들었다.

그때의 내 모습은 마치 도살장에 끌려가는 소나 다름없었다. 슬쩍 다른 친구들 눈치를 보니, 서로 말은 안 하지만 잔뜩 겁을 먹어 주눅이 들어 있기는 마찬가지였다. 그렇다고 못 타겠다고 빠질 수도 없었기에, '에라, 운명에 맡기자' 하고 그 조그만 배에 오를 수밖에 없었다.

배는 옆으로 두 명씩 나란히 앉아서 16명이 타면 꽉 차는 크기였다. 30cm 정도의 너비로 된 나무판자들을 아교로 이어서 몸체와 바닥을 만들고, 뒤쪽 끝에 엔진을 달아 그 엔진의 손잡이로 직접 작동하며 운전하는 배로, 이곳 말로는 '땜뻴Tempel'이라고 했다. 일종의 롱 보트Long Boat였다.

배는 앞쪽이 넓고 높으며, 뒤로 갈수록 낮고 좁아져서 맨 뒤쪽은 폭이 채 1m도 되지 않았다. 그곳에 엔진 한 대를 얹으니 자리가 꽉 찼다. 엔진은 40마력짜리 존슨Johnson 한 개에, 스페어 엔진도 없었다.

배 앞쪽의 넓은 곳에는 산판으로 갈 보급품이 잔뜩 실려 있었다. 배 앞쪽과 중간 부분 네 귀퉁이에는 각각 기둥을 세우고 비닐로 덮어 지붕을 만들었다. 또한 앞쪽에는 비닐로 발을 쳐서 뜨거운 햇빛은 물론 맞바람을 막고, 시도 때도 없이 지나가는 스콜squall(열대지방에서 거의 매일 오후에 나타나는 소나기)도 피할 수 있었다. 한마디로 이 배에서는 일등석이었다. 그 바깥쪽에 앉는 사람들은 바닷바람, 강바람은 물론 비가 오면 그 비를 고스란히 맞으면서 거의 열 시간을 가야만 한다. 그런데 고맙게도 안내자는 우리를 그 속에 앉게 했다.

그런데 우리뿐만 아니라 우리 회사의 현지 직원 몇 명이 더 탔다. 한 사람이 탈 때마다 그 몸무게만큼 더 가라앉는데, 가슴도 함께 조여들어 새가슴이 되어 갔다. 배 옆쪽의 물 높이를 흘끔 쳐다보니, 수면까지

50cm도 채 안 됐다. 서너 명만 더 타면, 그야말로 꼬르륵 가라앉을 것 같았다. 파도가 출렁일 때마다 물이 튀면서 옷을 적셨다. 그런데 여기에 현지 산림청 직원들 두 명이 더 탔다. 마지막으로 운전사와 조수가 탔는데, 운전사가 앉은 뒤쪽은 물이 찰랑거리면서 넘어와 운전사 바지 부분이 거의 다 젖을 지경이었다. 어떻게 이 상태로 저 바다를 건넌다는 말인가?

나중에 알았지만 이 배는 우리 회사의 귀빈용이며, 사람 수송용으로는 제일 빠르고 안전한 배였다. 베이스캠프에서 이 배를 탔다 하면 1년에 한 번 한국으로 휴가 갈 때나, 특별한 일로 따라깐에 갈 때에만 탈 수 있는 선망의 배였던 것이다.

드디어 출발이었다. 운전사가 엔진 옆에 달린 끈을 힘차게 잡아당기자 '부앙' 하고 시동이 걸렸다. 긴장으로 온몸이 빳빳하게 굳었고, 한쪽 배 옆을 잡은 손에는 잔뜩 힘이 들어가 있었다. 모두 심각한 표정이었고 말이 없었다.

배가 출발하면서 속력이 가해지자 배 전체가 번쩍 들리는 것 같았다. 가라앉을 듯 찰랑대던 배가 물 위쪽으로 쑥 올라서면서 시원한 바람이 불어오니, 긴장했던 마음이 조금은 풀어졌다.

그러나 파도가 배에 부딪히는 족족, 배 앞쪽이 번쩍 들렸다가 다시 철썩 소리를 내면서 고꾸라지듯 물 위로 떨어지기를 반복했다. 동시에 몸도 함께 공중에 붕 떴다가 떨어지면서 배의 바닥이 물에 닿는 순간 엉덩이도 바닥에 부딪혔다. 이때 리듬을 놓쳐 배와 엇박자로 몸동작을 취했다가는 그 충격에 엉덩이는 물론 허리까지 얼얼해지곤 했다.

큰 파도 위를 지나갈 때면 배 앞쪽이 완전히 허공으로 들렸다 곤두박

질쳤다. 이때 순간적으로 배 뒤쪽에 달린 엔진 스크루가 물 바깥으로 나와 잠시 공중에 뜬다. 그러면 스크루가 허공에서 공회전하는데, 이때마다 허공을 가르며 '우왕우왕' 하는 소리를 냈다. 이 소리 또한 공포를 불러일으키기에 충분했다.

'혹시 엔진에 문제가?' '이러다 엔진이 꺼지면?' 오만가지 생각에 가슴을 졸이기도 했고 심장이 덜컥 내려앉기도 했다. 어느 때부터인가 한쪽 손은 배 난간을 꽉 붙잡고 있었고, 두 다리에는 잔뜩 힘이 들어가서 배 밑바닥을 힘껏 밀어붙이고 있었다. 나도 모르게 온몸으로 공포와 맞서는 중이었다.

그렇게 5분 남짓 계속 달리니 불안했던 마음이 조금씩 가시기 시작했다. 잠깐 사이에 환경에 적응한 것인지, 훈련으로 숙달되었는지, 아니면 감각이 무뎌진 것인지 도무지 모를 일이었다. 그때부터 주변의 바다 경치가 눈에 비치기 시작했고, 바닷바람도 시원하게 느껴졌다. '이런 것이 바로 스피드 보트 타고 여행하는 기분이로구나!' 싶었다.

지금이나 좀 전이나 외부의 상황은 전혀 바뀌지 않았고 단지 마음의 여유가 조금 생긴 것뿐인데, 느껴지고 보이는 상황들이 이렇게 달라져 보일 수가 있다니 신기할 따름이었다. 역시 마음먹기에 따라서 전혀 다른 상황으로 만들 수도 있다는 생각이 들었다. 아무리 힘들고 어려운 역경이 닥칠지라도 받아들이는 마음의 자세에 따라 결과는 달라진다. 역경의 고통만을 맛보고 그 속에서 영영 헤어나지 못하거나 오히려 그 역경을 전화위복의 계기로 만들 수 있기 때문이다.

이와 관련해서 생각나는 옛이야기가 있다. 고려 시대에 당대 모두가 인정하는 천하제일의 검객이 왕의 부름을 받았다. 궁에서 검술을 한번 시범 보이라는 왕명이었다. 천하제일의 검술을 구경하려고 문무백관은 물론, 많은 사람이 구름처럼 모여들었다.

마침내 왕명이 떨어지고 그 무사가 밖으로 천천히 걸어 나왔다. 검을 허리에 차고는 자세를 조금도 흐트리지 않은 채 문지방 위를 두 번, 아주 천천히 왔다 갔다 했다. 그러는 동안 그가 검집에서 검을 꺼내는 모습을 본 사람이 아무도 없었다.

그러고 나서 그는 왕 앞에 천천히 부복했다. 검술 시범이 끝났다는 뜻이다. 천하제일 검객의 신비한 검술을 기대했던 사람들은 뭐가 어떻게 끝난 것인지 도무지 이해할 수가 없었다. 이제 막 심호흡이 끝나고 시작하나 보다 하는 순간 벌써 끝났다고 하니, 혹시 저 검객이 어느새 검을 빼서 날아가는 파리를 몇 동강 낸 것은 아닌지 지레짐작하고 바닥을 살펴보는 사람도 있었다.

이때 "음, 어떤 무술인고?" 하고 왕이 묻자, 모든 사람들도 그를 쳐다보며 무슨 말이 나올지 기다렸다. 대체 어떤 검술이기에 검집에서 검을 빼서, 베고, 다시 넣는 동작을 한 사람도 보지 못했다는 것인가? 궁금하기 짝이 없었다.

"소인은 조금 전에 천 길 하늘 위에 매달린 문지방을 거닐다가 내려왔습니다. 저의 검술의 근본은 마음의 다스림에 있습니다." 그제야 모든 사람이 그가 보인 시범을 이해하고 고개를 끄덕였다고 한다.

이 이야기는 어떠한 상황에서도 마음이 흔들리거나 바뀌지 않음을 보여 준다. 상황은 변하지 않았지만 받아들이는 마음을 가다듬으니, '받아들여지는 상황'이 그렇게 바뀔 수 있었던 것이다.

일체유심조一切唯心造라는 명언이 괜히 있겠는가!

불꽃놀이 같은 반딧불이 장관

섬에서 바다를 건너 서사얍 강어귀까지 도착하는 데 30분이 넘게 걸렸
다. 강에 들어서자 '이제 적어도 물귀신은 면하겠구나' 하는 생각부터
들었다. 물이 잔잔하니 돛단배가 순풍을 만난 것 같았다. 이 강은 크기
가 보르네오 섬 안에서 세 번째로 큰 강인데, 우리의 한강보다는 길이
가 짧지만 듣던 대로 수량은 한강의 두 배도 넘는 것 같았다. 정말로 사
방이 물 천지였다.

강 상류로 올라가면서 강 둔덕 너머로 드문드문 집들이 보였고, 어른
들과 아이들이 강가로 나와 목욕을 하다가 우리를 향해 손을 흔들었
다. 끝없이 이어지는 망그로브^{Mangrove} 숲, 그 뿌리들이 뒤엉켜 보여 주
는 신비한 모습들에 입이 절로 벌어져 좀처럼 다물어지지 않았다.

10여 채도 안 되는 조그만 마을의 마당에는 야자나무들이 여기저기
그림처럼 서 있었다. 그 야자나무와 집들이 어우러져 만들어내는 평화

로움과 가끔 들려오는 닭 울음소리에 한껏 포근해진 마음을 안고 그렇게 몇 시간을 올라갔다. 도중에 조그만 마을에 들러서 일도 보고 늦은 점심도 먹었다. 그곳의 작은 간이식당에서는 난생처음 흑맥주도 마셔 봤는데 일반 맥주보다 쓰고, 더 독했다. 내 입맛에는 별로였지만 다들 맛있다고 몇 캔씩 마셨다.

비슷한 광경들이 계속 이어지다 보니 술기운과 함께 피로가 몰려들었다. 하나 둘 배에 기대어 꾸벅꾸벅 졸기 시작했다. 어느새 사방이 어두워지더니 금방 깜깜해졌다. 적도 근처라 그런지 해가 지평선을 넘어가면 여명이 길게 늘어지지 않고 순식간에 어두워졌다. 조수가 배 앞머리에 앉아 플래시로 앞쪽을 밝혀 주며 뱃길을 열었다. 상류에서 밤새 떠내려온 나무토막이나 나뭇가지들이 여기저기 흩어져 있어, 배가 속력을 냈다가 이것들에 부딪히면 배에 구멍이 뚫리거나 뒤집히는 경우도 있었다. 베이스캠프까지 얼마 남지 않았다니, 다 왔다고 방심하지 말고 끝까지 안전 운행해야 했다.

12월부터 2월까지는 우기로, 거의 매일 밤마다 비가 온다. 그래서 매일 떠내려온 나무토막들이 하루가 다르게 강바닥에 박혀 있거나 물 위에 떠다닌다고 한다. 그러니 그전날의 기억만으로 배를 몰다가는 애먼 사람들 수장시키기에 십상이었다. 이런 얘기를 듣고 우리 모두 긴장했지만, 그것도 잠깐이었다. 죽을 줄 뻔히 알면서도 잠을 이기지 못해 졸음운전을 하는데, 우리가 직접 운전하는 것도 아니니 결국 모두 깜빡 잠이 들었다.

얼마 동안 그렇게 가는데 갑자기 배가 강바닥에 '덜커덩' 하고 닿으면서 멈춰 서고 말았다. 다들 깜짝 놀라 잠에서 깼다. 주위를 둘러보니 어느새 서사얍 강 주류를 벗어나서 좁고 얕은 샛강으로 접어들고 있었다. 썰물 때라 물이 빠지면서 그나마 깊지 않은 샛강의 바닥이 여기저기 드러나 잠시 멈춘 것이었다.

그런데 웬일인지 컴컴해야 할 강 주위가 훤하게 밝았다. '캠프에 다 왔구나' 하고 밖을 내다보니, 불꽃놀이가 한창이었다. 나무 위의 커다란 동그라미 속에서 조그만 불들이 깜빡거리고 있었다. 이게 무슨 조화인가? 불빛의 정체는 바로 반딧불이었다.

고향이 시골인 나는 서울에서 초등학교에 다녔지만, 여름 방학 때면 늘 고향에 내려갔기 때문에 반딧불을 본 적은 많았다. 그렇다 해도 이른 저녁을 먹고 주변을 산책하면서 겨우 몇 마리가 날아다니는 정도만 본 게 전부였다. 그런데 바다 건너 타지까지 와서 이렇게 수천 마리가 넘는 반딧불들이 온통 큰 나무에 붙어 마치 불꽃놀이하듯 깜빡거리는 광경을 보게 될 줄이야 누가 상상이나 했겠는가? 탄성이 절로 터져 나왔다. 갑자기 우리 일행 앞에 나타나서 반갑게 환영하는 것만 같았다. 우리는 배가 땅에 닿았다는 사실도 잊은 채 한참이나 넋을 놓고 바라보았다.

어느새 운전사와 조수가 물속에 뛰어들어 배를 밀고 있었다. 그러나 배는 좀처럼 움직이지 않았다. 누구랄 것도 없이 우리도 모두 물에 뛰어들어 배를 밀기 시작했다. 그제야 배가 천천히 움직였다. 그렇게 10여 미터를 밀고 가니 다시 깊은 곳이 나왔다. 엔진을 켜고, 모두 다시 배에 올라탔다. 이렇게 서너 번을 더 하고 나니 드디어 베이스캠프의 불빛이 보였다.

아! 드디어 정글의 나무꾼 생활이 시작되는구나.

땜뻴 소리를 들은 캠프 소장과 한국인 직원들이 부둣가까지 나와서
기다리고 있었다. 우리는 저녁을 먹은 뒤 피곤함도 잊은 채, 그곳의 식
구들과 신고식 겸 상견례 양주 파티를 하면서 말리나오 베이스캠프의
첫날밤을 보냈다.

침대 밑에는 독사가, 신발 속에는 전갈이

이곳 말리나오의 베이스캠프는 당시 수마트라 섬에 있던 제2의 임지林地보다 규모가 컸으며, 원목 생산도 그곳보다는 비교적 많았다. 또한 자카르타에 있는 본부보다 한국인 직원 수도 더 많았다. 산판 작업의 중심지였고, 회사의 실제 심장부나 다름없었다.

그래서 자카르타나 수마트라 또는 각 사무소에 파견될 모든 직원에 대한 오리엔테이션 겸 트레이닝은 늘 이곳 말리나오에서 이루어졌다. 트레이닝 코스는 3주 일정으로 짜여 있었는데, 당장 일을 시작하는 데 필요한 인도네시아를 비롯하여 산림 개발에 대한 기초적이고 전반적인 지식 그리고 우리 전공과는 다소 거리가 멀지만 캠프 소장의 전공인 중장비에 대한 일반 상식도 배웠다.

산림 개발에 대한 강의는 당시 부소장 겸 기획과장인 임학과 선배가 맡았다. 그때 배운 지식을 아직도 사용하고 있을 정도로 상당히 폭넓고 깊이 있는 강의였으며, 실제로 현장에서 필요한 산지식들을 배울 수 있었다. 인도네시아어는 현지인 관리부서 매니저가 맡아서 가르쳐 주었는데, 물론 수업은 영어로 진행됐다. 영어 자체를 잘 못 알아들으니 인도네시아어 시간에는 대강 눈치껏 넘어가고, 저녁에 사전을 쌓아 놓고 간단한 단어만 외워 나갔다. 다행히 단어만 몇 개 나열해도 현지인들이 그 뜻을 알아듣고 대화가 되니 무척 신기하기도 했다.

실제로 인도네시아어는 6개월 정도 단어 공부만 열심히 해도 웬만한 대화는 가능하다. 발음도 알파벳 그대로 발음하기 때문에 엉뚱하게 발음해서 틀릴 염려가 적었다. 그러나 실제로 인도네시아어에는 접두사와 접미사가 붙고, 그에 따라 단어의 뜻이 다양해지기도 해서 보통 복잡하고 어려운 게 아니다.

우리가 배운 인도네시아어는 실전용으로 '어간'만을 배우기 때문에 비교적 쉽게 이해할 수 있었고 기본적인 의사 전달을 하는 데에는 큰 문제가 없었다. 그러나 간혹 내가 한 말을 반대로 알아듣고 엉뚱한 짓을 할 때는 화를 내기도 했다. 알고 보면 거의 90%는 내가 엉뚱한 단어를 썼거나, 또는 단어의 순서를 뒤바꿔 써서 뜻을 잘못 전달한 경우였다. 남의 나라 말을 배우고 쓰기가 쉽다고 만만하게 봤다가는 나처럼 큰코다치기에 십상이다.

어느 날 아침 첫 강의가 끝나고 차를 마시며 쉬고 있을 때였다. 강의실 바로 옆에 붙어있는 숙소로 돌아오는데, 숙소에서 일하는 하우스 보이Boy가 숙소 마당에서 정글도를 들고 소리 지르며 누군가와 싸우는지 씩씩거리고 있었다. 가까이 가서 보니 길이가 2m는 됨직하고, 몸체가 팔뚝만 한 검은색 독사였다. 진짜 독이 있는지는 알 수 없었지만 뱀이라면 무조건 독이 있다고 생각하는 나였기에 실로 경악을 금치 못했다. 듣자 하니, 그날 아침에 식모가 우리 방을 청소하다가 침대 밑에 똬리를 틀고 있는 그 뱀을 발견하고는 기겁을 해서 보이를 부른 것이었다.

보이가 쫓아가면 그 뱀은 몸을 세워 공격 자세로 맞서다가 보이가 주춤하면 다시 도망가곤 했다. 몇 번을 그러다가 결국 보이의 칼부림에 몸이 두 동강 나고 말았다. 그런데 머리 쪽은 피를 흘리면서도 계속 도망을 가니, 보이도 무서운지 소리만 지르고 차마 쫓아가지 못했다. 결국 뱀은 1m가 넘는 몸통과 꼬리를 남긴 채, 그 반쪽은 숙소 건물 콘크리트 바닥에 난 구멍으로 들어가 버렸다.

처음 한국 사람들이 머물 숙소를 지을 당시, 튼튼하게 지으려고 마룻바닥 대신 시멘트를 발라 방바닥을 만들었다고 한다. 그리고 한국 집처럼 문지방을 제외한 방바닥 높이를 땅 높이와 거의 같게 했고, 그 위에 나무 침대를 들여 놓았다. 그래서 문만 열어 놓으면 주위의 벌레나 뱀이 쉽게 들어올 수 있었다. 더구나 시원한 시멘트 바닥이니 뱀이 오죽이나 좋아했을까.

이곳 집들은 땅 위로 1m 정도의 빈 공간이 있고, 그 위에 마루와 방이 있다. 이는 땅에서 돌아다니는 불개미, 전갈 또는 뱀 등 각종 독충의 침입을 막고, 비가 와서 홍수가 나더라도 방까지 물이 차는 것을 방지하려는 이유에서다. 또한 그 빈 공간에는 돼지나 닭은 물론, 사냥할 때 늘 함께 데리고 다니는 개들도 키울 수 있다. 그뿐만이 아니다. 한낮에 집 안이 찜질방처럼 더우면 그곳에 해먹hammock을 걸어 놓고 누워서 시원하게 낮잠을 즐길 수도 있는, 그야말로 다목적용이었다.

이와 관련해서 혹자는 성서에 나오는 '요셉'은 목수木手가 아닌 석수石

ᵏ였을 거라고 주장한다. 그 이유인즉슨, 이스라엘에는 집을 짓는 데 쓸 만한 나무가 없어 돌이나 콘크리트로 만든 집만 있다는 것이다. 집을 그렇게 짓는 데는 그만한 이유가 있고 오랫동안 그곳에서 살아온 그들 나름의 '비결'이 있는데, 이를 간과했으니 어쩌면 당연한 결과였다.

그런데 그날의 사단은 뱀 사건으로만 끝나지 않았다. 잠시 침대 위에 누웠다가 나오면서 농구화를 신으려는데 그 속에서 무슨 소리가 나는 것 같았다. 그래서 신발을 거꾸로 들고 털어 보니 시커먼 전갈이 툭 떨어지는 것이 아닌가? 신발을 벗어 놓은 지 30분도 채 지나지 않았는데, 그놈이 도대체 어디에 있었다가 그 사이에 신발 속으로 들어간 것인지 기가 찰 노릇이었다.

마당에는 두 동강 난 뱀의 꼬리가 아직도 꿈틀거리고 있었다. 장난기 많은 친구가 내 신발 속에 있던 전갈을 뱀 몸통 위에 올려놓으니, 전갈은 꿈틀거리는 뱀 몸통에 계속 독침이 붙은 꼬리를 찔러 댔다. 두 집게 팔로 뱀을 잡고 꼬리를 머리 위로 들어 올려 찔러 대는 모습이 오히려 귀엽게 보여, 독에 대한 두려움은 잊은 채 한껏 웃어버리고 말았다.

일정이 시작된 지 얼마 되지도 않아 한 친구는 밤새도록 독사와 한 방에서 동침을 했고, 나는 전갈 독침에 발을 찔릴 뻔했다. 한낱 소동으로 끝나기는 했지만, 지금도 가끔 그때 생각을 하면 아찔하다. 그 전갈 독침에 찔렸다면 아마 몇 주일은 고생했으리라.

이 사건이 있은 후 가정부는 도망간 그 반 토막 난 뱀이 복수를 하기 위해 꼭 다시 올 거라며 겁을 주었다. 태연한 척 웃어넘기려던 우리는 은근히 겁이 나서 그때부터 신발은 반드시 방 안쪽에 벗어 놓고, 문단 속 또한 철저히 하는 습관을 들이게 됐다.

원시 정글 속으로 첫발을 내딛다

3주 동안의 사무실 오리엔테이션이 끝나고, 배낭을 짊어진 채 실제 정글로 들어가 일주일간 서베이 실습을 하는 코스를 가게 됐다. 이는 서베이어로서 원시림을 접해 보고, 그동안 이론으로만 배웠던 서베이 방법들을 정글에서 실습하는 일종의 정글 서베이 맛보기였다.

신참 다섯 명 중 이곳 깔리만딴에 근무할 세 명만이 실습에 참여하고, 다른 두 명은 다음날 각자 부임지로 떠나기로 했다. 일손이 부족하니 빨리 돌려보내라고 독촉했기 때문에 어쩔 수 없었다.

말로만 듣고 상상해 보기만 했던 정글의 생활이 드디어 시작되는구나 생각하니 두려움보다는 기대가 앞섰고, 또 흥분도 됐다. 일정이 잡히자 마자 남대문 시장에서 산 두꺼운 청바지, 월남전 당시 미군들이 신었던 군용 정글화, 모자, 면장갑, 독충 방지용 두툼한 긴 소매 옷, 그리고 거머리 방지용 덧버선 등으로 중무장(?)했다. 모두 한국에서 준비해 온 것들이었다. 이외에도 일주일간 입을 옷가지와 기타 개인 용품 등으로 그 큰 배낭이 가득 찼다.

회사에서는 나침판Compass과 '레벨Level'이라는 경사계傾斜計, Clinometer를 각자에게 하나씩 주었다. 나침판은 방향을, 경사계는 지면地面의 경사진 정도를 측량測量하는 기구인데, 각각 끝단의 1도까지 잴 수 있는 비교적 정밀한 측정 기구들이다.

다음 날 아침에 기상하자마자 부산을 떨기 시작했지만, 8시가 다 되어서야 베이스캠프를 출발할 수 있었다. 출발 직전에 우리 신참 세 명은 이곳 말로 '빠랑Parang'이라는 정글도Bush Knife를 한 자루씩 하사(?)받았다. 칼집도 있었고 허리에 찰 수 있도록 나일론 줄이 달려 있었다. 정글에서 이 빠랑이 없으면 시체나 다름없다. 하지만 이 빠랑 하나만 있으면 몇 달, 아니 몇 년이라도 살아남을 수 있다. 물론 정글의 베테랑들 얘기지만 말이다.

각자 자기의 빠랑을 허리춤에 차고, 문짝이 떨어져 나간 낡은 도요타 지프차에 올라탔다. 우리가 실습할 지역은 1년 전에 이곳에 온 한국인 선배 서베이어 두 명이 현지 서베이어 30여 명과 함께 보름째 임도노선林道路線을 확정하기 위해 사전 탐사 중인 곳으로, 캠프에서 약 30여 킬로미터 떨어진 곳이었다. 그곳 실습지는 부임도副林道, Secondary Road가 건설될 예정이었으며 그해 안에 추가로 개발될 지역이었다.

우리는 한 시간 가까이 임도를 따라 차를 타고 갔다. 차에서 내려 등산로 같은 샛길을 따라 10여 분을 걸어가니, 큰 개천이 앞을 가로막았다. 물 흐르는 소리가 제법 요란스러웠다. 이곳에서는 개울, 실개천, 내, 강 등의 구별 없이 모두 '숭아이Sungai(강)'*라고 부른다. 그러나 웬만

한 강의 지류는 거의 다 고유의 이름을 가지고 있다. 우리가 맞닥뜨린 그 개천의 이름은 '루소 강^{Sungai Luso}'이라고 했다. 이 강은 베이스캠프가 있는 말리나오 강의 한 지류이고, 말리나오 강은 본류인 서사얍 강의 한 지류다.

강 주변보다 약간 높고 비교적 평평한 곳에는 한국의 오두막 같은 텐트가 몇 채 보였고, 강바닥에 널려 있는 크고 작은 바위 위에는 울긋불긋한 총천연색 빨래들이 널려 있었다. 기다리고 있던 두 선배가 우리를 보자 손을 흔들며 다가왔다. 두 사람 모두 현지 말이 유창했는데, 벌써 첫인상부터 정글의 베테랑들 모습이었다. 그들은 앞으로 일주일간 우리 신참들을 지도하고, 실습을 책임질 선생님들이었다.

미리 준비해 놓았던 커피가 나왔다. 그런데 우리 앞에 놓인 커피의 양을 보고 모두 놀랐다. 500cc짜리 맥주잔 크기만 한 법랑 컵(사기로 도금한 철제 컵)에 가득 따라 주었던 것이다. 1파인트^{pint}용 컵이었는데 그곳 말로 '짱끼르^{Cangkir}'라고 했다. 그 한 잔의 양은 당시 한국 다방에서 마시던 커피 열 잔 정도는 족히 되어 보였다.

커피의 맛은 커피라기보다는 설탕물에 커피 가루를 조금 뿌린 것 같은 '커피 설탕물' 수준이었다. 그러나 이 '커피 설탕물'은 정글 서베이어들에게는 그냥 마시는 음료수가 아닌, 서베이할 때 필요한 에너지를 보충해 주는 없어서는 안 될 아주 중요한 음료다. 변변치 못한 식사로 온종일 정글을 누비고 다니려면 충분한 에너지가 필요한데, 이 커피 설탕물은 원기 회복을 위한 에너지의 중요한 소스 중 하나였다.

---

* 큰강, 작은강, 긴강, 짧은강 등으로 불린다.

점심은 며칠 전에 사냥해서 잡았다는 사슴 고기와 멧돼지 고기였다. 잡아서 훈제해 놓고 우리 몫을 따로 준비해 뒀다는 것이다. 난생처음 먹어 보는 사슴 고기는 그렇게 연할 수가 없었다. 멧돼지 고기는 기름기가 별로 없으면서도 맛이 좋았다. 양념이라고는 소금뿐이었지만, 소금이 조미료의 왕이라는 것을 다시 한 번 깨달을 수 있었다.

점심을 끝내고 곧바로 실습에 나서기로 했다. 그동안 여러 차례 조사해서 확정한 임도예정선林道豫定線을 답사한다고 했다. 비교적 지형이 완만하여 힘들지는 않을 거라며, 처음이니까 두 시간 정도만 예정선을 따라서 갔다 오자는 것이었다.

드디어 서베이어로서 원시 정글에 첫발을 내딛는 순간이었다. 한 시간 이상 능선과 계곡을 번갈아 오르내렸고, 능선 허리를 따라가다가도 가로지르고, 어떤 때는 냇물을 건너가기도 했다. 처음에는 앞사람 뒷발치만 바라보며 따라가는 것만으로도 벅찼다. 능선 허리를 가로지를 때는 바로 옆이 낭떠러지라 살얼음 밟듯이 한 발 한 발 조심해야 했다. 그러나 작은 능선 위를 타고 갈 때에는 갑자기 평지가 되기도 했다. 다만 그 어디에서도 흙은 밟을 수도, 찾을 수도 없었다. 겹겹이 쌓인 낙엽만이 발아래 밟혔다.

어느 정도 가다 보니 그새 적응이 되어 좌우를 살펴볼 여유가 생겼다. 울창한 숲 때문에 가시거리는 20~30m 정도가 고작이었다. 주위가 온통 아름드리나무로 빽빽했는데, 집채보다 큰 나무들도 드문드문 보였다. 대체로 큰 나무를 아름드리나무라고 하는데, 보통 어른 기준으로 한 아름은 160cm 정도다. 즉 둘레가 160cm인 나무는 그 지름이 약 50cm인데, 그 당시에는 지름이 60cm 이상이어야만 벌목(벌채) 허가가 났다. 웬만한 아름드리나무는 작아서 벌채를 못하고, 그보다 훨씬 큰 나무만 벌채할 수 있다는 얘기다.

원시림은 사방 100m(10000m²), 즉 1ha(헥타르)의 면적 안에 지름이 60cm 이상인 나무만 평균 8~10본*이 있었다. 그러나 그 나무들을 전부 벌채하는 것이 아니고 경제적인 일부 수종만 벌채했다. 당시에는 헥타르당 5~6본 정도만 경제 수종으로 벌채했는데, 한 나무의 평균 재적材積, Volume이 7~8m³였다. 지름이 200cm가 넘는 나무도 더러 있는데, 이는 어른 네 명이 두 팔을 벌려야 겨우 껴안을 수 있는 크기다. 그러나 지금은 '폴 사이즈Pole size'라고 해서 지름이 25cm 이상만 되면 수종을 불문하고 거의 다 경제적인 가치가 있다. 그만큼 나무가 귀해졌고 용도도 다양해졌다는 뜻이다.

정글 속은 나뭇잎과 가지들로 하늘이 완전히 가려져 있어서 하늘은 거의 보이지 않았다. 간혹 그 나뭇잎 사이사이로 햇빛이 비치기도 했지만 늘 침침했다. 그나마 큰 강가나 산 정상에 가야 하늘을 볼 수 있고 햇볕을 직접 쬘 수 있었다.

우리는 가는 길마다 정글도로 덩굴과 가시덤불 그리고 거치적거리는 작은 나무들을 쳐내서, 조그만 오솔길처럼 만들어 놓았다. 두세 명이 일렬로 가면서 각자 정글도로 장애물을 베어냈는데, 5~10cm 두께의 나무도 한칼에 베어져 나갔다. 이렇게 정글도로 작은 나무들을 쳐내서 오솔길처럼 만드는 것을 '오픈 라인Open line'이라고 하는데, 인도네시아 말로는 '린띠스Rintis'라 한다.

실습 첫날이라 비교적 쉬운 코스를 택한 데다가 이미 린띠스 길이 만들어져 있어 따라 걷기만 했는데, 온몸이 금방 땀투성이가 됐고 숨은

턱까지 차올랐다. 정글의 바닥은 수백, 수천 년 동안 쌓인 낙엽으로 폭신했으나 물기 때문에 축축했고 바닥은 미끄러웠다. 벼랑 옆이나 언덕 길을 걸을 때는 미끄러져 넘어지기 일쑤였다. 이때 잘못 넘어지면 칼로 자른 나무에 옆구리나 등과 같은 곳을 찔릴 수 있어 특히 조심해야 했다. 빠랑으로 나무를 자를 때 수평으로 자를 수는 없고, 45도 각도로 자르다 보니, 허리 높이인 날카로운 창을 거꾸로 땅에 꽂아 놓은 격이기 때문이다. 간혹 미끄러져서 넘어질 때, 엉겁결에 그 뾰족한 끝을 맨손으로 잡기라도 하면 그 끝에 찔려서 피가 나기도 했다. 그래서 덥고 귀찮더라도 면장갑을 끼고 다녀야 안전하다.

그러나 그보다 더 위험한 것은 자신의 빠랑이다. 빠랑으로 나무를 칠 때 각도가 맞지 않거나, 나무가 강질인 줄 모르고 내려치다 칼이 미끄러져 자기 무릎을 베는 것이다. 빠랑의 달인인 현지인들도 종종 사고가 나고, 베테랑 한국인 중 한 명도 빠랑으로 자기 무릎을 찍는 바람에 병원으로 후송되어 몇 주일간 입원한 적도 있다고 한다.

물론 신참인 우리는 허리에 찬 빠랑을 꺼낼 엄두도 못 냈다. 그들을 그냥 따라가는 것만으로도 두 발은 물론, 두 손까지 정신없이 바쁜데 언제 빠랑을 빼들고 여유를 부릴 수 있겠는가. 그러다가 혹시 미끄러지기라도 하는 날이면 말 그대로 자기 도끼에 발등 찍히는 격이다. 반면 앞서서 길을 안내하는 현지인들은 바람처럼 날랬고, 심지어 우리와 보조를 맞추느라 여유를 부렸다. 나들이라도 나온 것 마냥 노래까지 부르며 가고 있었다.

캠프로 돌아올 때 우리 신참 세 명은 거의 기진맥진한 상태였고, 걸음조차 제대로 뗄 수 없을 정도였다. 캠프 근처에 다다르니 루소 강의 시원한 물소리가 들려왔다. 다 왔구나 싶은데 힘이 나기는커녕 오히려 맥이 쭉 빠져 버렸다. 긴장이 풀리면서 몸에 힘이 빠져 그런 것 같았다. 우리 신참들은 잠시 쉬었다가 가겠다며 선배들과 현지 서베이어들에게 먼저 가라고 했다. 사실 우리 때문에 너무 늦어져 미안한 마음이 컸다. 게다가 텐트까지는 그들이 늘 다니던 길이라 린띠스로 길도 나 있고, 물소리까지 들리니 우리끼리도 충분히 갈 수 있으리라 생각했다. 기껏해야 100m도 안 남은 것 같았다.

담배도 한 대씩 피우면서 10분쯤 쉬었다가 출발했다. 끝없이 이어지는 린띠스를 따라서 가는데 언제부터인가 강물 소리가 들리지 않았다. 느낌이 좋지 않았다. 루소 강이 벌써 우리 앞에 나타났어야 했는데, 아무리 둘러봐도 없었다. 주위의 풀들을 보니 다행히 강에서 멀리 떨어지지는 않은 것 같았지만 그 우렁찬 물소리는 들리지 않았다. 갑자기 당황한 우리는 SOS 신호로 '야호'를 계속 외쳐 댔으나 아무런 응답이 없었다. 캠프에서는 물소리 때문에 우리들의 '야호' 소리를 전혀 듣지 못했다는 사실을 나중에서야 알았다.

우리는 지도를 보면서 나침판으로 방향을 잡고, 길도 없는 숲을 헤치며 무작정 강 쪽으로 가기로 했다. 빠랑이 있어 천만다행이었다. 로딴 덩굴의 가시와 덤불을 자르면서 무조건 정해진 방향으로 나아갔다. 한 10분쯤 가니 드디어 찾던 루소 강이 눈앞에 나타났다. 그곳은 강바닥이 평평하고 깊어서 새파란 빛깔의 물이 잔잔하게 흐르고 있었다. 다행히도 강가로 나오자마자 저 위쪽에서 사람들이 움직이는 것이 보였고, 우리 텐트도 어렴풋이 시야에 들어왔다. 그렇지 않았으면 우리는 텐트를 찾으려고 또다시 헤맸을 것이다.

알고 보니 우리는 린띠스를 따라가다 사냥하러 다니는 다른 린띠스 길로 잘못 접어든 것이었다. 정글 속에서는 가시거리가 20m밖에 되지 않아, 길을 모르면 깜깜한 밤길을 가는 것과 같다. 그래서 한 발이라도 잘못 디디면 어디로 가는지도 모른 채 정글의 미아가 될 수 있다. 이렇게 정글에서 길을 잃으면, 최대한 높은 곳으로 올라가 큰 나무를 찾아야 한다. 그리고 그 나무의 지상근^{Buttress, 地上根}*을 빠랑으로 두드리면 북소리 같은 소리가 멀리 퍼져 나가 도움을 받을 수 있다.

원시 정글의 나무꾼 생활은 이렇게 시작됐다. 비록 100여 미터의 짧은 거리였지만 우리 힘으로 찾았다는 사실이 흐뭇하기도 했는데, 어느새 무용담이기라도 한 듯 그날 저녁의 얘깃거리가 됐다. 이날을 시작으로 3년 반 동안 깔리만딴의 원시 정글을 헤매고 다녔는데, 베이스캠프 생활을 빼고 실제로 정글에 있던 일수가 700일도 넘는 것 같다.

특히 2년 차 때는 1년 동안 300일 가까이 정글을 헤집고 다녔다. 한국에 휴가 갔던 기간을 빼고는 거의 매일 정글 속에서 지냈던 것이다. 베이스캠프에는 휴식과 보급을 위해 잠깐 3~4일만 머물고는 곧바로 배낭을 짊어지고 정글로 달려가곤 했다. 1년에 300일을 정글 속에서 보낸 그때의 그 기록은, 아마 한국 서베이어들 사이에서 아직도 깨지지 않은 기록으로 남아 있을 것이다.

---

* 지상근(地上根)이란 땅 밖으로 나온 나무뿌리다. 나무의 지름이 1m가 훨씬 넘고 높이가 30m 이상인 큰 나무들은 이를 지탱하는 지상근이 정말 집채만 한 경우도 많다. 보통 서너 개의 지상근이 솟아나서 나무를 지탱하는데, 지상근 사이에는 커다란 방 같은 공간이 있어서 짐승들이 종종 잠을 자거나 새가 알을 낳아 놓기도 한다. 이런 지상근은 나무를 지탱하기 때문에 영어로 버팀벽 또는 지지물이란 뜻으로 'Buttress'라고 하며, 인도네시아에서는 '바니르(Banir)'라고 한다. 물론 모든 나무가 지상근을 갖고 있지는 않고, 수종에 따라 지상근 없이 땅 속에 뿌리를 박고 몸통만 서 있는 나무들도 많다.

서베이 식량 준비

정글 서베이 날짜와 인원 등이 결정되면 식량과 구급 약품 및 조사에 필요한 도구들을 준비한다. 구급약은 주로 진통제(두통, 치통), 말라리아약, 감기약, 그리고 상처에 바르는 연고, 지혈제 및 반창고, 붕대, 솜 등이다. 그리고 뱀에 물렸을 때 바르는 약도 넣고 다녔는데, 3년 반 동안 한 번도 사용한 적이 없다. 현지 서베이어들은 평소에 늘 노동으로 단련되어 겉으로 보기에는 근육이 아주 탄탄하다. 그러나 평소에 제대로 먹지 못해서 몸속은 그렇게 튼튼하지 못하고 오히려 부실하다. 감기, 두통, 치통, 복통 등으로 고생하는 경우가 부지기수다.

서베이어들 중 팀 리더와 크루저^{Cruiser}(임목조사원)들은 일정한 월급을 받고, 서베이 작업을 하면 별도의 서베이 수당을 받는다. 하지만 다른 사람들은 일당제이므로 서베이가 없는 날은 공치는 날이다. 그러나 서베이 가는 날이면 일당도 일당이거니와, 평소에 맛볼 수 없는 각종 통조림은 물론 사냥도 할 수 있다는 기대에 부풀어 다들 이날만 손꼽아 기다린다.

그들의 주식은 밥인데 제대로 된 반찬이 없다. 어쩌다 채소를 먹거나 사냥해서 잡은 고기를 먹지만, 절인 생선을 밥과 함께 먹는 경우가 대부분이다. 부식은 통조림 위주로 준비하는데, 꽁치, 멸치, 소고기, 돼지고기 통조림 등과 채소로는 양상추Lettuce 뿌리를 간장에 절여서 잘게 썰어 만든 '레터스' 통조림이 유일하다. 그리고 소금에 절인 생선인 이깐 아신Ikan Asin(소금에 절인 생선)이 주메뉴다. 여기에 '까짱 히자오Kacang Hijau'라는 녹두Green Bean와 깡통에 담은 연유, 커피와 홍차, 설탕도 필수 품목이다. 소금과 조미료(아지나모도), 마늘 그리고 요리할 때 감초격인 빨간색 마늘 '바왕 메라Bawang Mera'도 빼놓을 수 없는 품목 중 하나다. 담배는 물론 제일 싸구려지만 그들이 일상적으로 피우는 봉초와는 비교할 수 없다. 1인당 하루에 한 갑씩 지급되는데, 비흡연자들에게는 이것 또한 부수입이 된다.

1인당 하루 예산이 한정되어 있기 때문에 통조림 중에서도 돼지고기 통조림(크리스천 팀용), 소고기 통조림(무슬람 팀용), 그리고 연유 등은 비싸서 많이 살 수가 없다. 통조림은 1인당 하루에 두 통Tin씩 계산해서 구매한다. 이깐 아신은 값이 싸지만, 현지인들은 늘 먹기 때문에 그렇게 많이 가져갈 수도 없다. 이 이깐 아신은 내가 꼭 챙기는 부식인데, 기름에 튀겨서 밥과 함께 조금씩 뜯어 먹으면 잃어버린 입맛을 되돌릴 수 있다. 특히 서베이 도중 점심 식사 때가 되면 아침에 가져간 따뜻한 밥이 차디찬 떡밥이 되곤 하는데, 이 떡밥을 물에 말아 이깐 아신과 먹으면 한 그릇쯤은 너끈히 해치울 수 있다.

서베이 갈 때 빼놓을 수 없는 또 한 가지 필수품이 사냥총과 낚싯줄이다. 사냥하거나 물고기를 잡으면 가져간 통조림은 재고로 쌓인다. 그러면 나중에 서베이가 끝날 때쯤에 팀 리더들이 남은 통조림을 각 팀원에게 공정하게 나눠준다. 그 양이 늘 각자 한 짐씩 되기 때문에 그들이 집으로 돌아가면 가족들은 며칠간 통조림 파티를 벌일 것이다.

정글에서의 임시 야영

정글에는 보통 적게는 10여 명, 많게는 30여 명이 함께 들어간다. 묵직한 쌀과 통조림 등 먹을 식량뿐만 아니라 서베이 도구, 주방용품, 식기류와 개인 용품 등을 모두 짊어지고, 며칠씩 길도 없는 정글 속을 가야 한다. 그래서 짐의 무게가 제한될 수밖에 없는데, 보통 1인당 30kg 이상이 되면 무리다.

서베이할 지역은 아직 개발되지 않은 원시 상태의 정글이기 때문에 도로를 이용할 수 없다. 보통은 주로 강을 이용하지만 배가 들어갈 수 있는 곳까지는 한계가 있다. 될 수 있는 대로 임도林道나 수로를 최대한 이용하더라도, 최종 목적지까지는 하루나 이틀 이상을 더 걸어야만 도착할 수 있다. 이때 짊어지고 갈 수 있는 식량이 최대 20일분인데, 이에 따라 서베이 계획과 식량의 추가 보급 계획 등을 마련한다.

목적지는 보통 강이나 냇물의 지류가 만나는 곳을 지도 상에서 정한

다음 나침판^{Compass}을 이용하여 찾아가는데, 그곳 지형에 익숙한 현지인을 함께 대동하고 간다. 당시의 50000분의 1 지도는 조그만 강이나 냇물의 지류도 비교적 정확하게 표시되어 있어, 목적지를 찾지 못해 헤맨 적은 거의 없었다.

목적지에 도착하기까지는 베이스캠프를 출발하고부터 보통 2~3일 정도 걸렸다. 그저 걷고 또 걸었다. 능선도 타고, 강을 따라서 걷기도 한다. 물론 서베이어들은 걷는 게 일이지만, 모두 짐을 잔뜩 지고 행군하기 때문에 여간 벅찬 일이 아닐 수 없다. 그러나 임시로 야영할 장소까지 늦지 않게 도착하려면 부지런히 속도를 내야 한다.

임시 야영할 장소에 도착하면 바로 야영할 준비를 한다. 한쪽에서는 잠자리를 만들고, 또 한쪽에서는 땔감(장작)을 모아 임시 화덕을 만들어 물을 끓이고 밥을 짓는다.

야영할 장소는 특별한 경우를 제외하고는 가능하면 물가로 잡는다. 밥도 끓여야 하지만 목욕도 해야 하기 때문이다. 혹시라도 목욕을 못하고 땀에 젖은 몸으로 그냥 잠을 자다가 감기나 말라리아라도 걸리면 큰일이다.

그러나 입었던 옷이 땀으로 흠뻑 젖었더라도 겉옷은 물론이거니와 속옷도 빨아서는 안 된다. 괜히 빨았다가 하룻밤 사이에 마를 리도 없고, 젖은 채로 배낭 속에 구겨 넣어 한나절을 보냈다가는 곰팡내가 진동하기 때문이다. 땀에 젖은 옷가지는 밤새 말렸다가 다음 날 아침에 다시 입고 계속 행군해야 한다.

텐트를 칠 때도 임시로 하룻밤만 자기 때문에 비만 피할 수 있게끔 최대한 간소하게 비닐과 잔 나뭇가지, 큰 나뭇잎이나 풀잎 등으로 하늘만 가린다. 그리고 맨땅바닥에 나뭇가지와 풀잎을 깔아 바닥의 습기를 막고, 신문지나 두꺼운 종이 상자를 그 위에 덮은 후 담요를 말아서 눕는다. 그때만 해도 슬리핑백은 너무 사치스러워 꿈도 꾸지 못했다. 그러나 설령 가지고 있더라도 부피가 크고 무거워서 가져갈 수도 없었다.

가장 신경 써야 하는 문제는 밤에 침입하는 불개미나, 뱀, 지네 또는 전갈과 같은 독충들을 막는 일이다. 특히 불개미들은 밤에 수백 마리가 떼 지어 몰려다니면서 먹이를 찾는데, 임시 막사 주변에 버린 밥과 반찬 찌꺼기 등이 이들을 불러 모은다. 그런데 이들의 퇴치 방법은 의외로 간단하다. 텐트 둘레를 빙 돌아가면서 약간의 골을 파고 그 고랑에 석유를 뿌려 놓으면 만사 오케이다. 또한 밤새도록 석유램프를 켜 놓는데, 혹시 짐승들이 침입하거나 들쥐나 산고양이 등이 식량을 도둑질할지도 모르기 때문이다.

그러나 아무리 조심한다 해도 순간의 방심은 있기 마련이다. 저녁을 먹은 뒤 소변이 마려워 맨발로 슬리퍼만 신고 나왔는데, 아무 생각 없이 그 석유 경계선을 넘어서 물가로 가다가 그만 불개미들이 우글거리는 한가운데를 밟고 말았다. 처음에는 담뱃불을 밟은 줄 알고 "앗, 뜨거워!" 소리를 냅다 지르고는 펄쩍 뛰었다. 무슨 일인가 싶어 달려온 서베이어 친구들이 플래시를 비춰 보니, 불개미 대여섯 마리가 발에 붙어 있고 주위가 온통 불개미로 우글거렸다. 나는 정신없이 뛰면서 개미들을 털어냈다. 통증은 30초도 더 가는 것 같았으나 다행히도 뒤탈은 없었다. 틀림없이 발이 붓고, 아파서 걷지도 못할 줄 알았는데 독성은 없는 듯했다.

이 불개미는 한국의 보통 개미와 크기는 비슷하지만, 몸통에 비해 머리가 아주 크다. 그런데 그 큰 머리의 반 이상이 입이다. 입이 엄청나게 큰 것이다. 그리고 몸의 색깔은 검은색으로 보이지만, 너무 붉어서 검게 보일 뿐 사실은 검붉은 색이다. 색이 불처럼 빨개서 불개미라고 했는지, 물리면 불에 덴 것 같아서 불개미라고 했는지 알 수는 없지만, 인도네시아 말로도 불개미는 'Fire Ant'라는 뜻으로 '서뭇 아삐'Semut Api'라고 한다.

이렇게 한바탕 소동을 벌인 뒤, 다음 날 아침 일찍부터 서둘러서 행군을 시작했다. 어떤 날은 밤새 내린 비로 물이 갑자기 불어나서 급류로 변하는 바람에, 허리까지 오는 급류 속을 마치 곡예 하듯이 건너기도 했다. 그러나 아무리 힘들어도 해가 떠 있는 3시까지는 목적지에 도착해야 한다. 늑장을 부려서 해가 질 무렵에 도착하면, 텐트도 제대로 설치하지 못하고 한밤중에 밥을 해 먹어야 하기 때문이다.

뽄독의 위치 선정

목적지에 도착하면 우선 텐트를 설치할 위치를 정하고 텐트를 지을 자재(?)부터 마련해야 한다. 이 텐트를 인도네시아 말로 '뽄독^{Pondok}'이라고 한다.

그런데 뽄독의 위치를 잘못 정했다가는 목숨까지 잃을 수 있기 때문에 그 위치가 매우 중요하다. 이때 물가에서 가까운 곳을 선정하는 것이 기본이다. 음식, 식수, 목욕은 물론 볼일을 볼 때도 물에 가까울수록 편리하기 때문이다. 가능한 큰 강가에 설치할 수 있으면 빨래를 햇볕에 말릴 수도 있고, 목욕도 마음대로 할 수 있어 금상첨화^{錦上添花} 격이다. 하지만 그런 강을 만나는 것도 어쩌다 운이 좋아야 가능하다.

그러나 물가가 좋다고 뽄독을 물가에 너무 가깝게 지으면 안 된다. 정글 속에서는 비가 잠깐만 내려도 소낙비처럼 퍼붓기 때문에 강우량이 생각보다 훨씬 많다. 또한 정글의 바닥에는 나뭇잎이 쌓여 있기 때문에 빗물이 땅속으로 깊이 스며들기가 어려워서 대부분이 지표면으로 흐른다. 그래서 뽄독을 물가 쪽에 너무 가까이 설치하면, 그곳에는 비가 오지 않았더라도 자는 사이 뽄독과 함께 홍수에 실려 떠내려가는 수가 있다. 상류 쪽 어디에선가 폭우가 쏟아지면 갑자기 물이 불어나기 때문이다.

이런 점을 간과했다가 어느 날 새벽에 뽄독의 마루까지 물이 들어차서 크게 곤욕을 치른 적이 있었다. 희한한 것은 언제나 무슨 사단을 당하려면 그 일이 일어날 수밖에 없는 조건이나 여건들이, 마치 누군가가 미리 정해 놓은 듯 맞아떨어진다는 느낌이 든다. 우리 속담에 있는 '도둑이 들려면 개도 짖지 않는다'는 말처럼, 평소에 일어나지 않던 일들도, 이때에는 미리 맞춰 놓은 듯이 일어나는 것이다.

당시 일도 거의 끝나가고 지쳐 있었던 데다, 이틀 뒤면 베이스캠프로 내려갈 예정이라 모두 느슨해져 있었다. 그곳은 뽄독을 칠 장소로는 그렇게 넓지 않았고, 물가는 암석투성이라 위로 100m는 더 올라가야 적당한 장소가 있을 것 같았다. 그러나 아침, 저녁으로 그곳까지 오르락내리락하자니 귀찮고 힘들 게 뻔했다. 또한 당시는 건기乾期였고 그동안 비도 별로 오지 않았기에, 모두의 동의하에 물가에서 10m도 채 떨어지지 않은 곳에 적당히 뽄독을 지었다. 그런데 하필이면 그날 비가 쏟아졌다. 옷가지들과 담요가 몽땅 물에 젖었지만, 다행히 뽄독의 기둥들이 잘 버텨 준 덕분에 홍수에 떠내려가지는 않았다. 설마 했다가 설마가 사람 잡을 뻔했다.

물가에 있는 나무의 줄기나 잎들을 유심히 보면, 희미한 흙 자국을 볼 수 있다. 이는 지난 폭우 때 그곳까지 물이 불었다는 증거로, 비가 오

면 최소한 그 정도까지는 물이 찬다는 표시다. 따라서 당연히 그 위쪽
에 텐트를 지어야 한다. 또 한 가지 정말로 유의해야 할 점은 뽄독 주위
에 있는 나무들의 상태를 유심히 잘 살펴보는 일이다. 혹시 죽거나 마
른 나뭇가지가 있는지, 꺾인 가지가 끝에만 붙어 있지 않은지, 보기에
는 멀쩡한데 나뭇잎들이 말라가고 있지 않은지 등을 잘 살펴보아야 한
다. 이러한 나뭇가지들은 이미 죽었거나 썩어가는 가지들인데, 바람이
불거나 비가 올 때면 십중팔구 부러져서 밑으로 떨어진다. 비록 1~2kg
의 아주 가벼운 마른 나뭇가지라 해도 30여 미터 높이에서 가속도가
붙어 화살처럼 내리꽂히는 장면을 상상해 보라. 실로 치명적인 살인 무
기가 아닐 수 없다. 실제로 원목 생산 현장에서 벌채할 때나 임도를 건
설할 때, 이런 나뭇가지들이 떨어져 일어나는 사고가 안전사고 중에서
제일 큰 비중을 차지한다.

한편 당시 네 개의 임목 조사팀은 크리스천 두 팀, 무슬람 두 팀으로
구성됐다. 이러한 팀 구성은 혹시 있을지도 모를 서베이어들의 파업이
나 태업에 대한 예방 대책은 물론, 라마단이나 크리스마스 등 종교 축
제 때를 대비하기 위해서였다. 라마단 때는 크리스천 팀에게, 그리고 크
리스마스 때는 무슬람 팀에게 각각 서베이를 시켜서 전체 서베이 작업
이 지장받지 않도록 한 것이다.

인도네시아나 말레이시아는 수백이 넘는 종족들로 구성된 다민족多
民族 국가인데, 같은 종족 내에서 서로 다른 종교를 믿는 경우는 매우 드
물다. 즉 종족이 같으면 믿는 종교도 거의 같다. 서로 다른 종족이 같은
종교를 믿는 경우에는 그 종교가 공통분모로 작용해 서로 별문제 없이
통하는 데가 있다. 그러나 종족이 다른 데다 종교 또한 다르면 뭔가 서

로 불편해하는 것 같다. 서로 다른 종족이라도 오랫동안 비슷한 지역과 환경에서 함께 살면 생활 습관과 제도적 관습, 문화 등이 비슷해질 텐데도, 서로 다른 종교 때문에 의식과 생각이 같은 한 국민이라는 인식이 다소 옅어진 듯한 모습이었다.

당시 네 개의 서베이어 팀 중 두 팀은 같은 종족으로 구성됐다. 또한 종교도 무슬람 팀과 크리스천 팀으로 서로 다르다 보니, 비록 같은 처지에 있다 해도 100% 단합하기가 그렇게 쉽지는 않을 것 같았다. 그래도 서베이 팀의 단체 태업 등이 문제가 되어 회사를 곤란하게 한 적은 없었으니 그나마 다행이었다.

이슬람 율법에 '저절로 죽은 동물의 피, 돼지고기, 소와 양의 기름, 네 발로 기어 다니는 날개 달린 짐승, 갈고리발톱을 가지고 있으면서 동족同簇을 잡아먹는 날짐승, 그리고 날개도 비늘도 없는 수중 동물 등은 먹어서는 안 된다'고 되어 있기 때문에 무슬람 팀은 이를 철저히 지켰다. 그들은 화덕을 따로 만들고, 음식도 따로 요리해서 먹는다. 설거지하는 장소는 무슬람 팀이 늘 상류 쪽을 차지했다. 크리스천 팀에서 금기 음식을 담았던 그릇을 씻은 물에 자기들 그릇을 씻을 수는 없기 때문이다.

그래서 음식 때문에 나의 잠자리는 주로 크리스천 팀 텐트에 마련됐다. 가끔 무슬람 텐트에 마련되기도 했는데 아주 좋은 위치였고, 크리스천 텐트에서의 위치가 별로 좋지 않을 때는 무슬람 팀 쪽에서 직접 좋은 곳에 내 자리를 만들어 주기도 했다. 한편 식사 시간에는 가능하면 하루는 크리스천 팀, 하루는 무슬람 팀으로 번갈아 가면서 함께 식사했다. 그들의 음식이 나한테는 전혀 문제가 없음은 물론, 내 입맛에도 맞는다는 사실을 보여 줄 필요도 있었기 때문이다. 그래도 멧돼지를 사냥한 날이면 당연히 크리스천 팀에서 식사를 했다.

한 번 설치한 뽄독은 그 지역의 서베이가 끝날 때까지 짧게는 3~4일, 길게는 2주 정도 사용한다. 작업이 끝나면 다음 지역으로 이동하기 때문이다. 임목 조사만 할 때는 비교적 한곳에 오래 머물 수 있지만, 임도 서베이나 임목 축적 샘플링 조사를 위한 스트립 서베이Strip survey인 경우는 한곳에 오래 머물 수가 없고 계속 이동해야 한다.

캠프를 이동할 때는 모든 짐을 다시 꾸리고 뽄독도 새로 설치해야 하므로 하루가 금방 지나간다. 캠프를 이동하는 데 걸리는 시간도 서베이 작업 시간 중 만만치 않은 비중을 차지한다. 그래서 캠프 위치를 선정하는 것도 사전에 철저히 계획을 짜서, 가능하면 캠프 이동을 최소한으로 줄일 수 있도록 해야 한다. 이 때문에 뽄독의 설치 장소와 캠프의 위치 선정이 모두 중요하다.

뽄독 설치 작업

뽄독을 설치할 위치가 정해지면, '뚜깡 마삭^{Tukang Masak}'이라고 불리는 팀의 조리사들은 각자 자기네 화덕을 만들고, 장작을 구해서 우선 커피를 끓일 준비부터 한다. 이들에게는 식사보다도 '미눔 꼬삐^{Minum Kopi}'*가 우선이기 때문이다.

화덕을 만드는 방법은 아주 간단하다. 약 50cm 길이의 나무토막 세 개를 삼각형으로 박아 놓으면 훌륭한 화덕이 된다. 그 위에 주전자를 올려놓고 물도 끓이고, 프라이팬이나 밥솥을 올려서 요리한다. 장작은 우선 근처의 마른 나뭇가지들을 주워 불을 지핀다. 처음에는 좀 젖어 있기 때문에 석유를 써서 불길을 살린다. 화덕 위쪽에는 선반을 만들어 생나무 장작을 잔뜩 쌓아 놓고 불길로 말리면서 쓴다. 나무 중에 약

---

* 마시는 것을 '미눔(Minum)', 먹는 것은 '마깐(Makan)'이라고 한다.

간 끈적거리는 빨간 수액樹液이 있는 나무들은 불이 잘 붙어서 장작 전용으로 쓰인다.

조리사의 큰일 중 하나가 이런 장작을 준비하는 일이다. 나머지 팀원들은 뽄독을 설치할 자리의 잔 나무들을 잘라내고 땅을 평평하게 적당히 고른다. 그 중 몇 명은 근처에 있는 숲에 가서 뽄독의 기둥과 마루에 깔 나무들을 베어 온다.

뽄독은 우리가 보통 야영할 때 쓰는 텐트 같은 것이 아니라, 지붕만 있고 사방이 탁 트인 원두막을 연상하면 된다. 한 채의 뽄독에 열 명 정도가 나란히 누울 수 있도록 가로 길이는 10m 정도로 충분히 잡고, 머리맡에 잡동사니를 놓을 수 있을 만큼 세로는 넉넉히 2m가 좀 넘게 만든다.

그리고 지름 20cm 굵기의 잔 나무들로 뽄독의 기둥 겸 골격을 세운다. 기둥을 박을 때는 나무 끝을 뾰족하게 깎은 것을 땅속에 방아 찧듯이 박는데, 서너 명이 번갈아 가며 계속 찧어서 깊이 박히도록 한다. 물가라서 바닥은 대부분 진흙땅이기 때문에 보통 땅속에 50cm도 더 박힌다. 기둥의 높이는 땅에서 2m가 좀 넘게 한다.

기둥이 세워지면 지상에서 1m 정도 위쪽에 사방으로 틀을 만든 다음 땅 곳곳에 지지대를 박아서 그 틀을 고정한다. 그리고 그 위에 사람 무게를 견딜 만한 잔 나무를 1m 정도의 간격으로 그물처럼 엮은 다음, 마지막으로 그 위에 나무껍질을 장판처럼 깐다.

나무껍질이 어느 정도 두터워야 장판 역할을 충분히 할 수 있으므로, 보통 지름이 50~60cm 되는 나무 중에서 껍질이 3cm 이상인 나무를 골라 껍질을 벗긴다. 뽄독을 지을 때 이 작업이 가장 오래 걸리고 제일 힘들다. 먼저 한 아름드리나무를 서너 명이 30분 가까이 도끼질한다. 나무를 완전히 쓰러뜨린 뒤, 1m 정도 길이로 나무껍질을 빙 돌려서 벗겨 낸다. 한 바퀴 벗겨 낸 나무껍질은 보통 사람 키만 한 160cm 내외다. 바닥에 닿은 부분은 벗겨 낼 수 없으니 토막 내서 두 토막을 만들면 1인용Single 매트리스가 된다. 이를 각자 자기 잠자리에 얹어 놓고 그 위에 신문지나 상자 등을 깔아서 바닥의 냉기를 막는다. 그리고 모기장을 치면 침실이 되는 것이다. 그 속에서 담요 한 장을 말아서 잠을 잔다. 딱딱한 바닥에 등이 배기고 불편하지만, 그래도 다행인 것은 온돌 생활에 익숙한 우리 한국 사람은 편안하게 누울 수 있어 문제가 없었다.

그런데 요즘 서베이어들은 이렇게 힘들여서 나무를 베고, 그 나무껍질을 벗겨 내는 미련한 짓은 하지 않는다. 그들은 팔뚝 굵기만 한 막대기 두 개를 걸치고 거기다 해먹hammock을 친다. 해먹이 무거워서 짐이 되면 비닐로 된 쌀자루나, 약간 질긴 부대 자루 등으로도 충분히 대신할 수 있다. 그러면 우선 잠자리도 푹신하고, 마루도 만들 필요가 없어 뽄독 짓기가 훨씬 빠르고 편하다. 기둥 몇 개만 세우고 해먹을 걸칠 틀만 짜면 되는 것이다. 게다가 나무를 벨 일도 줄어드니 훨씬 친환경적(?)이다. 머리가 나쁘면 몸이 고생이라더니, 그때는 왜 그렇게 미련했는지 모르겠다.

뽄독의 마루 부분은 사람들이 오르내리기 편하게 지름 20cm 정도의 작은 통나무를 비스듬히 걸쳐서 사다리를 놓고, 오르내릴 때 미끄러지지 않도록 발 디딜 자리에 군데군데 홈을 파 놓는다. 그리고 지붕은 다년생 풀인 '실낱Silnat(Fern 종류)'의 나뭇잎을 따서 서너 겹 덮는다. 야자 나뭇잎처럼 생긴 이 풀잎을 얹기 위해서 잔 나뭇가지를 엮어 서까래처럼 만든다. 그 실낱의 이파리는 바나나 잎 크기만 한데, 길이가 2m도 넘는 데다 잎이 촘촘히 달려있어서 서너 개만 겹쳐 얹으면 바둑판 크기의 구멍 두세 군데는 쉽게 막을 수 있다. 비가 쏟아져도 거의 새는 법이 없다.

요즘은 비닐(캔버스)을 사용하여 실낱 지붕 대신 쓰고 있는데, 마치 과거 우리의 새마을 운동 때 있던 초가집이 개량된 느낌이다. 그러나 그때는 식량을 우선 짊어지고 가야 했기 때문에 무거운 비닐은 가져갈 엄두도 못 냈다. 요즘의 서베이는 그때처럼 오랫동안 정글에 있을 필요도 없고, 또 원시림이 아닌 2차나 3차로 재개발Relogging하는 임지가 대부분이다. 그래서 서베이할 지역까지 이미 임도가 나 있거나 수로로도 쉽게 접근할 수 있어 식료품 등 보급에 전혀 문제가 없기 때문에 비닐을 챙길 만한 여유가 있는 것이다.

뽄독 설치의 모든 작업은 정글도인 '빠랑' 하나만으로 해결한다. 장판을 얻기 위해 큰 나무를 벨 때에만 도끼가 필요할 뿐이다. 물론 못은 전혀 사용하지 않는다. 필요가 없기 때문이다. 못과 끈을 대신해서 '로 딴Rotan'이라는 등나무 줄기를 사용하면 된다. 못으로 박는 대신 이 로 딴 줄기로 묶는 것이다. 로딴은 한국에서 '로딴 가구'로 많이 알려진 등나무의 한 종류로, 정글 속에 널려 있다. 그 굵기도 여러 종류다. 어린이 새끼손가락만 한 것부터 어른 엄지손가락보다 굵은 것도 있는데, 굵기에 따라서 등급Grade이 달리 매겨지며 가격도 차이가 난다. 이 로딴 덩굴은 수십 미터 이상을 뻗어 나간다. 뻗어 나가는 끝 부분의 순筍은 여러 갈래로 갈라져 다른 나무에 잘 달라붙을 수 있도록 가시로 뒤덮여 있다.

이렇게 한 개의 뽄독을 완성하는 데 보통 서너 시간 정도가 걸린다. 각자 자기가 맡은 일을 다 했더라도 아직 끝나지 않은 팀원들의 일을 서로 도와서 모든 일을 거의 함께 끝냈다. 뽄독을 다 짓고 잠자리를 정할 때 서베이어들은 처음 얼마 동안 나의 잠자리를 마루 한가운데에 잡아주었다. 혹시라도 밤에 짐승이 침입하거나, 비가 들이쳐 옷가지 등이 젖을 것을 우려해서였다. 그러나 나중에 어느 정도 이력이 붙고 나서는 직접 나서서 주로 가장자리를 맡았다. 한쪽이 비어 있어 자리도 넓고, 저녁에는 바람도 직접 맞을 수 있을 뿐 아니라 화덕에서 나는 연기로부터도 비교적 멀리 떨어져서 좋았다.

정글 서베이어의 하루

새벽 먼동이 트려면 아직 한참은 있어야 할 새벽 4시 정도부터 조리사는 아침 식사 준비를 서두른다. 아직 꺼지지 않은 불씨 위에 장작을 더 넣고 불을 붙여서 물부터 끓인다. 점심때까지 마셔야 하므로, 매일 아침 각 팀에 5L짜리 물주전자를 두 개씩 갖다 놓아야 한다. 물이 끓는 동안 물가로 내려가, 쌀을 씻고 반찬거리를 다듬으면서 요리를 준비한다. 물이 끓기 시작하면 각 주전자에 커피와 홍차를 넣고 설탕을 듬뿍 털어 넣어서, 커피 설탕물과 차 설탕물을 만들어 놓는다. 맛으로 따지면 설탕물에 커피 가루나 차 가루를 조금 뿌린 것 같지만, 커피 향만큼은 전문점 못지않게 구수하다.

5시쯤 되면 거의 모든 서베이어가 목욕을 마치고, 각자 큼직한 짱끼르 Cangkir에 커피나 차를 담아 마신다. 동이 트려면 한 시간은 더 있어야 하는데도 어느새 목욕까지 끝내고는 여유롭게 티타임을 즐기는 것이다.

정글에서의 새벽은 하루 중에서 제일 추울 때다. 아마도 섭씨 20도 정도 되지 않을까 생각한다. 정글 속 한낮의 온도는 섭씨 25도 정도지만, 해가 지면서 온도가 계속 내려간다. 그래서 밤에 잘 때는 긴 소매 옷에 긴 바지를 입고, 양말까지 신은 채로 담요를 덮고 잔다. 게다가 구멍도 없는 헝겊 모기장까지 친다. 그런데도 바람이 불거나 비가 오는 밤이면 추워서 몸을 번데기처럼 말고 잔다. 우기雨期에는 더욱 기온이 내려가서 양말을 신어도 발이 시리다. 그럴 때는 덧버선처럼 비닐봉지 속에 발을 넣어 끈으로 묶고 자면 정말 따뜻하다.

그런데 그 추운 새벽에 찬물로 목욕해야 하니, 처음에는 몸이 너무 떨리고 이가 딱딱 부딪힐 정도라 도저히 못 할 것 같았다. 그래도 상대적으로 추운 지방에서 왔다는 체면과 오기 때문에 이를 악물고 하루 이틀 견디다 보니, 그게 그렇게 시원할 수가 없었다. 정신이 확 들고 몸이 가뿐한 게 날아갈 듯했다. 그렇게 아침 목욕을 하고 자리로 돌아오면, 내 자리에 커피가 놓여 있었다. 뚜깡 마삭이 보스라고 체면을 세워 준다며 특별 서비스로 갖다 놓은 것이다.

아침 식사를 끝내면 반드시 해야 하는 작업이 있다. 빠랑을 숫돌에 가는 일이다. 온종일 빠랑을 쓰면 칼날이 무뎌지기 때문에, 물가에서 평평하고 부드러운 돌멩이를 찾아 최소한 3~4분은 갈아 주어야 날이 선다. 내 빠랑은 늘 현지인 서베이어 중 한 친구가 갈아 주었는데, 워낙 쓰는 일이 없어 적당히 갈아도 쓸 만했다. 칼날이 잘 들면 서베이할 때도 기분이 좋다. 로딴의 가시덩굴이나 잔 나무들이 한칼에 베어질 때는 상쾌하기까지 하다.

정글도의 모양은 종족에 따라 약간씩 다르다. 대부분의 정글도는 손잡이까지 합쳐서 길이가 50~60cm 정도인데, '오랑 띠무르Orang Timur, East People' 족들이 갖고 다니는 정글도는 이보다 훨씬 크다. 길이가 80cm도 더 되고 칼날도 폭이 넓은 쪽은 10cm가 넘는다. 칼이 크다 보니 칼집에 꽂아서 허리에 차고 다닐 수가 없고, 칼자루를 잡고 맨 칼을 그대로 들고 다녀야 한다.

이들은 파푸아뉴기니PNG 섬 서쪽의 '이리안 자야Irian jaya' 출신들로 아프리카인들 같이 덩치도 크고 피부색도 까맣다. 이리안 자야는 인도네시아의 동쪽 끝에 있기 때문에 '동쪽 사람(오랑 띠무르)'이라고 불린다. 이들은 우리가 보통 생각하는 인도네시아 사람들과는 전혀 다른 파푸아뉴기니 섬의 흑인들이다. 이런 사람들이 큰 칼을 들고 다니는 모습을 상상해 보라. 아마 처음 본 사람들은 덜컥 겁이 나 기가 죽을 것이다.

그날 서베이할 도구 등 이것저것을 챙기고 나면 6시 정도가 되고, 동이 트기 시작한다. 물론 해를 볼 수는 없다. 그리고 이때쯤 딱정벌레 같은 벌레의 울음소리가 시작된다. 그 소리는 어릴 적 시골집 울타리 안에 있던 밤나무에서 시끄럽게 울어대던 쓰르라미, 매미 소리보다 더 시끄러웠다. 그런데 신기하게도 이 벌레가 '우웽, 우웽' 하고 우는 시간은 언제나 정확하게 6시다. 동이 트기 시작하면 어김없이 울어, 새로운 아침의 시작을 재촉하는 것 같기도 했다. 지금은 주로 아프리카에 있지만, 가끔 말레이시아의 정글에 가면 어김없이 아침 6시쯤에 그 울음소리가 들린다. 그때의 그 감회를 떠오르게 하는 이 벌레의 이름은 아직도 미스터리로 남아 있다.

점심용으로 각 팀당, 두 세트의 도시락이 배당되는데, 한 세트의 도

시락은 세 개의 동그란 양은그릇이 각각 층으로 포개져 있다. 이 양은 그릇을 '란땅Rantang'이라고 하는데, 총 여섯 개의 란땅 중, 네 그릇에는 밥을 꼭꼭 눌러서 담고, 나머지 두 란땅에는 이깐 아신 튀긴 것과 사냥해서 잡은 고기가 있으면 담는다. 그리고 통조림 네 통(1인당 반 통씩)과 끓인 물, 커피, 그리고 홍차도 적당량 챙겨서 플라스틱 통에 담는다. 이것을 로딴 덩굴로 짠 배낭 '겐똥안Gentongan'에 담아 두 명이 각각 하나씩 메고 간다.

뻔독을 출발해서 그날 서베이를 시작할 지점까지는 보통 30분에서 1시간 가까이 가야만 한다. 며칠 또는 길게는 2주 동안 뻔독을 이동하지 않고 한 곳에 머물면서 서베이를 한다. 그런데 시간이 지날수록 서베이할 지역이 멀어지므로 작업 '시발점'들은 뻔독에서 점점 더 멀리 떨어진다. 본격적인 서베이 작업을 시작하기도 전에 30분 이상은 준비운동을 하는 셈이다.

이 시발점까지는 좋은 길로만 골라서 갈 수 있다. 주로 낮은 능선을 타고 가거나, 험하지 않은 강을 따라서 가면 된다. 비록 우회하기는 하지만 직선으로 가는 것보다는 훨씬 힘이 덜 들고 빨리 갈 수 있다. 만약 현재 캠프 위치가 아주 좋거나, 옮겨야 할 곳에 좋은 자리를 찾을 수 없을 때는 그곳에서 버틸 수 있을 때까지 최대한 버티다가 도저히 당일로 서베이를 마칠 수 없을 때 캠프를 이동한다. 시발점에 도착하면 잠시 쉬었다가 바로 본격적인 서베이 작업을 시작한다.

임목 축적 조사林木蓄積調査는 보통 하루에 2~3km 정도를 한다. 이는 직선거리를 그대로 따라가는 것을 말하는데, 정글에서 직선거리로 3km를 가는 것은 물가로 가거나 능선을 타고 가는 것과는 천지 차이다. 힘들다고 우회하거나, 쉬엄쉬엄 쉬어 갈 수도 없다. 3km를 가는 동안 수도 없이 능선을 넘고 절벽을 타는 것은 물론, 강이나 냇물을 가로질러야 한다.

그리고 나서 다시 뽄독으로 돌아올 때는 갔던 길을 되돌아와야 하는데, 이때는 편하게 능선을 타고 오거나 물가를 따라서 온다. 서베이할 때 능선이나 강의 흐름을 눈여겨봐 두고, 중요한 갈림길 등에 린띠스Rintis로 표시해 두었다가 캠프로 되돌아올 때 이를 이용하여 쉬운 길을 골라서 찾아오면 된다. 물론 간혹 능선을 잘못 타서 길을 잃기도 했지만, 서베이어들은 자기가 만들어 두었던 린띠스를 쉽게 찾아내서 돌아오곤 했다.

임도 예정선 서베이인 경우는 능선을 직접 직선으로 넘나들거나 강을 가로지르는 일은 없지만, 예정선 주위를 이곳저곳 서베이해야 되므로 걷는 거리는 훨씬 더 많다. 서베이하는 순수한 작업 시간만 보통 6~7시간이 걸리는데 당일 작업량을 마치지 못하면 전체 계획에 차질이 생기거나, 정해진 곳으로 갈 수가 없어 식량 보급을 받는 데에도 애로가 생긴다. 그래서 서베이 계획을 짤 때에는 열흘에 하루 정도는 날짜를 비워 두고, 차질이 생길 경우를 대비해야 한다.

나는 정글 속에서 혼자 현지인 서베이어 30여 명의 관리 감독을 해야 했기에 나약한 모습을 보일 수 없었다. 팀 리더들은 회사의 정식 직원으로 팀원들을 모집할 권한을 가진다. 대신 팀원들이 나태하거나 혹시라도 한국인을 상대로 한 불미스러운 사고가 생기면 팀 리더가 전적으로 그 책임을 진다. 당시 네 명의 팀 리더들은 모두 아주 성실했고, 다행히 큰 말썽을 피우는 팀원들도 없었다.

그렇지만 아무리 피곤하고 하루 정도는 쉬고 싶더라도 계획된 날짜까지 서베이를 마치기 위해서는 내가 먼저 쉬자고 얘기할 수 없었다. 너희끼리 조사하라고 말했다가는 보스로서의 권위도 서지 않을뿐더러, 특히 조사의 정확성을 장담할 수도 없기 때문이다. 그래서 네 팀이 함께 작업할 때는 매일 팀을 돌아가면서 따라다녀야 했다. 그래야 그들이 맡은 지역의 상황을 전부 파악할 수 있고, 그들의 조사 결과가 정확한지 엉터리인지를 알아낼 수 있다.

오후 4시쯤이면 그날의 작업이 끝나고 뽄독으로 돌아갈 수 있다. 5시가 거의 다 되어서 뽄독에 도착하면 몸은 파김치가 되고, 옷은 땀에 흠뻑 젖어 그 냄새로 머리가 아플 지경이다. 현지 서베이어들은 그래도 힘이 남아 있어 뽄독으로 돌아갈 때는 나는 듯이 돌아간다. 나는 늘 뒤처지곤 했는데, 팀 리더가 함께 따라 주었다. 길을 잃거나 혹시라도 발생할 수 있는 의외의 사고에 대비하기 위해서다. 그렇게 뽄독에 돌아와 보면 먼저 온 친구들은 일찌감치 목욕을 끝내고, 뚜깡 마삭이 준비해 놓은 커피나 차를 마시고 있었다.

뽄독에 오자마자 우선 옷과 양말부터 빨아서 넌다. 냄새나는 속옷을 또 입을 수는 없기 때문이다. 죽을 만큼 피곤하지만 잠깐이라도 쉬었다가는 몸이 완전히 처지기 때문에, 그때는 정말로 빨래하기가 큰 고역이 된다. 바지는 빨기도 어렵고 한 번 빨면 잘 마르지도 않으므로 되도록 빨지 않는다. 대신 뽄독 안에 있는 빨랫줄에 밤새 널어놓았다가 다음날 또 입는 식으로 3~4일간은 계속 입는 편이 낫다. 뽄독이 큰 강가 옆에 있을 때는 낮에 햇볕을 쬘 수 있어 빨래도 금방 마르고 따스함을 만끽할 수 있지만, 그런 행운은 어쩌다가 운이 좋아야 만날 수 있다.

힘든 빨래를 끝내고 시원한 물에 목욕하면 그렇게 기분이 상쾌할 수가 없다. 고된 서베이 일로 인한 피로가 이 한 번의 목욕으로 깨끗이 씻겨 나가고, 뭔가 새로운 힘도 솟구친다. 그야말로 재충전Refresh되는 것이다. 게다가 목욕을 마친 후의 커피 한 잔은 골프 라운딩 후 마시는 시원한 맥주 한 잔만큼이나 몸과 마음을 느긋하게 만들었다. 이렇게 몸과 마음이 재충전될 수 있었기에 다음 날, 또 그 다음 날도 정글로 달려갈 수 있었다.

로딴 덩굴로 타잔처럼

서베이 중 강물이나 냇물이 불어나서 급류로 변하면 매우 위험하므로 그대로는 건너지 못한다. 그러나 현지 서베이어들은 그 급류를 헤엄쳐서 건너가기도 하고, 허리까지 차는 급류 속에서도 한 발 한 발 아슬아슬하게 잘도 건너간다. 나는 도저히 그럴 자신이 없었다. 그렇다고 혼자서 뽄독으로 그냥 돌아올 수도, 또 그곳에서 서베이 일이 다 끝날 때까지 혼자 기다릴 수도 없다. 서베이를 끝내고 뽄독으로 가는 길은 전혀 다르기 때문이다. 저들이 다시 이곳에 와서 나를 데리고 뽄독으로 가려면 날은 금세 어두워질 것이고, 그러면 더 위험한 상황에 처할 것이다.

정글에서는 '밤길'이라는 말 자체가 있을 수 없다. 물론 아주 잘 알고 있는 길이거나 린띠스로 이미 길이 잘 나 있다면 몰라도, 전혀 알 수 없는 정글 속을 밤에 간다는 것은 마치 눈을 가리고 지뢰밭을 지나가는 것과 마찬가지다. 그러니 무슨 수를 써서라도 그 급류를 건너야 했다. 결국 나는 타잔이 될 수밖에 없었다.

영화에서 타잔은 로딴 덩굴이 아닌, 비교적 굵은 나무 덩굴Akar(아까르)에 매달려 날아다녔다. 사실 정글 속에서 나무 덩굴에 매달려 날아다닌다는 설정 자체도 당연히 말이 안 되지만 말이다. 어쨌든 날쌘돌이 서베이어가 30m도 넘는 로딴 덩굴을 구해, 한쪽 끝을 냇물가의 한 나무에 묶은 다음 다른 한쪽 끝을 잡고 급류를 헤엄쳐서 냇물을 건너갔다. 워낙 물살이 세서 건너편에 도착해 보니 출발 지점에서 대각선으로 10여 미터 이상이나 하류 쪽으로 내려가 있었다. 그는 상류 쪽으로 다시 가서 잡고 있던 그 로딴을 직선이 되게 팽팽하게 당겨, 그 근처의 큰 나무에 단단히 묶었다. 그렇게 하니 냇물 이쪽과 저쪽에 마치 빨랫줄을 걸어 놓은 것 같았다. 그 줄은 우리의 생명줄이나 다름없었다.

드디어 준비가 끝나고 한 명, 두 명 차례로 강을 건너기 시작했다. 어떤 곳은 물이 목까지 차기도 했다. 서베이어들은 가지고 간 음식과 지도, 노트가 젖지 않게 비닐로 싼 뒤 머리 위에 얹어 한 손으로 잡고는 다른 한 손으로는 로딴을 붙잡고, 그 험한 급류를 잘도 버티며 강을 건넜다.

들은 바로는 내가 그곳에 가기 2년 전에 한국인 서베이어가 이 급류에 휩쓸려 목숨을 잃었다고 했다. 시체는 일주일도 넘어서 찾았는데, 그곳에서 수십 킬로미터 떨어진 강 하류의 어느 마을이었다고 한다. 정신을 바짝 차려야 했다. 나는 손에 아무것도 들지 않고 두 손에 로딴을 필사적으로 잡고는 한 발 두 발 내디뎠다. 자칫 손을 놓치면 급류에 휩쓸려서 생명을 보장할 수 없다. 물론 현지 서베이어 두 명이 내 앞뒤에 한 명씩 붙어서 만약의 사태를 대비하고 건너지만, 아무리 그들이라도 위급한 상황에서 남을 구해 줄 여유가 있겠는가?

우여곡절 끝에 20여 미터에 달하는 급류를 건넜다. 그런데 이때 꼭 해야 할 일이 있었다. 흠뻑 젖은 옷을 벗어서 물부터 짜내야 했다. 팬티, 양말, 바지를 전부 벗어 젖 먹던 힘까지 내서 물기를 짜낸 다음, 몇 번 털고 그대로 다시 입어야 한다. 현지인 서베이어 중 팀 리더나 크루저급 몇몇을 빼고는 대부분 속옷 없이 나일론 반바지에 허름한 티셔츠만 입고 다니기 때문에 옷이 젖어도 금방 말라서 전혀 문제가 없다.

그러나 나는 면바지에 속옷, 면 양말, 거기다 긴 팔 셔츠를 입고 있었기에 한 번 젖으면 햇볕에 말리기 전까지는 온종일 축축했다. 그러나 축축한 느낌도 잠시, 걷다 보면 몸은 어느새 땀으로 흠뻑 젖으니 그 물기와 땀이 범벅이 되어 물 반, 땀 반(?)의 옷이 되어 버리곤 했다. 특히 우기에는 이런 일이 거의 하루걸러 되풀이된다.

강이나 냇물뿐만이 문제가 아니다. 임목 축적 조사인 스트립 서베이 Strip Survey인 경우 앞에 막힌 능선이 60도가 넘는 절벽이라 하더라도 그곳을 우회해서 갈 수가 없다. 무조건 직선으로 정해진 각도로 가야 한다. 물론 이런 때 나는 옆으로 비스듬히 우회해서 갈 수 있지만, 현지 서베이어들은 우회하면 안 된다. 우회했다가는 거리와 방위각方位角이 틀려져 자료의 정확도가 떨어지기 때문이다. 못 오를 정도로 가파른 절벽일 경우에는, 목측目測으로 거리와 방위각을 측정하여 다음 포인트를 잡아 서베이를 계속한다. 절벽을 오르내릴 때는 두 손과 두 발을 모두 써야 하는데, 어떤 때는 발을 디딜 곳이 마땅치가 않아 몸무게의 50% 이상을 두 손에 의지한 채 절벽을 지나갈 때도 잦았다.

　한 번은 이런 적도 있었다. 두 손으로 나뭇가지와 뿌리를 꽉 붙잡고 절벽을 타는데, 바로 그 순간 나무뿌리를 잡고 있는 손등에 개미가 올라와서 물고 놓지를 않았다. 고개를 돌려 입바람으로 후후 불어 날려 보내려 했지만 어림도 없었다. 그냥 참을 수밖에 없었다. 그래도 손의 근육에 힘이 들어가 있어 개미의 이빨이 살 속 깊숙이 박히지는 않았다. 두 발의 안착 지점을 재빨리 찾아 디딘 다음 그 개미를 처리하는데, 사실 따끔하기는 했지만 통증은 거의 없었다. 평소 같으면 '악' 소리가 절로 나왔을 테지만, 상황이 상황인 만큼 신경계도 스스로 참는 것 같았다. 아프다고 손을 놓았다가는 하나밖에 없는 목숨까지 놓아 버리게 된다는 사실을 알고 있기라도 한 듯이 말이다. 본능이 시키는 것이 아닐까 하는 생각도 든다. 이렇게 정글의 하루하루는 목숨을 걸어야 하는 일이 비일비재했다.

가시와의 전쟁

정글에서의 험한 일이 어디 그것뿐이랴.

로딴 덩굴의 가시는 위험하다고는 할 수 없지만, 우리 서베이어들의 최대 난적 중 하나다. 로딴 덩굴 자체는 가시가 전혀 없고 매끈하지만 그 끝 부분, 즉 계속 뻗어 나가는 어린 순^{shoot} 주위는 온통 잔가시로 덮인 줄기들로 쌓여 있다. 어린 순을 보호하려는 동시에 쉽게 다른 나무에 붙을 수 있도록 하는 이중 목적이 있는 것 같다.

이 가시 줄기에 살짝 스치기만 해도 가시가 살에 박혀 피가 나고 따갑다. 또한 옷에 박힌 가시를 힘을 주어 빼내려 하면 가시나 줄기가 떨어져 나가기는커녕 오히려 옷이 뜯겨 나갈 정도다. 허름한 얇은 옷은 물론 두꺼운 청바지조차 힘없이 찢겨 나간다. 가시는 아주 작고 그 줄기도 가느다란 철사 굵기밖에 안 되지만, 몸체의 본 줄기처럼 단단하고 여간 질긴 것이 아니다.

가뜩이나 지친 몸에 이 가시가 붙들고 늘어지면, 정말이지 머리끝까지 짜증이 치밀어 오른다. 이 로딴 가시 때문에 정글에서는 빠랑이 없으면 다닐 수도 없을뿐더러, 서베이 작업도 불가능하다. 일단 이 가시에 걸리면 계속 앞으로 갈 수가 없다. 빠랑으로 그 가지를 잘라내든가, 아니면 왔던 방향으로 다시 천천히 후퇴하면서 박힌 가시를 빼내야 한다. 가시의 모양이 뱀의 이빨이나 낚싯바늘처럼 V형이라 안쪽으로 가시가 나 있기 때문에 살살 달래 가면서 뒤쪽으로 빼내야 한다. 그렇게 하지 않으면 옷을 찢지 않고는 빼낼 수가 없다. 이를 잘못 다루거나 몸을 함부로 움직이다가 옆에 있는 다른 가시들까지 엉겨 붙었다가는 더 큰 곤욕을 치러야 한다.

그래도 로딴의 가시는 귀찮기는 하지만 위험하지는 않으니 나은 편이다. 이보다 더 끔찍한 놈이 있다. 이놈은 온몸 전체를 가시로 무장하고 있다. 가시의 크기도 로딴과는 비교할 수 없을 정도로 크다. '리본 Ribon'이라고 불리는 나무인데, 말 그대로 '가시나무'다. 서베이 도중 경사진 곳이나 정글 속을 걷다가 미끄러져서 무의식적으로 뭔가를 잡으려 할 때 이 리본 나무를 붙잡는 경우가 더러 있다. 나무를 붙잡고 비명을 지르지만, 이미 가시 서너 개가 손에 박혀 피를 보고야 만다.

어린 리본 나무의 가지에도 가시 천지다. 오히려 이 어린 나뭇가지가 더 위험할 때가 있다. 서베이 작업을 하던 어느 날, 나는 현지 서베이어의 뒤를 정신없이 따라가고 있었다. 그런데 갑자기 '퍽' 하면서 얼굴에 불이 닿은 것 마냥 화끈거리더니 동시에 엄청난 통증이 뒤따랐다. 정신이 하나도 없어 멍한 상태로 그대로 주저앉아 버렸다. 얼굴을 감싸 쥐지도 못하고 어쩔 줄 몰라 헉헉거리고만 있었다. 알고 보니 이 리본의 어린 나뭇가지가 나의 얼굴을 정면으로 후려친 것이었다. 내 앞에 가던 친구의 옷에 걸린 리본 가지가 바짝 뒤따라가던 내 얼굴에 스프링처럼 튕긴 것이다.

30여 분 동안 얼굴에 박힌 가시를 빼내느라 난리를 쳤다. 얼굴이 얼얼한 데다 피멍이 들고, 가시 독이 올라 퉁퉁 붓기까지 했다. 다행히 안경을 썼기에 망정이지 졸지에 장님이 될 뻔했다. 그 친구가 일부러 그런 것이 아니었으니 누구를 원망하겠는가? 어쩔 수 없이 뿐독으로 돌아와 미처 빼내지 못했던 가시를 죄다 빼내야만 했다.

그러나 이 리본 나무의 순은 정글에서 허기지고 배가 고플 때 양식이 될 뿐 아니라, 정글에서는 유일하게 신선한 채소이기도 하다. 이 나무는 높이가 6~7m에 굵기는 30~40cm 정도로, 속(목질)은 그렇게 단단하지는 않다. 순筍을 채취하기 위해서는 나무 전체를 베어서 넘어뜨려야 한다. 그런 다음 맨 위쪽의 새로 나오는 순 부분을 끝에서 약 50cm 정도 도려낸다. 그리고 양파 껍질 벗기듯이 겉껍질들을 계속 벗겨 내면 마지막으로 하얗고 부드러운 순만 남는다. 그 큰 나무를 베어서 겨우 팔뚝만 한 순 하나를 건지는 것이다.

정글에서 배가 고프고 갈증이 날 때 이 순은 정말 꿀맛이다. 물론 생으로 먹을 수도 있고 뿐독으로 가져가서 채솟국을 끓여 먹기도 한다. 그런데 이 리본 나무의 끝쪽 순 부분만은 희한하게도 가시가 없다. 로딴과는 정반대인 것이다.

사실 이 리본 나무는 목질부인 심재心材 부분이 까맣고 무늬도 독특해서 건물의 실내 장식용內裝材으로 많이 쓰인다. 또한 바닷물 등 짠물에도 오랫동안 견딜 수 있어서, 바닷가에 짓는 건물 외벽에 외부 장식용外

資材으로도 많이 이용된다. 정글에서는 골칫덩이지만, 실생활에서는 활용 가치가 높은 나무 중 하나다.

세상의 모든 일에 일장일단이 있듯이, 100% 해롭기만 한 것은 없는 듯하다. 무언가 유익한 점이 있기 때문에 이 세상에 존재할 자격이 주어졌거나 존재할 가치가 있는 게 아닌가 생각된다. 사람도 마찬가지가 아닐까.

정글 속의 거머리

나는 겁이 많은 편이다. 어렸을 적 시골에 놀러 가서 개구리 사냥을 할 때면 펄쩍펄쩍 뛰는 개구리는 정말 잘 잡았는데, 그다음으로 뒷다리를 뽑아야 하는 순간이 오면 그 죽은 개구리를 도저히 발로 밟을 수가 없었다. 그래서 친구들에게 겁쟁이라는 소리도 많이 들었다. 어른이 된 지금까지도 내 손으로 닭 한 마리 직접 잡아 본 적이 없으니, 좋게 말하면 마음이 여린 것이고 요즘 말로 하자면 '깡'이 없었다.

또한 친구들과 함께 물고기를 잡으러 다닐 때면 냇물과 논 속에 꾸물 거리며 헤엄쳐 다니는 거머리들 때문에, 물고기를 잡기는커녕 아예 물속에는 들어가지도 못했다. 논두렁 위에 있다가 친구들이 잡은 고기를 양동이에 담아서 들고 다니는 것이 전부였다. 물속에 거무스름한 '말거 머리'가 지나가기라도 하면, 물 밖에 있었는데도 공포에 질려 몸이 저절 로 움츠러들기까지 했다.

그런데 이 열대의 정글 속에는 그런 거머리 '빠짯Pacat'이 사방에 널려 있었고, 더구나 물속도 아닌 땅 위에 득실대고 있었다. 희한하게도 물속에는 거머리가 없었다. 오히려 다행이었다. 이곳 사람들은 아침 일찍부터 저녁까지 온종일 거의 물속에서 지내다시피 하는데, 만약 물속에 거머리가 있었다면 저들의 물에 대한 생각은 바뀌었을지도 모른다. 또한 생활 습관도 지금과는 완전히 달라지지 않았을까 하는 생각이 든다.

정글의 바닥에는 수백, 수천 년 동안의 낙엽들이 겹겹이 쌓여 있다. 그래서 비가 오면 대부분의 빗물은 그대로 흘러가지만, 그 중 일부는 낙엽들 사이사이에 남아 정글에 습기를 제공한다. 그래서 원시 정글이 자연 발화하는 경우는 거의 없다. 어쩌다가 원시림에 벼락이 떨어져서 자연 발화되어 산불이 나더라도 대부분 자체 진화되고, 멀리 번지는 경우도 거의 없다.*

이런 습한 환경은 건조한 곳에서 살지 못하는 거머리에게 안성맞춤일 수밖에 없다. 평소에 거머리들은 이 축축한 낙엽 밑에서 죽은 듯이 대기하고 있는다. 그러다가 사람이나 동물들이 움직이면서 발소리를 내거나 바닥이 조금이라도 진동하면, 모두 바깥으로 나와 꼬리를 바닥에 붙이고 온몸을 세워 최대한 넓게 흔들어 댄다. 가만히 있으면 목표물이 그 위를 정확하게 지나가야만 먹을 수 있지만, 몸을 좌우로 최대

---

* 요즘 인도네시아나 말레이시아의 사라왁, 그리고 사바에서 산불이 자주 일어나는 것을 볼 수 있는데, 이 산불은 원시의 천연 정글(원시림 또는 처녀림)이 진원지는 아니다. 건기 때가 되면 화전민들이 밭을 일구기 위해 산에 불을 놓는다. 경계 부분의 나무들을 적당히 베어 방화벽을 만들고 그 속에 불을 놓고는 그 불이 저절로 꺼질 때까지 그대로 내버려둔다. 대부분은 방화벽 속에서만 타다가 저절로 꺼지는데, 방화벽을 엉성하게 만들었거나 때맞춰 부는 거센 바람에 그 불길이 번져 불이 나는 것이다. 그 불길이 커지기 전에 곧바로 원시림 쪽으로 옮겨붙으면 대부분 자체 진화가 된다. 바닥이 습하고 생나무들이기 때문에 웬만해서는 불이 크게 번지지 못하기 때문이다. 그러나 그 불이 원시림이 아닌 2차림을 거쳐서 크게 확대되면 제아무리 원시림이라 해도 버텨내지 못한다.

한 움직이면 사냥 구역이 몇십 배는 더 넓어져 그만큼 먹거리를 구할 수 있는 확률도 높아지기 때문이다.

그러고는 한 번 붙었다 하면 그야말로 찰싹 달라붙어서 포식할 때까지 절대 떨어지지 않는다. 희한한 점은 사람이나 동물들이 다니는 길목을 어떻게 그리 귀신처럼 알고 있는지, 그런 길목에는 거머리들이 어김없이 포진하고 있어 신기하기만 하다. 이게 다 먹고 살게 하기 위한 신의 조화인가 싶을 정도였다.

거머리에게는 이빨이 없다. 그러나 그에 못지않은 칼날 같은 입술이 있다. 그 입술을 삼각형 모양으로 만들어 목표 지점에 들이대고 강하게 흡입하면, 살점이 정삼각형의 세 변 모양으로 뜯기면서 그곳에서 피가 나오기 시작한다. 자세히 보면 그 세 변은 서로 이어지지 않고 떨어져 있다. 피가 나오기 시작하면 그들은 피의 응고를 막기 위해 '히루딘'이라는 독약을 침투시킨다. 피가 계속 흘러나오니 이들은 힘도 안 들이고 맘껏 포식할 수 있다.

이들은 신발이나 옷 위에 일단 붙으면 연한 살을 찾아 안쪽으로 기어 들어 간다. 사타구니, 겨드랑이, 어깨 쪽의 목 주위, 발등, 발가락 사이, 발 뒤쪽의 아킬레스건, 손가락 사이 등이 표적이다. 특히 조그만 새끼 거머리가 손가락 사이에 착 달라붙어 있으면 손을 펴 보기 전에는 잘 보이지도 않는다.

이렇게 신체 부위에서도 특히 연한 부위의 살이 뜯겨 나가니 그 통증이 얼마나 심할까마는, 정글 속을 온종일 헤매다 보면 몸이 극도로 지쳐 있는 데다 걷는 그 자체에 온 신경을 곤두세우고 있어 웬만한 통증은 거의 느끼지 못한다. 그러니 언제부터 강제 헌혈(?)을 하고 있는지 전혀 모르고 있다가 저녁에 목욕하려고 옷을 벗는 순간, 여기저기에 흐르고 있는 피를 보고서야 그놈들한테 또 당했다는 것을 알 수 있었다.

땅속 낙엽 밑에 있는 거머리들은 그래도 양반이다. 습지대^{Swamp}나 물가에 있는 나무들 위에서 우리를 노리는 진짜 왕 거머리들이 있다. 이들은 크기가 땅에 있는 거머리보다 다섯 배도 더 크다. 색깔도 땅에 있는 것들은 흑갈색인데 이들은 나뭇잎 색깔과 같은 푸른색으로 위장한 채 나뭇잎 뒤쪽에 잠복하고 있다.

이들은 지상에서 1m 정도 높이에 있는 나뭇잎에 잠복하고 있다가, 그곳을 스치고 지나가는 순간 철썩 달라붙는다. 갑자기 뺨이나 목에 철썩 들러붙을 때는 차가운 물방울이 툭 떨어진 듯한 느낌이다. 이놈들의 입은 그 크기도 훨씬 크니 그만큼 통증이 더 클 텐데도 언제 얼굴에 붙었는지, 또 언제 물어뜯고 빨기 시작했는지 도무지 알 수가 없다.

땅 위에 있는 거머리들한테는 주로 하체를 물려서 팬티나 양말이 벌겋게 물들고, 왕 거머리한테는 목이나 겨드랑이를 물려서 웃옷이 벌겋게 물들곤 한다. 어쩌다 재수 없이 왕 거머리 두 마리한테 동시에 빨릴 때면 빈혈까지 느낀다. 엄지손가락만 해질 정도로 잔뜩 포식해서 몸뚱이가 푸른색에서 검붉은 색으로 변해버린 징그러운 그놈들이 옷 속에서 툭 떨어지고, 여기저기에 계속 흘러내리는 시뻘건 피를 보는 순간 갑자기 머리가 핑 도는 것이다. 이러다가 정말 피가 모자라 쓰러지는 것은 아닌가 하는 괜한 공포심까지 들었다. 이를 의학적으로 풀어보면 '시각적, 심리학적인 현상으로 인한 빈혈 객사 공포 증상' 같은 게 아닌지 모르겠다.

이럴 때에는 휴지를 대고 누르거나 지압을 해보아도 아무 소용이 없다. 물론 피가 콸콸 쏟아지지는 않지만 히루딘의 약효가 다할 때까지 스멀스멀 몇 시간이고 계속 나온다. 그런데 최근 의학적으로 밝혀진 내용을 보면 히루딘의 효과 자체는 15분이면 끝난다고 한다. 하지만 몸에서 이에 대응하는 반작용 때문에 피가 응고되지 않고 계속 난다고 하니 복잡 미묘하게만 느껴졌다.

이 거머리 침투 방지용으로 '까우스 까끼Kaus Kaki'라는 덧버선이 있다. 무릎 바로 아래까지 오는 덧버선처럼 생긴 양말인데, 무릎 바로 밑에서 끈이나 고무줄로 묶을 수 있게 되어 있어 거머리가 들어갈 수 없도록 했다. 주로 얇고 질긴 천으로 만드는데 가시에 찢겨 구멍이라도 뚫리면, 장담하건대 그날은 100% 헌혈의 날이 된다.

이 덧버선은 땅에 있는 거머리들은 아주 효과적으로 방지할 수 있지만, 나뭇잎에 있는 푸른색 왕 거머리들에게는 무용지물이다. 이들은 열려있는 목의 옷깃이나 소매를 통해서 들어오기 때문이다. 서베이어 초년 때에는 이를 방지한다고 긴 팔 와이셔츠를 입고, 소매의 단추까지 꼭꼭 잠그고는 장갑으로 그 소매 위를 덮어서 이중으로 구멍을 막았다. 또한 목에는 수건 등을 둘러서 틈이 있을 만한 곳은 최대한 막고 다녔으니, 요즘 찜질방이 얼마나 찌는 줄은 모르겠지만 그에 못지않았을 것이다.

비가 오는 날이면 거머리들이 더 극성을 떤다. 빗물을 몸에 적시려고 그러는지 그 물을 마시려고 그러는지 이유는 알 수 없지만, 그 빗물 떨어지는 소리가 자기 사냥감들이 무더기로 오는 소리인 줄 알고 그 난리를 치는 게 아닌가 싶다.

정글 속에서는 빗물이 직접 정글 바닥으로 떨어지는 경우는 거의 없다. 나뭇잎들이 하늘을 완전히 덮고 있기 때문에 일단 나뭇잎 위에 떨어진 빗물이 잠시 시간차를 두고 한데 모여, 굵은 물방울이 되어 땅으로 떨어진다. 그래서 처음 나뭇잎에 떨어지는 빗물 소리는 요란한데 그 밑의 정글 바닥에는 빗물이 한 방울도 떨어지지 않아 조용하다. 그러다가 2~3초 정도 지나 나뭇잎에 모였던 빗물이 굵은 물 덩어리가 되어 바닥으로 떨어지기 시작하면 본격적으로 요란한 소리가 나는데, 이때부터 사방에서 거머리들의 디스코 판(?)이 펼쳐지기 시작한다.

이런 날은 뽄독에 와서 거머리를 잡는 데만 상당한 시간을 보낸다. 이들은 특히 신발 속이나 덧버선 끈 주위를 빙 돌아가며 다닥다닥 붙어 있는데, 운동화 끈이나 덧버선 끈이 겹쳐져 빈틈이 조금이라도 있으면 어김없이 숨어서 기회를 엿보고 있다. 또한 어떤 놈들은 허리까지 올라와서 허리띠 밑에 잠복하고 있다. 어디 터지거나 열린 구멍을 찾다가 못 찾고는 이런 곳에 숨어서 기회를 노리는 것이리라. 신발 속에 손을 집어넣으면 한 번 넣을 때마다 손등 위나 손끝에 대여섯 마리씩 붙어 나온다. 십여 마리가 신발에서 나오고 허리띠, 버선 끈 등 내 몸에서만 수십 마리가 넘게 나오는 날도 있다.

목욕하기 전에 우선 이놈들을 처리해야만 한다. 한 마리씩 떼어서 물에서 솟아 나와 있는 바위 위에 붙여 놓으면 전부 정신없이 꿈틀대며 난리가 난다. 습기를 좋아하지만 수영은 못하기 때문에 물로 들어가는 순간 그대로 둥둥 떠다니다가 익사하거나 고기밥이 된다.

이제는 우리가 사냥할 차례다. 돌로 한 마리씩 때려잡기도 하지만 담뱃불로 지지는 것이 제일 힘 안 들이고 쉽게 죽이는 방법이다. 당시에 내가 피웠던 담배 중 '뱀똘'이라는 인도네시아산 담배는 특히 불꽃이 탁탁 튀면서도 강했다. 그 몇백 도나 되는 담뱃불로 거머리의 주둥이를 지져댔으니 얼마나 뜨거웠을까. 만약 그 장면을 동물 애호가들이 봤다면 동물 학대죄로 고발했지도 모른다.

그러나 혹시라도 바지나 신발 속에 숨은 그놈들을 못 찾고, 그대로 두었다가는 밤에는 오히려 우리가 그놈들의 밥이 된다. 바지는 보통 2~3일 동안은 빨지 않고 계속 입는데, 그날 입었던 바지를 말릴 때 보통 침대 위쪽에 매어 놓은 빨랫줄에 걸쳐 놓는다. 밤에는 거의 매일 비가 오기 때문에 텐트 바깥에는 빨래를 말릴 수 없기 때문이다. 그러면 그 바지 속에 숨어 있었거나 신발 속에 잠복해 있던 놈들이 밤새 모기장 속으로 귀신같이 기어들어와서는 포식하는 것이다. 귀 뒤쪽과 머리를 주로 공격하는데 아침에 일어나면 베개 수건*이 벌겋게 젖어 있곤 했다.

그러나 이 거머리는 서베이어들에게 큰 문제가 되지는 않는다. 그저 조금 귀찮은 존재일 뿐이다. 나도 처음 얼마 동안은 징그럽기도 하고 겁도 많이 났지만, 매일 보고 당하다 보니 정말 아무것도 아닌 게 되어 버렸다. 인도네시아 말로 '빠짜르Pacar'는 여자친구, 또는 애인이라는 뜻인데, '빠짯'과 발음이 비슷하다. 나중에는 이 빠짯이 안 붙으면 빠짜르가 없는 것처럼 섭섭(?)하기까지 하다며 우스갯소리를 할 정도였다.

그런데 요즘 이 거머리가 의학용으로 쓰인다고 한다. 신체의 접합 수술 후 실핏줄이 막혀 피가 통하지 않으면 접합 부위가 괴사할 수 있다. 그런데 그 막힌 미세한 실핏줄에 거머리를 붙여 여러 번 피를 빨게 하

---

* 뿐독에서는 책이나 옷가지들을 밑에 깔고 수건으로 덮어서 베개 대용으로 쓴다

면, 그 침에 섞여 있는 히루딘 때문에 피가 계속 흘러나와 막힌 핏줄이 뚫리면서 자연스레 혈액 순환이 된다는 것이다. 정글에서와는 다르게 의학계에서는 빠짱이 진짜 빠짜르의 역할을 톡톡히 해내고 있으니 누이 좋고 매부 좋은 일이다.

성가신 구뚜 바비

거머리 말고도 정글에서 우리를 아주 귀찮고 짜증 나게 하는, 벌레도 아닌 벌레가 또 있다. 인도네시아 어로 '구뚜 바비^{Gutu Babi}', 굳이 우리말로 하자면 '멧돼지의 이^蝨'인데, 이름대로라면 돼지 쪽으로만 가야지 왜 사람한테까지 달려들어 귀찮게 하는지 모르겠다.

이들이 있는 곳은 거머리와는 정반대다. 습한 곳에서는 살지 못하며 건조하고 햇볕이 드는 따뜻한 곳을 좋아한다. 능선이 가파르거나 능선 상에 암벽이 있어서 주위에 큰 나무가 자라지 못하는 곳에서는 하늘을 볼 수 있다. 이곳은 온종일 햇빛이 비치기 때문에 별로 습하지도 않고 주위의 나뭇가지나 풀도 바싹 말라 있다. 그 바싹 마른 나뭇가지나 풀 속이 구뚜 바비의 소굴이다. 그들은 멧돼지들이 이곳을 지나갈 때 달라붙어, 몸 이곳저곳을 파고 들어가 피를 빨아먹고 산다. 크기가 볼펜으로 찍은 점보다도 작은데, 맨눈으로는 거의 보이지도 않을 정도다. 그런데 그 몸집으로 질긴 멧돼지의 가죽을 뚫고 들어가야 하니 이빨이나 아귀의 힘이 얼마나 튼튼하겠는가.

멧돼지들이 머물다 간 자리는 대부분 물이 조금밖에 없는 얕은 진흙탕 웅덩이 같은 곳인데, 그 주변에 있는 나무줄기에는 항상 진흙이 여기저기 말라붙어 있는 것을 볼 수 있다. 이는 멧돼지들이 몸이 가려워 그 진흙탕 속에서 목욕을 한 뒤, 근처 나무로 가서 등도 문지르고 이곳저곳을 긁어 대서 생긴 자국이다.

멧돼지 이는 한 번 붙었다 하면 십여 마리가 떼거리로 동시에 달라붙는다. 옷에 붙은 놈들이 팔뚝을 거쳐 온몸 속으로 파고든다. 그럴 때면 갑자기 온몸이 따끔거리고 근질근질해서 정신이 없다. 어디를 긁어야 시원한지 도무지 알 수가 없으니 당장 어떻게 해볼 도리도 없다. 이들은 맨살에 닿으면 곧바로 살 속으로 파고 들어간다. 워낙 작아서 눈에 잘 보이지도 않지만, 자세히 보면 피부에 하얗고 가느다란 실 같은 줄이 나타나는데, 이들이 살 속에 파 놓은 터널 자국이다. 마치 피부가 하얗게 갈라진 것처럼 보인다. 거머리는 한 번 배를 채우면 알아서 떨어지는데, 이놈들은 아예 그 속에다 거처를 마련하고 장기전을 편다.

깨알의 반의반도 안 되어 눈에 보이지도 않으니 언제 떼거리로 달려들었는지 알 수도 없고, 정말 속수무책으로 당할 수밖에 없다. 그럴 때면 우선 급한 김에 비상용 주머니칼인 '삐사오Pisau'로 한 마리씩 빼냈다. 마치 시골에서 두더지를 사냥하듯이 터널의 끝까지 따라가서 작업 중인 그놈을 파낸다. 어느 정도 지나면 잠잠해지는데, 아마도 포식한 후 휴식을 취하거나 취침 중인 것 같기도 하다. 그러다가 또 얼마 동안 시간이 지나면 다시 스멀스멀 가렵고 따끔거리기 시작한다.

　그래도 정말 다행인 것은 이들을 쉽게 퇴치할 방법이 있었다. 뽄독에 오자마자 옷을 전부 다 벗어 던지고는 온몸에 비누를 두껍게 골고루 칠한 다음 5분 정도 그대로 둔다. 비누 칠한 몸에 햇볕을 쬐면 그 효과는 더욱 빨리 나타난다. 이때 서베이어들이 정글에서 쓰는 비누는 집에서 쓰는 일반 비누가 아니고, 일종의 의학용 비누다. 향기는 없고 대신에 약품 냄새가 나는 이 비누는 영국에서 제조되며, 이름은 '어셉소Asepso'*라고 한다. 서베이어들은 이 비누가 피부병 등의 예방과 치료(?)에 효과가 있다고 해서 정글에 갈 때는 꼭 챙겨 간다. 이 비누 덕에 그 지독한 구뚜 바비들을 완전히 퇴치했고, 파였던 살도 금방 원상 복구가 됐으니 천만다행이었다.

＊ 영어로 무균 또는 무균 상태를 뜻하는 '어셉시스(Asepsis)'라는 단어에서 따온 것 같다.

속수무책인 아가스

정글 속에서 우리를 괴롭히는 놈들은 거머리, 멧돼지 이, 뱀, 불개미, 모기, 지네, 나방, 벌, 날파리, 등에, 전갈 등 수없이 많다. 하지만 그 중에 '아가스Agas'만큼 지독하고 후유증이 심한 것도 드물 것이다.

아가스의 크기는 모래알만 하여 눈에 거의 잘 보이지도 않을 정도로 작은데, 겉모습은 파리와 똑같이 생겼다. 그래서 이름도 '모래 파리Sand Fly'라고 붙여졌다. 약간 습한 곳, 특히 물가나 바닷가에서도 숲이나 대나무 숲 속 같은 곳이 그들의 거처라고 하니 바닷가 모래밭에 있어서 붙여진 이름은 아닌 것 같다. 주로 여러 마리가 함께 몰려다니지만, 워낙 몸집이 작아서 눈에 보이지도 않는다.

이 아가스들은 이빨 대신 입속에 날카로운 칼을 갖고 있다. 그래서 모기나 거머리와는 달리 살에 붙으면 입에 달린 그 날카로운 칼로 살을 벤 다음 피를 빨아 먹는다. 우리나라 농촌에 가면 쇠파리(등에)라고 불리는 왕파리가 있는데, 이들은 소나 말의 피를 빨아 먹는다. 아가스 역시 그 쇠파리와 같은 종류인 것 같다.

정글뿐만 아니라 동네 마을 근처나, 바닷가 골프장 같은 곳에도 이 아가스와 쇠파리가 많이 있다. 골프를 칠 때 갑자기 등 뒤쪽에 꼬집히는 듯한 통증이 느껴지면 십중팔구 이 쇠파리가 붙은 것이다. 그래서 스윙을 멈추고 옆에 있는 캐디한테 빨리 잡으라고 하면 손으로 등을 후려쳐서 잡아 주곤 했다.

말라리아 모기를 제외한 쇠파리나 모기, 또는 거머리는 후유증이 별로 없다. 반면 아가스한테 물리면 작은 고추가 맵다는 말을 증명이라도 하듯 그 조그만 입에 살이 베일 때는 비명이 절로 나올 정도다. 그러나 물릴 때의 통증은 둘째 치고 계속 가려워서 자기도 모르게 저절로 손이 간다. 손을 댈수록 더 가려워지는데, 그렇게 하루 이틀 지나면 손독이 올라(손에 묻은 균이 옮겨져) 물린 곳에 염증이 생기기 시작한다. 이를 제때 치료해 주지 않으면 그 부위가 퉁퉁 붓고, 통증이 심하여 제대로 걷지도 못한다. 나중에 상처가 아물더라도 그 자국은 몇 년씩 남아 있기도 한다.

입이 워낙 작으니 아주 얇은 천으로 된 옷이라도 입고 입으면 이들의 공격을 막아낼 수 있다. 그러나 어디든 조금이라도 노출된 곳이 있으면 공격 대상이 된다. 또한 이 아가스는 몸집이 워낙 작다 보니 조금만 바람이 불어도 자기 몸을 주체하지 못한다. 그래서 바람이 부는 날, 또는 늘 바람이 부는 곳에서는 아가스로부터 '해방'될 수 있었다.

그러나 서베이 도중 담배를 피우면서 잠시 쉬고 있을 때조차 이 아가스나 모기들 때문에 제대로 마음 놓고 쉴 수가 없다. 또한 뻔독에 돌아와서 밥을 먹고 잠시 휴식을 취하려고 하면 여지없이 이들의 공격이 시작된다. 특히 뽄독에 있을 때는 반바지에 반소매 티셔츠 차림이라 허벅지, 발등, 목, 뺨 등 온몸이 놈들의 공격 대상이 된다. 현지 서베이어들도 이 벌레들의 공격에는 당해 낼 재간이 없다. 사방에서 철썩철썩 자기 목, 뺨 다리 등을 때리는 소리가 들리는데 서베이어들에게는 어느새 매일 되풀이되는 일과가 되어 버렸다.

특히 저녁때 서늘해지기 시작하면 그놈들의 활동이 본격적으로 시작된다. 산간 마을이나 해안가의 마을에서도 이때쯤이면 밥 짓는 연기와 함께 아가스와 모기를 쫓아내기 위한 모닥불 연기가 피어오르기 시작한다. 우리 뽄독 주위에도 이때쯤 불을 피워서 밤늦도록 연기를 피운다. 아가스 퇴치가 최우선 목적이고, 모기나 다른 벌레 또는 짐승들도 방지하는 다목적용이다.

서베이어들이 갖고 다니는 모기장도 모기 방지 전용으로만 치는 게 아니고 사실은 아가스 방지가 주목적이므로 '아가스장'이라고 해야 옳을 것 같다. 물론 밤에 불빛을 보고 몰려드는 각종 날벌레, 지네 등도 방지하는 다목적용이기는 하지만 말이다. 이런 서베이용 모기장은 일반 모기장처럼 나일론으로 짠 것이 아닌, 광목으로 만든 구멍이 없는 모기장이다. 일반 모기장을 치고 잤다가는 한 구멍 속으로 아가스가 열 마리도 넘게 드나들 수 있기 때문에, 마치 대문을 활짝 열어 놓고 '어서 옵쇼' 하는 것이나 다름없다. 게다가 이 아가스장은 밤에 잘 때 찬 밤바람도 막아 주니 일거양득이다.

간혹 한국 사람들이나 외국 사람들이 이곳 인도네시아나 말레이시아에 관광을 와서 저녁때 반바지만 입고 나갔다가 아가스에 물려서 며칠, 심하게는 몇 주씩 고생하는 모습을 자주 보았다. 아가스에 물린 데는 특별히 잘 듣는 약도 없어서 처음 물렸을 때 가렵다고 긁으면 절대 안 된다. 손이나 손톱의 균이 상처로 들어가 악화시키기에 십상이고 물린 자리에서는 계속 진물이 나기 때문이다. 대부분이 아가스한테 물린 (베인) 줄은 모르고 적당히 넘겼다가 그 고생을 하는 것이다.

그래서 우리는 서베이할 때 '민약 앙인Minyak Angin'이라는 물약을 가져간다. 직역하면 '공기 기름Air Oil'으로 초록색이 나는 물파스 같은 약인데, 모기나 아가스 등 벌레에 물렸을 때 발라 주면 시원하면서도 가려움증이 조금 완화된다. 그런데 이 민약 앙인은 서베이어들뿐만 아니라 인도네시아나 말레이시아 사람들한테는 만병통치약으로 쓰인다. 벌레에 물렸을 때는 물론 근육통, 두통 그리고 심지어는 복통에도 이 약을 배에 발라 주거나 입에 몇 방울을 털어 넣어 마시기도 한다.

비슷한 효능이 있는 약으로 '타이거 밤Tiger Balm'이 있다. 우리나라에서 '호랑이 약'으로 알려진 이 약은 물약이 아니라 연고인데, 역시 만병통치약으로 인식되어 벌레 물린 데나 근육통, 두통 등에 바른다. 세계 어디를 가든 비슷한 만병통치약이 하나쯤은 있으니 얼마나 다행인지 모르겠다.

정글의 밤

그날의 서베이 작업을 끝내고 뽄독에 돌아오면 우선 빨래와 목욕부터 하고 저녁 식사를 한다. 식사 후 각 팀 리더들이 그날 서베이한 자료를 정리하고 나면, 커피나 차를 마시면서 간단한 티타임 회의를 가진다. 보통 팀 리더들만 불러 그날 작업에 대한 보고를 받고, 그에 따라 혹시 다음날 작업에 대한 변경 사항이 생기면 이에 대해 논의하거나 지시하기도 한다. 만약에 몸이 아파서 작업할 수 없는 인원이 생기면 팀 리더들끼리 인원 재배치를 논의하고, 기타 점검 사항들을 마치면 자유 시간이다. 그러면 몇 명은 총을 들고 사냥을 나가곤 했다.

어느 날 우리 중 몇 명이 낮에 서베이하면서 우연히 소금물이 나오는 곳을 발견했다고 했다. 돌소금이 묻혀 있는 곳에 샘물이 있으면 물이 흘러나올 때 그 속에 있는 소금이 녹아 짭짤한 소금물이 되는데, 이를 '아이르 아신Air Asin'이라고 한다. 현지인들은 이 소금물이 나오는 곳을

'떰빳 아이르 아신^{Tempat Air Asin}', 즉 '소금물이 있는 곳'이라고 부른다.

이곳을 발견한 날에는 밤 9시쯤에 서너 명의 베테랑 사냥꾼들이 총과 빠랑으로 무장을 하고 그곳으로 간다. 밤이 되면 노루^{Gijang}(기장)나 사슴^{Payao}(빠야오) 등 초식 동물들이 이 소금물을 마시러 오기 때문이다. 초식 동물들은 풀만 먹어서 그런지는 몰라도 소금기를 따로 보충할 필요가 있는 모양이었다.

사냥꾼들은 바람이 불어오는 방향에서 그 근처에 적당히 몸을 숨길 수 있는 곳을 찾아 몇 시간이고 잠복하며 사냥감들이 나타나기만을 기다린다. 보통 세 번 가면 두 번은 사냥감들이 나타났으니, 수치상으로 따지면 70% 정도로 꽤 높은 확률이었다. 그래서 쉬는 날 초저녁 무렵 어쩌다 멧돼지를 사냥하러 갈 때는 무슬람 친구들이 따라가지 않지만, 이때만큼은 무슬람 친구 한두 명이 반드시 따라갔다.

밤 10시가 좀 넘으면 사슴이 어둠 속에서 나타나 조심스럽게 접근하기 시작한다. 언젠가 파푸아뉴기니^{PNG} 섬에서 밤에 야영할 때 강가의 달빛에 비친 악어의 눈에서는 빨간빛이 났었다. 그런데 사슴이나 노루의 눈을 밤에 보면 초록색이다. 이 초록빛이 보이면 그 빛이 바로 코앞에 올 때까지 모두 숨을 죽이며 기다린다. 불과 5m도 안 되는 곳까지 오기를 기다려 방아쇠를 당기니 백발백중이었다.

총소리가 나기 무섭게 함께 숨죽이고 있던 무슬람 친구가 빠랑을 들고 뛰어나갔다. 조금이라도 늦게 나갔다가는 '할랄^{halal}'을 할 수 없기 때문이다. 할랄은 동물이 살아있을 때 서쪽의 성지를 향해 목을 베어 우선 알라신께 바치는 의식인데, 만약 할랄을 하기 전에 죽으면 고기를 먹을 수 없다. 동물이 먼저 죽어 버리면 나무아미타불인 것이다.

이렇게 잡은 송아지만 한 사슴을 네 팀 몫으로 나누면 3∼4일은 두고 먹을 수 있다. 주로 국으로 끓여 먹지만, 각 팀 주방장들의 특기에 따라 기름에 튀기기도 한다. 그러나 불에 직접 구워서 바비큐처럼 해 먹는 경우는 거의 없다. 도구도 없거니와 바비큐 양념이라고는 소금밖에 없으니 구운 고기에서는 연기 냄새만 날 게 뻔하기 때문이다.

한 번은 내가 직접 돌소금 구이를 시도해 봤는데, 시간만 많이 걸리고 진도는 빨리 나가지 않아서 도중에 포기했다. 먼저 물가에서 비교적 얇고 편편한 돌을 찾아 화덕 위에 올려놓고 데웠다. 그 위에 소금을 뿌린 사슴 고기를 올려서 굽는데, 수십 명이 자기 몫의 고기 한 점을 기다려야 하는 시간이 너무 길었다. 그렇다고 나 혼자 먹겠다고 화덕을 독차지할 수도 없고, 또 무슨 특별한 별식도 아니기에 그들 방식으로 기름에 튀기거나 국으로 끓여서 삶아 먹는 게 훨씬 편했다.

무슬람 팀에서는 자기들이 요리한 것을 한 그릇씩 들고 와서 크리스천 팀에게 맛을 보라며 갖다 주기도 했다. 그러나 무슬람 팀은 크리스천 팀에서 요리한 음식은 절대 먹지 않았다. 돼지고기를 요리한 그릇이나 그 고기를 담았던 그릇에는 절대 음식을 담아서 먹으면 안 되기 때문이었다. 한 예로 말레이시아에 있는 한 고급 호텔의 식당이 '할랄' 식당으로 바뀌었는데, 먼저 썼던 주방 요리 기구는 물론 접시, 수저, 심지어는 식탁보까지 전부 새것으로 갈고 난 뒤에야 정부의 허가를 받을 수 있었다고 한다.

소금물이 나오는 곳은 흔하지도 않을뿐더러, 또 특별한 표시가 있는 것도 아니다. 어쩌다 작업 중이나, 캠프 이동 중에 우연히 발견하면 정말 운이 좋은 것이다. 만약에 작업할 예정인 지역에 소금물이 나오는 곳이 있다는 것을 미리 알고 있는 서베이어라도 있으면, 사전에 충분히 준비하고 간다. 산탄 총알 한 발이 500루피아 정도였는데 이는 당시 미화로 1달러가 조금 넘었다. 총알은 말레이시아 사바 쪽에서 불법으로 공급되고 있었는데, 돈만 주면 얼마든지 쉽게 구할 수 있었다. 총알 구매 자금은 입산하기 전에 한국 사람들이 주로 대 주었고, 물론 목적은 곰 쓸개였다. 혹시 곰이라도 잡으면 그 쓸개는 당연히 총알 스폰서의 몫이었다.

그런데 노루 사냥은 소금물이 없는 곳에서도 비교적 쉽게 할 수 있었다. 밤에 어두운 곳에 숨어서 풀잎으로 풀피리를 불면 '삑삑' 하는 소리가 나는데, 이 소리는 노루가 자기 애인이나 가족을 찾는 소리와 비슷하다고 한다. 그래서 계속 불어 대면 노루들이 제 짝인 줄 알고 같은 소리를 내면서 달려왔다. 어떤 때는 두세 마리가 한꺼번에 달려오기도 했다. 어두운 밤인 데다 바람을 맞으며 숨어 있으니 눈치채지 못하고 의심 없이 다가온다. 더구나 자기들도 '삑삑' 소리를 내면서 달려오니 '어서 날 잡아 잡수' 하는 격이다.

이렇게 사냥을 나가지 않더라도 나는 처음 6개월 정도는 인도네시아어 공부를 위해 거의 매일 밤늦게까지 서베이어들과 얘기하며 시간을 보냈다. 궁금한 것을 물어보고 그곳 노래도 배우면서 사전과 씨름하다 보니 저절로 한 마디, 두 마디씩 실력이 늘었다. 특히 노래로 배운 단어는 어려워도 잘 잊어버리지 않았다. 지금도 그때 배운 노래 가사를 섞어서 얘기하면 사람들은 내가 인도네시아어를 통달한 것으로 착각한다. 말레이시아에 있을 때는 가끔 노래방에 가서 그때 배운 노래를 부르며 옛 추억을 회상하기도 한다. 인도네시아 말이 늘어 갈수록 처음 얼마 동안은 신기하기도 해서, 피곤함도 잊은 채 시간 가는 줄 모르고 정글의 밤을 보냈다.

좀 우스운 얘기지만 당시 한국에 휴가차 가면서 홍콩에 들렀을 때, 영어를 써야 했는데 인도네시아 말이 자연스럽게 튀어나와 그곳 사람들은 물론 나 자신도 실소를 금치 못했다. 지금은 한국말로 하더라도 이민국이나 상점 주인들이 많이 알아듣지만, 그때만 해도 한국이라는 나라를 알아주거나 한국말을 배우려는 사람들은 거의 없었다. 당연히 상대는 한국말을 알아들을 수 없을 텐데 영어는 입이 얼어붙었으니 떨어지지 않고, 그래서 인도네시아 말이 마치 영어나 되는 것처럼 튀어나왔던 것 같다.

보통 서베이어들은 밤에 심심하면 담배 내기 카드놀이를 한다. 누가 따거나 잃더라도 보통은 다시 주고받는다. 그들 대부분은 서로가 형제 또는 사촌 사이거나 아무리 멀어도 사돈의 팔촌 이내인 친척들이었다. 그러니 내기라기보다는 심심풀이 시간 보내기다. 그 후 잠드는 시각은 밤에 사냥할 때를 제외하고는 보통 9시나 10시를 거의 넘기지 않는다.

정글의 밤은 고요하다. 해가 지기 시작하면서 어두워지면 새 소리, 벌레 소리로 시끄럽지만, 완전히 어둠 속에 잠기면 그들도 잠이 들어 사방은 적막하기만 하다. 어쩌다가 저 멀리서 들려오는 이름 모를 짐승의 울음소리나, 곰이 나뭇가지를 쪼개는 소리가 '쩌엉' 하고 들려올 뿐이다. 그리고 가끔 불어오는 바람 소리와 한바탕 지나가는 빗소리가 전부다.

그런데 언젠가 비바람이 몹시 불던 날, 모두 곤히 잠든 한밤중에 갑자기 바로 옆 뿐독에서 '퍽' 하는 소리와 함께 비명이 들려 모두 깜짝 놀라 잠에서 깼다. 현지인 서베이어 한 명이 재빨리 손전등을 비춰 보니 팔뚝보다 더 굵은 나뭇가지가 뽄독의 지붕을 뚫고 맨 가장자리 팀 리더의 침대 바로 옆에 꽂혀 있었다. 삶과 죽음의 거리를 실감할 수 있는 순간이었다.

그렇게 구멍이 뚫려 버린 위쪽의 풀잎 지붕에서는 빗물이 들이치기 시작했다. 그래서 임시변통으로 부랴부랴 뚫린 구멍을 땜질하고 있는데, 이번에는 그 친구가 갑자기 비명을 질러 댔다. 또 무슨 일인가 놀라 여기저기서 손전등을 비춰 보니 손바닥보다도 더 긴 커다란 지네가 웃옷을 벗어 던진 그 친구의 등에 찰싹 붙어 있는 게 아닌가. '립빤Lipan'이라고 불리는 이 지네도 천장 어딘가에 붙어 있다가 사람들이 불을 켜고 웅성대니까 놀라서 뛰어내린다는 것이, 하필이면 구멍을 때우고 있는 그 친구 얼굴로 떨어진 것이었다. 그러다가 놀라서 그 친구 옷 속에 숨어 들어가서는 등 뒤로 돌아가 숨을 고르는 중이었다. 한바탕 소동을 치르고 그날 정글의 밤도 그렇게 지나갔다.

정글 속 훈제 고기

서베이 중 사냥으로 사슴이나 노루 또는 멧돼지를 잡으면 하루 이틀 안에 그 고기를 다 처리할 수가 없다. 종종 멧돼지와 사슴이 함께 잡히기라도 하면 고기가 넘쳐나게 된다. 남는 고기는 훈제燻製를 하면 10여 일 이상 산속에 저장할 수 있는데, 나중에 서베이 일을 끝내고 집에 갈 때 각자 골고루 나누어서 가져간다.

정글 속에서는 어떤 음식이든 하루를 못 넘긴다. 늘 습기도 많고 온도 또한 낮지 않아 박테리아들이 좋아하는 조건을 골고루 갖추고 있기 때문이다. 그들에게는 지상 최고의 낙원이 아닐 수 없다. 어찌 보면 박테리아는 우리 지구에서 '최후의 청소부'라고 할 수 있다. 만약 박테리아가 없었다면 지구에 있는 그 많은 동물의 사후 처리는 어찌 됐을까?

그런데 신기하게도 이곳 안남미安南米로 지은 밥은 이틀이 지나도 상하는 일이 없다. 베이스캠프에서 한국 쌀을 함께 섞어서 한국식으로 밥을 하고 밖에 그대로 내버려두면 하루를 넘기기가 어렵다. 그런데 안남미로만 지은 밥은 이틀이 지나도 쉽게 상하지 않는다. 아마도 밥알 속에 습기가 별로 없어서 그런가 보다.

이렇게 쌀도 다르지만 그들의 밥 짓는 방식 또한 우리와 다르다. 그들은 뚜껑을 열어 놓고 계속 저으면서 밥을 짓는다. 밥알 속에 있는 수분까지도 전부 날려 보내려고 그러는지는 잘 모르겠다. 그런데 그들도 왜 그렇게 밥을 해야 하는지 정확한 이유를 알지 못했다. 그냥 옛날부터 전해져 내려온 방식대로 할 뿐이다. 겨울이 없고 냉장고도 없었던 그때에, 밥을 오랫동안 보관하기 위한 그들 나름의 경험에서 나온 지혜가 아닌가 싶다.

고기나 상하기 쉬운 음식을 2~3일 정도 두고 먹으려면 먹을 양만큼 몇 토막을 내서 잘 씻은 다음 비닐봉지에 담아 꽉 묶고, 흐르는 시냇물 속에 깊숙이 넣어 물속 냉장을 한다. 그러면 잘 상하지도 않고 짐승이나 개미들로부터도 보호되는 일거양득의 효과가 있었다.

그러나 정글 속에서 고기를 일주일 이상 보관하려면 훈제해서 보관하는 방법밖에 없다. 사슴이나 노루의 연한 살코기를 주로 훈제하는데, 멧돼지의 삼겹살 비계를 훈제하면 베이컨이 된다. 그러나 우리는 무슬람 친구들도 함께 먹을 수 있도록 사슴이나 노루의 살코기만을 주로 훈제했다. 사실 멧돼지를 사냥하면 크리스천 팀원 10여 명이 온종일 그것만 먹어서, 고기가 상하기도 전에 2~3일 안으로 동나기 때문에 훈제할 여분이 남지도 않았다.

훈제하기 위해서는 우선 살코기를 가능한 한 얇게 썰어서 깨끗이 물로 씻은 다음 연기에 고기를 굽는다. 잎이 붙어 있는 생 나뭇가지를 골고루 펼쳐서 판을 만든 다음 그 위에 썰어 놓은 고기를 한 겹씩 얇게 펼쳐 놓는다. 그리고 소금으로 적당히 간을 한 다음, 그 위에 다시 생 나뭇잎과 잔가지로 골고루 잘 덮는다. 그 위에 다시 고기를 펼쳐 놓고 생 나뭇잎으로 덮는 식으로 4~5층을 만들어 그 밑에서 장작불을 약하게 천천히 땐다. 고기와 불 사이를 너무 가깝지 않게 하면서 몇 시간 동안 불을 때면 젖은 나뭇잎과 가지에는 불이 잘 붙지 않고 뜨거운 연기만 나는데, 이 연기로 고기를 익히는 것이다. 이때 가끔 판을 뒤집어 주어 고기가 골고루 익게 한다. 그러면 80% 정도는 익은 고기가 된다.

이렇게 훈제된 고기는 국으로 끓여 먹기도 하고, 프라이팬에 살짝 튀겨서 점심때 반찬으로 먹기도 한다. 또한 서베이 작업 도중에 씹어 먹으면서 에너지를 보충하기도 한다. 특히 저녁때 위스키 양주와 함께 먹으면 이보다 더 좋은 안주가 있을 수 없다. 약간 연기 냄새가 배어 있기는 하지만, 사슴 고기 육포 안주는 서베이 중에만 먹을 수 있는 고급(?) 안주인 셈이다.

서베이가 끝나 갈 무렵이면, 서베이어들은 사냥에 더 열을 올리면서 본격적으로 훈제를 시작한다. 훈제된 고기는 팀 리더의 재량으로 골고루 나눠서 집으로 가져간다. 그동안 사냥한 고기를 먹으면서 잔뜩 아껴 둔 통조림과 이 훈제 고기는 서베이어들이 오랫동안 자신을 기다리고 있는 가족을 위해 가져갈 수 있는 그럴듯한 선물이 되어, 집으로 가는 발걸음을 한결 가볍게 했다.

경력이 쌓일수록
옷차림은 가벼워지고

우리 신참들이 처음 정글 서베이를 할 때는 중장비로 무장했다. 신발은 정글화로 월남전 때 미군들이 정글에서 신었던 군화였다. 바지는 가시 등을 방지하기 위해 두터운 청바지를 입었고, 웃옷도 러닝셔츠 위에 비교적 두터운 가을용 긴 팔 와이셔츠를 입고 팔목 단추까지 꼭꼭 잠갔다. 또한 목이 노출될까 봐 수건 등으로 칭칭 감고, 그것도 모자라 머리에는 플라스틱 안전모를 썼다. 가능하면 한 점의 살갗이라도 외부로 노출되지 않도록 최대한 감싸고 또 감쌌다. 아래쪽도 두꺼운 면 양말을 신고, 거머리 방지용 덧버선을 무릎 밑까지 꽁꽁 묶어서 거머리나 벌레는 물론 바람 한 점도 들어가지 못하도록 감쌌다.

그렇게 중무장하고 서베이를 하니 아무리 정글 속이 서늘하다고 해도 10분도 채 못 가서 온몸이 땀으로 흥건해졌다. 그 땀이 어디로 가지 못하니 그대로 옷으로 흡수되어 온몸에서는 쉰내가 나고 입에서는 단

내가 났다. 그러나 그보다 더 괴로운 것은 냇물을 건너고 난 뒤였다. 정글화에는 물이 차서 질퍽거렸고 물을 흠뻑 먹은 두꺼운 면 양말을 온종일 신고 다니니 무좀을 달고 다닐 수밖에 없었다.

게다가 물을 잔뜩 먹은 청바지는 걸음을 더 무겁게 했고, 처음에는 무릎까지만 젖었던 물이 사타구니까지 타고 올라와서는 속옷 팬티까지 적셨다. 물에 젖어서 뻑뻑해진 청바지에 연약한 사타구니가 자꾸 쓸리니 결국에는 살이 까졌다. 그런데 그 까진 부분에 계속 청바지가 쓸리니 걸을 때마다 쓰리고 따끔거려 엉덩이를 빼고 걸어야 했다. 그러나 그것도 잠시, 얼마 지나지 않아 그런 통증에도 아무런 느낌이 없을 만큼 온몸이 힘들고 신경도 무뎌졌다. 조그만 통증은 큰 통증이나 다른 고통에 묻혀 버려서 아예 그 존재 자체를 잊기 일쑤였다.

뽄독에 돌아오면 약을 바르고 반창고를 붙이는데, 조그만 상처라도 치료하지 않고 내버려두면 금방 곪아서 한참을 고생하게 된다. 그래서 항상 약은 과할 정도로 철저히 발랐다. 그리고 다음부터는 뽄독을 출발하기 전에 미리 그 주위에 반창고를 붙여서 보호하기도 했다.

현지인 서베이어들은 팀 리더와 한두 명을 빼고는 옷차림이 매우 가벼웠다. 심지어 신발도 체면 때문에 억지로 신는 것 같았다. 사실 옷차림이랄 것도 없었다. 아래에는 나일론 운동 팬티인 반바지만 걸치고, 위에는 오랫동안 입어서 여기저기 구멍이 숭숭 뚫린 반소매 티셔츠를 간신히 걸친 채 정글을 누비곤 했다. 그런 그들 눈에 우리 한국 신참들의 차림새가 얼마나 우습고 답답했을까?

그들 중 몇몇은 아예 맨발로 그 험하디험한 정글을 누비고 다닌다. 발가락 사이에 거머리가 붙거나 가시에 긁혀서 나는 피는 그들에게는 글자 그대로 새 발의 피鳥足之血(조족지혈)다. 게다가 웬만한 상처들은 희한하게도 빨리 아물었다. 그들의 발바닥은 두꺼운 찰고무보다 더 단단해서 담뱃불은 맨발로 그냥 비벼서 끄는 수준이었다. 그러니 서베이를 시작할 때 회사에서 간편한 서베이 신발을 제공해 주어도 그 신발을 신지 않고 어깨에 메고 다니거나 아예 집에 고이 모셔 놓는 친구들이 더 많다. 어쩌다 놀러 갈 때나 결혼식 등이 있어 외출할 때 꺼내서 신는데, 이는 신발이 닳을까 봐 아까워서가 아니라 불편해서였다.

올림픽 마라톤을 두 차례 정복한 에티오피아의 아베베Abebe Bikila가 돈이 없어서 맨발로 뛰었겠는가? 그들은 맨발로 뛰어야만 제 실력이 나온다. 그들에게 운동화를 신고 뛰라면 우리 아리랑 노랫말처럼 아마 10리도 못 가서 발병이 날 것이다. 현지 서베이어들도 마찬가지였다.

경력이 쌓일수록 내 옷차림도 가벼워지고 단순해졌다. 우선 미군 정글화부터 바꿨다. 고무 스파이크가 달린 헝겊으로 된 까만 중국제 운동화로 바꾸니 우선 발이 가벼워져 걷기가 더 편했다. 밑바닥에 있는 스파이크가 바닥에 박히니 미끄러지짐도 어느 정도 방지할 수 있어서 좋았다. 또한 신고 벗는 것도 정글화와는 비교할 수 없을 만큼 간단했다. 뻔독에 돌아와서 지친 몸을 억지로 가누며 정글화 끈을 풀고 젖은 발을 빼내려면 때로는 짜증이 날 정도였는데, 이 운동화는 그럴 필요가 없었다. 그러나 문제는 물가를 다닐 때였다. 이끼가 낀 물가의 돌을 디디려 하면 너무 미끄러워서 디딜 수가 없었다. 또한 바닥의 스파이크 때문에 딱딱한 바닥을 디디면 오히려 미끄러질 것 같고 발바닥이 불편했다.

그런데 나중에 말레이시아 사라왁에서 정글 서베이용으로 아주 적당한 신발을 발견했다. 100% 고무로 된 하얀색 끈이 달린 운동화인데 모양도 단순하고 값도 무척 쌌다. 그곳에서 서베이할 때 이 신발을 신고 정글에 갔는데, 아주 가볍고 바닥도 고무 그 자체라 특히 냇물을 따라 이끼 낀 돌 위를 걸을 때 잘 미끄러지지 않았다. 사실 거의 매일 냇가를 따라 서베이하면서 미끄러운 돌 때문에 나는 사고가 잦았기 때문에 큰 장점이었다.

또한 이 신발은 물에 젖어도 털어내면 금방 말랐고, 고무창 바닥은 미끄러운 정글 바닥의 나뭇잎에도 효과가 있어서 어느 정도 미끄러움을 방지할 수 있었다. 다만 언덕을 오를 때 흙바닥에서 미끄러지거나, 돌부리나 나무뿌리에 부딪히면 완벽하게 발을 보호하지 못하는 것이 흠이었다.

그다음 교체 대상은 청바지였다. 이를 얇고 질긴 나일론 합성 바지로 바꿨는데, 쉽게 마르고 가벼우며 물에 젖어도 살이 쓸리지 않았다. 그러나 바지 길이만큼은 현지 서베이어들처럼 반으로 줄일 수가 없었다. 반바지는 나에게 위험 부담이 너무 컸다. 거머리는 둘째 치고, 가시에 찔리거나 나뭇가지 혹은 튀어나온 뿌리에 다리가 스쳐서 상처라도 나면 곤란했기 때문이다.

웃옷도 두꺼운 긴 팔 와이셔츠와 러닝셔츠 대신 간편하게 짧은 소매 티셔츠 하나만 입었다. 러닝셔츠가 없으니 바람이 잘 통하고, 땀에 쉰 냄새도 반은 줄어든 것 같았다. 헬멧도 간단한 운동 모자로 바꾸었고 어떤 때는 그것조차도 귀찮아 아예 모자를 쓰지도 않고 서베이하기도 했다.

옷을 바꾸니 우선 빨래하는 일부터 반으로 줄어 굉장히 편했다. 또한 그 가짓수가 줄어드니 메고 가는 배낭 또한 부피가 줄고 무게도 그만큼 가벼워졌다. 그러나 밤에 잘 때 입는 긴 팔 셔츠만은 바꿀 수가 없었다. 짧은 팔 셔츠만 입고 자다가는 감기 걸리기에 십상이었기 때문이다. 그래도 이 정도까지 옷차림을 간편하게 줄인 것을 보니 나도 어엿한 프로 서베이어가 된 것 같아 새삼 뿌듯한 마음이 앞섰다.

위험천만한 뱀과의 사투

미군 정글화가 무겁고 불편하기는 했지만 안전한 것만은 사실이었다. 이 정글화 덕분에 큰 위험을 모면한 적이 있어 그것만큼은 장담할 수 있다.

서베이를 하다 보면 뱀을 마주하는 경우가 종종 있다. 어쩌다 코브라를 만나기도 했지만, 이들은 워낙 빨라서 일부러 찾지 않으면 맞닥뜨리는 일은 거의 없었다. 그러나 문제는 청사靑蛇다. 청사는 온몸이 청색을 띠며 아주 가늘고, 길이도 1m 내외인 아주 작은 독사다. 주로 밤에 활동하고 낮에는 나뭇가지 위나 큰 나무의 지상근地上根 위에서 잠을 잔다. 색깔도 나뭇잎 색이고 나뭇가지처럼 가늘고 작아서 웬만큼 주의를 기울이지 않으면 잘 보이지도 않는다. 서베이 도중 갑자기 바로 눈앞의 푸른 가지가 스르르 움직이면, 그놈이 유유히 도망(?)가는 모습이었다.

그런데 어느 날 청사 한 마리가 지상근 위에서 나의 미군 정글화 구둣발에 머리를 밟혔다. 당시의 위험천만한 상황을 되짚어 보면 다음과 같이 짐작된다.

정글 속은 나무들이 촘촘히 우거져 있어서 웬만한 소리는 그 나무들에 막혀 20m를 못 간다. 심지어 비바람이 치는 날에는 바로 옆에서 바스락거리는 소리도 잘 들리지 않는다. 그런데 지상근 위에서 잠을 즐기던 청사가 하필 내 앞에서 길을 헤쳐 가던 서베이어의 발소리에 놀라 잠을 깬 것 같다. 깨어 보니 그 친구는 이미 지나가 버렸고, 바로 뒤따라가던 나를 피할 시간은 없는데 내 구둣발이 자기를 공격하는 줄 알고 이를 되받아 치려고 했다. 그런데 타이밍이 절묘하게 맞아 머리가 그 지상근과 내 구둣발 사이에 끼어 버린 것이다. 상황이야 어쨌든 미군 정글화 덕분에 목숨을 부지할 수 있었으니 천만다행이었다.

정글에서는 보통 한 줄로 간다. 정글 속에는 길이 없으므로 가시덤불이나 잔 나무 등을 빠랑으로 쳐내 길을 열면서 가야 한다. 이때 각자 길을 내면서 따로 가기보다는 앞서 가는 한두 사람이 길을 열면 나머지 뒤따르는 사람들은 편안하게 따라갈 수가 있다. 더구나 능선 길이나 짐승들이 다니는 길은 폭이 좁아 한 사람만이 간신히 지나갈 수 있기 때문에 그편이 안전하다.

그런데 대개 맨 앞쪽에서 길을 열고 가는 사람은 뒤따라가는 사람보다 덜 위험하다. 의외로 두 번째나 세 번째로 가는 사람이 더 위험할 수 있는데 여기에는 이유가 있다. 이는 뱀이나 짐승들이 잠을 자다가 사람들 지나가는 소리에 깜짝 놀라 잠에서 깨면, 정신을 차렸을 때 앞사람은 이미 지나간 뒤이고 두 번째나 세 번째 사람이 지나갈 때 자기를 공격하는 줄 알고 그 사람한테 덤비기 때문이다.

서베이 도중 만나는 뱀 중에서 제일 많이 만나는 뱀이 비단구렁이 Python인 '울라르 사와Ular Sawa'다. 비록 독은 없지만 뱀 중에서는 제일 크고, 정말 큰 것은 길이가 10m가 넘기도 한다. 실제로 최근 아마존 강에서 17m짜리 비단구렁이가 잡혔다고 한다. 이들은 배가 고프면 민가로 내려와서 닭이나 염소, 돼지 등 가축을 잡아먹어 민폐를 끼치기도 한다.

커다란 울라르 사와를 만난 곳은 캠프를 이동하는 도중의 어느 물가에서였다. 우리 중 일부는 냇물을 따라 올라가고 일부는 냇가 숲 속을 따라 올라가고 있었다. 그때 나는 냇물을 따라 걷고 있었는데, 갑자기 숲 속을 따라가고 있던 친구들의 고함이 들려 왔다. 울라르 사와가 우리 쪽으로 가고 있으니 막으라는 것이다.

우리가 가고 있던 바로 뒤 냇가 쪽에서 갑자기 나뭇잎 스치는 소리가 사르르 나더니 '첨벙' 하고 물로 뛰어드는 소리가 났다. 팔뚝보다 굵고 길이가 5m도 더 되는 울라르 사와가 우리 쪽으로 급하게 쫓겨 왔다. 바로 뒤따라서 서베이어 두 명이 빠랑을 들고 뛰어오는 중이었다. 우리 쪽 두 명도 재빨리 합세하여 빠랑을 꺼내 들고는 그 앞을 막아섰다.

네 명에게 사방이 완전히 포위되어 빠져나갈 길이 없음을 깨닫자 그놈은 물속에서 벌떡 몸을 일으켜 공격 자세를 취했다. 1m도 더 높게 몸을 세우고는 이리저리 사방을 향해 공격하니 네 명의 서베이어들은 주춤주춤 뒤로 물러섰다가도 다시 칼을 휘둘렀다. 그러나 그 대치는 그리 오래가지 않았다. 뱀이 다시 이쪽으로 몸을 돌리는 순간 뒤쪽에서 빠랑을 휘둘러 뒷목을 찍으니, 머리가 철퍼덕 물속에 박혔다. 그때 다른 두 명이 재빨리 달려들어 목을 완전히 베어내고는 세 토막을 냈다.

우리는 로딴으로 만든 빈 배낭 속에 각자 한 토막씩 넣고 동여맸다. 다행히 서베이 작업이 끝나갈 무렵이라 짐은 거의 없었는데, 배낭을 메자 어깨가 묵직하게 내려앉았다. 한 토막이 20kg도 더 되는 것 같았다.

그날 저녁은 비단구렁이 뱀탕이 주메뉴였다. 몸을 잘게 토막 내 항아리처럼 생긴 커다란 냄비 뻬리욱^{Periuk}에 넣고 한참을 삶았다. 양념은 늘 넣는 소금과 빨간 마늘(바왕 메라), 그리고 아지노모도가 전부다. 삶는 동안 몸속에 있는 기름이 계속 나와 그 냄새가 고약한데, 이를 주걱으로 걷어내면서 계속 삶는다. 그렇게 삶다 보니 그 몸통이 세 배도 더 늘어난 것 같았다. 다 삶은 고기를 부채꼴 모양으로 4등분 하여 그 중 한 조각을 큰 접시에 담았다. 그 4분의 1조각이 큰 접시에 가득 찰 정도로 양이 푸짐했다. 맛은 의외로 담백하고 연한 닭고기 같아 부담 없이 먹을 수 있었다. 색다른 진수성찬과 함께 긴장감 넘치던 하루도 그렇게 저물어 갔다.

잊지 못할 이깐 아신과 녹두죽

일이 밀려 사냥할 시간이 없거나, 과일 철이 지나서 짐승들이 먹을 것을 찾아 멀리 떠나버렸을 때는 영락없이 가지고 간 통조림만 먹어야 한다. 꽁치와 멸치 통조림은 끼니마다 빠지지 않는 주메뉴이고, 소고기나 돼지고기 같은 육류 통조림은 하루에 한 끼 정도만 맛볼 수 있다. 채소로는 유일한 양상추 뿌리 통조림 또한 마찬가지다. 2~3주 이상을 이런 통조림만으로 끼니를 때우면 아무리 배가 고파도 입맛이 나지도 않을 뿐더러, 밥을 씹어도 잘 넘어가지 않는다.

안남미로 지은 밥은 새로 지은 뜨거운 밥이라도 밥알 한 알 한 알이 훅 불면 날아갈 듯 찰기라고는 하나도 없다. 그런데 이 날아갈 듯한 밥이 식으면 떡 같이 되어 버린다. 그래서 도시락(란땅)에 싸 가지고 간 따끈한 밥이 점심때가 되면 차가운 떡밥이 되어 있다. 서너 개의 떡밥 덩어리가 각자에게 배당되고 이를 까칠한 멸치 통조림, 꽁치 통조림과 먹으려니, 배는 고프고 허기는 지지만 밥이 목에 걸려 제대로 넘어가지 않는다.

그런데 이때 절인 생선 이깐 아신Ikan Asin만 있으면 이 문제를 거뜬히 해결할 수 있다. 이깐 아신은 값싼 생선을 소금에 절여 말린 반찬이다. 열대인 이곳에서 소금을 적당히 뿌려서는 아마 며칠도 못 가서 썩는 냄새가 진동할 것이다. 그래서 생선을 마치 소금통 속에 푹 담갔다가 그 소금통째로 꺼낸 듯, 소금으로 완전히 포장되어 나오는 생선이 바로 이깐 아신이다.

이 이깐 아신을 요리하려면 우선 물에 한두 시간 정도 푹 담가 놓아 어느 정도 소금기를 빼내야 한다. 그런 다음 다시 흐르는 물로 빨래하듯이 빤다. 소금기를 최대한 씻어낸 후, 잘게 토막을 내어 프라이팬에 기름을 두르고 이깐 아신이 바삭해질 때까지 튀긴다. 소금기를 그렇게 빼내도 손가락만 한 것 서너 개면 밥 한 그릇을 다 먹을 수 있을 정도로 짭짤한 맛이 남아 있다.

점심때 떡이 된 찬밥을 물에 말아서 이 이깐 아신과 함께 먹으면, 입맛이 살아나 밥 한 그릇을 전부 먹어 치울 수 있다. 물에 말아 먹으니 밥을 씹어 먹는다기보다는 밥을 마시는 수준이지만, 이깐 아신 덕분에 이렇게라도 밥을 넘기고 땀으로 소모된 몸속의 염기도 보충할 수 있었다.

그렇게 밥 한 그릇을 먹고 커피 설탕물로 에너지를 보충한다. 아직도 온기가 남아있는 커피 설탕물은 찬밥을 먹은 뒤의 뱃속을 따뜻하게 해 준다. 또한 무엇보다도 밥 속의 탄수화물과 함께 커피 설탕물 속에 있는 당분은 반드시 필요한 최소한의 에너지가 되어 매일 고된 서베이 일을 해낼 수 있었다.

나는 입맛이 없으면 저녁때도 밥에 물을 말아서 이깐 아신과 먹는다. 그런데 현지인들은 밥을 물에 말아 먹는 것을 아주 이상하고 신기하게 생각했다. 그들에게도 권해 봤는데, 아직까지 이렇게 먹는 사람은 한국인 외에는 없었다. 처음에는 나를 모두 놀란 듯이 쳐다봤지만, 나중에는 내가 물에 말아 먹지 않으면 오히려 웬일이냐며 의아하게 생각할 정도였다.

아침, 저녁에는 돼지고기 통조림이나 소고기 통조림으로 국을 만들어 먹으니 그나마 국밥처럼 먹을 수 있다. 통조림 몇 캔을 솥에 넣고 물을 가득 담아서 소금으로 간을 맞추고, 빨간 마늘과 아지나모도로 맛을 내어 국을 만든다. 따끈한 국과 함께 밥을 먹으니 그나마 끼니를 거르는 일이 없어서 천만다행이었다.

일을 끝내고 뽄독에 도착하자마자 냇가로 내려가 빨래를 하고, 단내가 풀풀 나는 입을 양치질로 헹궈낸다. 그러고 나서 시원한 물에 목욕하면 축 처진 몸에 새로운 에너지가 충전되는 느낌이다. 목욕을 끝내고 자리로 돌아오면 요리사인 뚜깡 마삭이 커피 한 잔과 녹두죽을 갖고 오는데, 마지막 남은 피로를 말끔히 녹여 주는 그 맛은 지금까지도 잊을 수 없을 정도다.

이 녹두죽은 '까짱 히자오^{Kacang Hijau}'라는 녹두를 끓여서 만든 죽으로, 설탕물보다 더 달게 탄 연유를 듬뿍 뿌려서 먹는다. 이 녹두죽은 맛도 맛이려니와, 정글의 나무꾼들이 섭취하는 에너지의 아주 중요한 공급원 중 하나다. 녹두의 특이한 향과 연유의 달콤한 맛이 어우러진 이 녹두죽을 모두 허기진 뱃속에 허겁지겁 채워 넣는다. 장담하건대 커피와 녹두죽, 그리고 이깐 아신이 없었다면 나는 아마도 그 오랜 정글 생활을 버텨 내지 못했을 것이다.

정글의 오아시스, 아까르

아침에 뽄독을 출발할 때면 각 팀당 2L들이 물 세 통과 커피 그리고 홍차를 각각 한 통씩 꽉 채워서 떠난다. 하지만 점심을 먹고 한두 시간도 안 돼서 가지고 간 통은 모두 바닥을 드러낸다. 앞으로 서너 시간은 더 일해야 하지만, 다들 워낙 땀을 많이 흘려 물이나 커피 또는 홍차 구분 없이 닥치는 대로 마셔 대니 금방 없어져 버리는 것이다. 특히 내가 힘들어하고 또 제일 자주 마셔서 세 통 중 한 통, 즉 3분의 1은 늘 나 혼자서 해치웠던 것 같다.

점심도 다 소화되어 슬슬 허기가 지고, 음료수가 동나면서부터는 갈증 나는 속도까지 빨라져 입안이 바싹바싹 타들어가기 시작한다. 이때 눈앞에 흐르는 냇물이 맑아 보인다고 그대로 마셨다가는 십중팔구 배탈이 난다. 그 물속에는 수많은 동물의 배설물과 썩은 시체뿐 아니라 거기에 기생하는 각종 세균이 우글거리기 때문이다.

또한 독성이 있는 나무의 뿌리에서 흘러나오는 독극물이 섞여 있기도 하다. 실제로 현지인들은 이런 나무뿌리를 채취하여, 돌로 찧은 다음 물속에 풀어 넣어서 물고기를 잡는다. 물론 큰 강이 아니고 냇물에서 하는데, 잠깐 사이에 어른 손바닥만 한 물고기 수십 마리가 잡힌다. 그러면 잡은 고기들의 내장은 버리고 깨끗이 씻어 요리한다.

독 얘기가 나왔으니 독침毒針 얘기를 빼놓을 수 없는데, 이곳의 수많은 종족 중에는 산속에서 사냥하면서 살아가는 '뻰안Penan족'이 있다. 이들은 주로 독침으로 짐승들을 잡는다. 이들은 사람 키만 한 길이의 나무로 만든 파이프인 '순삣Sunpit'에 독침을 넣어 입으로 불어서 목표물로 날린다. 그래서 영어로 이 파이프를 'Blow Pipe'라고 한다. 숙달된 사냥꾼들은 나무 위 30m 정도 떨어진 곳에 있는 원숭이도 정확히 맞춘다. 이 독침을 맞은 원숭이는 5분 이내에 목숨을 잃는다고 한다.

이 순삣은 아주 단단한 작은 나무를 사람 키만 하게 잘라서 지름이 5cm 정도 되게 파이프 모양으로 깎은 다음, 그 한가운데에 지름 1~2cm의 구멍을 내서 만든 것이다. 독침은 아주 가벼운 나뭇가지로 만드는데, 한쪽 끝은 순삣 구멍에 꽉 낄 수 있도록 코르크 병마개처럼 깎고, 다른 끝은 화살촉처럼 뾰족하고 길게 깎아서 그 끝에 독*을 바른다. 이 독침의 전체 길이는 보통 15~20cm 정도다. 순삣 끝에 뾰족한 칼을 달아서 창으로도 쓰는데, 산돼지 같은 큰 짐승을 사냥할 때는 먼저 독침을 쏘아 기운을 뺀 다음, 이 창으로 마무리한다.

---

* 이 독은 '까유 라쭌(Kayu Racun)'이라는 독(毒)나무에서 채취하는데, 고무나무에서 고무를 채취하는 방법과 비슷하다. 독나무에 칼로 비스듬히 길게 홈을 내면 그 홈을 타고 수액이 방울방울 떨어진다. 이를 며칠 동안 용기에 받아 모은다. 이 수액은 약간 노르스름한 빛깔을 띠는데 이를 나뭇잎에 싸서 불로 끓이면 매우 노랗게 변한다. 이를 식혀서 화살촉 끝에 적당량을 바르면 바로 '독침'이 된다.

이처럼 큰 짐승들도 꼼짝 못하는 독인데 이런 독이 어디든 섞여 있을 수 있으니, 정글 속의 물은 반드시 끓여 마셔야 탈이 없다. 그러나 서베이 도중에 언제 화덕을 만들고 장작을 모아서 물을 끓일 수 있겠는가?

이때 '아까르Akar'를 만나면 사막을 헤매다 오아시스를 발견한 것이나 다름없다. 아까르는 덩굴, 또는 나무의 뿌리라는 뜻인데, 타잔이 정글을 누비고 다닐 때 타고 다니는 바로 그 덩굴과 같은 종류다. 이 덩굴 속에는 물이 잔뜩 고여 있는데, 그 물은 전혀 오염되지 않은 천연의 자연수라고 보면 된다.

이 덩굴은 산등성이나 냇가 등 정글 속 여기저기에 잔뜩 널려 있다. 그러나 근처에 비교적 큰 나무가 있어야 그 나무를 타고 계속 자랄 수 있다. 굵기는 지름이 30cm가 넘는 것도 있지만 주로 15cm 내외의 아까르에서 물이 많이 나온다. 서늘한 정글에서, 그것도 덩굴 속을 흐르는 이 아까르의 물은 시원하기도 하거니와 그 물맛 또한 기가 막힌다. 몸은 지치고 허기진 데다가, 목까지 타는 상태에서 이 물을 마신다고 생각해 보라. 이것이야말로 진짜 기사회생의 보약, 생명수가 아니겠는가.

주의할 것은 아까르를 정글도로 자르면 자르는 동안 그 속에 흐르던 물이 재빠르게 덩굴 위쪽으로 올라가 버린다. 그래서 덩굴을 잘라도 잘린 윗부분의 덩굴에서는 물이 떨어지지 않는다. 마치 빨대 위쪽을 막고 있으면 물이 밑으로 떨어지지 않는 것과 같은 이치다. 따라서 가능한 위쪽의 높은 곳을 우선 정해서 자른 다음, 차례로 아래쪽으로 토막을 내면서 내려와야 모든 토막에서 물을 얻을 수 있다.

뿌리 쪽이 아닌 위쪽으로 잘라 가면 그 토막들에서는 물을 거의 찾을 수가 없다. 덩굴의 위쪽 끝은 30m도 넘는 큰 나무의 꼭대기까지 올라가 있으니 그곳까지 잘라 올라간다면 모르겠지만, 자른 부위의 아래쪽으로는 물이 밑으로 빠지지 않는다. 토막으로 자르는 순간 막혀 있던 덩굴 속의 수관이 뚫리면서 바깥의 공기와 덩굴 속의 기압 차이 때문에 수관 속의 물이 위쪽으로 빨려가 버리는 것 같다. 혹은 뿌리에서 공급되는 물이 역류하지 않도록 수관水管 곳곳에 차단막이 있는지도 모르겠다. 그래서 자른 토막을 똑바로 들고 있으면 마치 그곳에 물이 갇혀 있는 것처럼 고여 있다.

덩굴을 자른 뒤에는 들고 마시기 좋게 약 70~80cm 정도의 길이로 자르는데 덩굴의 두께에 따라 물의 양도 차이가 난다. 보통 한 토막에서 평균 한두 컵 정도의 물이 나온다. 이때 물이 나오는 위쪽은 끝을 뾰족하게 칼로 다듬어서, 물이 흘러나올 때 한곳으로 모여 입속에 전부 흘러들어 갈 수 있도록 한다.

명심할 것은 잘린 토막의 윗부분을 입에 대고 마셔야 한다. 아래쪽에 입을 대고 아무리 흔들어도 물은 나오지 않는다. 또한 물을 마시기 전에 깜박 잊고 그 토막의 위쪽을 땅으로 향한 채 잠시라도 그냥 들고 있으면 순식간에 물이 쏟아져 나와 마실 새도 없이 끝장나 버린다. 게다가 아까르가 굵은 경우에는 무게도 상당한 데다, 급하게 마시다가 물이 입이 아닌 얼굴과 목, 가슴으로 쏟아지면 낭패다. 몸은 시원해지기라도 하겠지만, 콧속으로 들어가면 그만큼 괴로운 것이 없다.

그렇다고 정글 속에 있는 아까르가 모두 마실 수 있는 물을 가진 것은 아니다. 어떤 덩굴에는 물이 아닌 빨간색의 끈적끈적한 수액水液만 있거나, 이 같은 수액과 물이 반반씩 섞여 있는 덩굴들이 더 많다. 이런 덩굴에는 독성이 있어서 잘못 마셨다가는 목숨이 위험해질 수 있으니

반드시 확인해야 한다. 표면이 밝은 초록색이고 반질반질한 얇은 수피
樹皮를 가진 아까르는 거의 다 독성이 있고, 나무껍질이 갈색이면서 두껍
고 표면이 부드러우며 골이 파인 아까르가 바로 우리가 찾아야 하는 정
글의 생명수다.

두리안 철이 오면

태국, 필리핀, 말레이시아, 인도네시아 같은 동남아시아에 있는 열대의 나라를, 우리는 '상하常夏의 나라'라고 부른다. 문자 그대로 늘 여름만 있는 나라라는 뜻이다.

그러나 이곳에서 1년 이상을 지내보면 비록 사계절이 뚜렷하게 구별되지는 않지만 늘 여름만 있는 것은 아님을 알 수 있다. 꽃 피는 봄과 같은 계절이 있고, 열매를 맺는 가을 같은 계절이 따로 있다. 비가 계속 내리는 한국의 장마철 같은 우기도 있고, 또 반대로 한 달 내내 비가 한 방울도 오지 않는 봄과 같은 건기도 있다. 또한 사시사철 푸를 것만 같은 나뭇잎들도 갈색으로 변해 떨어지는 낙엽의 계절도 있다.

과일의 왕이라 불리는 두리안도 때가 오면 어김없이 열린다. 1년에 한 번씩 열리는데, 두리안 철은 1년에 두 번이다. 어떤 곳은 1월에 열매가 익고, 또 다른 어딘가는 7~8월이 되어야 열매가 익어 수확할 수 있기 때문이다. 이유는 정확히 알 수 없지만, 지형이나 토질, 기후 또는 수종 자체의 차이 때문이 아닌가 생각된다.

그런데 요즈음 특히 태국이나 말레이시아에서는 연중 내내 두리안을 생산하고 있다고 한다. 비닐하우스 등지에서 인공적으로 나무마다 온도나 수분 공급 등의 조건을 다르게 해서 관리하면 열매 맺는 시기를 서로 다르게 조절할 수는 있을 것이다. 경제성이 있으니까 그렇게 하겠지만, 철 따라 먹어 보는 맛이 사라지지는 않을지 걱정이 앞선다. 물론 유전자 조작을 하기도 하지만, 주로 접목을 통해서 개량되는 두리안 나무는 4~5년생밖에 안 되고 높이도 10m 안팎인데도 열매가 주렁주렁 열린다. 그러나 아무리 개종을 하고 개량을 해도 그 특이한 본디의 맛을 100% 살려내지는 못하는 것 같아 아쉬울 뿐이다.

접종하지 않은 순종 나무는 30m도 넘는 높이에 두리안이 열리는데, 그 맛이 특이하여 순종만을 찾는 사람들이 많다. 특히 소문난 순종 두리안이 꽃을 피우기 시작하면 입도선매식으로 고정 고객들에게 일찌감치 다 팔려, 돈이 없거나 힘이 없는 사람들은 구경조차 할 수 없다.

한편 두리안 나무에 꽃이 피기 시작하면 반갑지 않은 박쥐 떼들이 먼저 찾아온다. 수십, 수백 마리가 떼 지어 날아오는데, 한 번 지나가면 그 많던 꽃들의 절반 이상이 사라진다. 그래도 깡그리 다 먹지 않고 그 중 일부는 남겨두고 가는 것을 보면 자연 생존의 법칙에 따른 신의 조화가 아닌가 싶다. 그래서 요즈음 두리안 농가에서는 두리안이 꽃을 피우기 시작하면 나무 전체에 그물을 쳐서 박쥐들의 공격을 막고 있다. 다음 날 아침이면 10여 마리의 박쥐들이 그물에 걸려 있는데, 그 꽃향기에 목숨을 바친 셈이다.

두리안 나무의 천적은 이 박쥐들뿐만이 아니다. 열매를 맺기도 전에 퍼붓듯이 쏟아지는 소낙비는 그 아까운 꽃잎들을 마구 떨어뜨려, 과일의 왕이라는 칭호가 무색하게 한낱 꽃잎으로 사라지게 한다. 박쥐는 그물로라도 막을 수 있지만 비는 천재지변이라 막아낼 도리가 없으니 그저 안타까울 따름이다.

두리안의 크기는 보통 럭비공만 하고 무게는 2~3kg 정도인데, 큰 것은 농구공보다 더 크고 심지어 5kg이 넘는 것도 있다. 표면은 온통 단단한 가시로 덮여 있는데, 그 가시의 크기는 2~3cm 정도니 도깨비 방망이를 연상하면 되겠다. 그런데 이렇게 큰 두리안이 다 익으면 저절로 나무에서 떨어진다. 바람이 불 때나 밤에 주로 떨어지는데, 떨어질 때 '퍽' 하는 소리가 난다. 대부분은 바닥에 낙엽이 쌓여 있기 때문에 그 높은 곳에서 떨어져도 잘 깨지지 않는다.

다 자란 나무의 높이는 보통 30m도 넘는데, 그 높은 곳에서 묵직한 도깨비 방망이가 자기 머리 위로 떨어진다고 생각하면 정말로 소름이 끼치지 않을 수 없다. 물론 요즘 두리안 농장에 있는 개량종들은 10m도 안 되는 높이에 두리안이 열리니 그만큼 위험은 덜 하지만 말이다.

이렇게 두리안이 익어 갈 무렵이면 그 향기는 깊은 정글 속에서도 사방으로 1km 이상 넓게 퍼져 나간다. 이때쯤이면 멧돼지와 곰들이 떼 지어 나타나기 시작한다. 두리안을 찾아 나선 멧돼지들은 그 나무 밑에서 두리안이 떨어질 때까지 밤새도록 기다린다. 멧돼지들은 각자 행동하기보다는 보통 가족 단위로 이동하는데, 서너 마리에서 많을 때는 10여 마리가 넘게 함께 이동한다. 이들은 나름대로 임시 거처까지 만들어 놓고 장기전을 편다. 밤새도록 나무 밑에서 기다리다가 '퍽' 소리가 나는 순간 달려나가 두리안을 까기 시작한다. 앞발과 주둥이만으로 그 단단한 가시 껍질을 벗기니, 그 주둥이가 얼마나 두껍고 강한지 새삼 놀라게 된다. 어쩌다 정글 속에서 두리안 나무를 지나갈 때면 이 멧돼지들이 먹고 버린 껍질들이 여기저기 널려 있는 것을 볼 수 있었다.

그러나 곰은 멧돼지와는 다르다. 곰은 나무 위로 올라갈 수 있다는 장점이 있기에 나무 밑에서 두리안이 떨어질 때까지 기다릴 필요가 없다. 그들은 두리안이 달린 가지까지 올라가서는 그 가지를 손으로 흔들거나 마구 쳐서 거의 다 익은 두리안들을 밑으로 떨어뜨린다. 그런 다음 떨어진 두리안들을 편안하게 까서 먹는다.

그런데 재미있는 것은 이 곰들이 나무 밑으로 내려올 때에는 급한 마음에, 땅에 미처 다 내려오기도 전에 땅바닥으로 뛰어내린다고 한다. 이때 몸이 땅에 닿는 순간 쓸개 속에 있던 쓸개즙이 온몸으로 퍼져 나가면서 떨어지는 충격을 흡수하여 몸을 보호한단다. 그 후에 쓸개즙이 다시 쓸개 속으로 돌아오는데, 쓸개즙이 몸에 퍼져있는 잠깐 동안은 곰이 정신을 잃었다가, 그 즙이 다시 돌아오면 정신을 되찾는다고 한다. 순간적으로 정신을 잃는다는 것이다. 물론 웃자고 지어낸 얘기가 틀림없지만, 웅담熊膽이라면 사족을 못 쓰는 한국 사람들이 여기에도 솔깃한 것을 보면 여간 씁쓸한 것이 아니다.

가짜 두리안으로 죽을 만들다

요즈음 두리안 나무들은 90% 이상이 접목해서 개량한 품종이라, 열매도 많이 열리고 맛도 다양한 데다가 사시사철 수확되고 있다. 그러나 내가 있던 당시만 해도 두리안은 대부분 자연산으로 순종들이었고, 두리안이 나오는 시기도 1월과 7월로 1년에 단 두 번뿐이었다.

두리안 철이 막바지에 이르면 '비수Bisu'라고 하는 가짜 두리안이 나오기 시작한다. 진짜 두리안의 맛과는 약간 차이가 나지만 그래도 그 맛과 모양이 두리안과 매우 비슷하다. 다만 핸드볼 정도만 한 크기로 무게도 500g 정도밖에 나가지 않으며, 껍질은 노란색인데 열매는 분홍색이다. 반면 두리안 열매는 대부분 흰색이거나 약간 노르스름한 색깔이다. 어쨌든 비수도 두리안의 일종으로 두리안 철이 끝날 무렵부터 나오기 시작하니 그나마 아쉬운 대로 사촌 대접을 받는다.

두리안 철이 거의 다 지난 8월 말쯤 서베이 도중에 이 비수 나무를 발견했다. 그럴듯한 향기가 났지만 완전히 익지 않은 것을 알고는 반가웠던 마음이 금방 실망으로 변했다. 나무에는 100여 개도 넘는 두리안 사촌이 주렁주렁 열려 있었다. 나무도 한 아름은 넘었지만 그리 큰 편은 아니었다. 그런데 서베이어들 얘기를 가만히 들어보니 죽을 쒀서 먹느니 어쩌느니 하는 게 아닌가? 익으려면 아직도 10여 일은 있어야 할 것 같고, 그때쯤이면 이미 우리의 작업장도 다른 곳으로 옮긴 후일 텐데 말이다.

아니나 다를까 서베이어들은 그날 서베이 일을 일찍 끝내고 뽄독에 돌아오자마자 도끼와 배낭을 챙겨서, 비수 나무가 있는 곳으로 갔다. 나도 호기심에 함께 따라갔다. 그런데 이들은 그 비수 몇 개를 따려고 간 게 아니었다. 아예 나무를 통째로 베어 아직 익지도 않은 딱딱한 두리안의 사촌을 모두 거둬 올 작정이었던 것이다.

하지만 나무 밑동은 지상근이 올라와 있어 둘레가 3m도 넘었다. 그 지상근 밑동을 모두 베어서 나무를 넘어뜨리려면 밤새도록 도끼질을 해야 겨우 넘길 수 있을 것 같았다. 그런데 그들은 재빨리 주위의 조그만 나무들을 잘라서 로딴으로 묶어 사다리를 만들었다. 지상근의 맨 위쪽보다 더 올라갈 수 있도록 사다리를 만든 다음 그곳을 찍어내기 시작했다. 대여섯 명이 교대로 도끼와 빠랑으로 쪼아댄 지 30분이 지나자, 삐거덕 소리가 나면서 나무가 넘어지기 시작했다. 다행히 약간 평지 쪽으로 나무를 쓰러뜨렸기 때문에 달려있던 두리안을 거의 모두 거둬들일 수 있었다. 모두 가지고 간 배낭에 가득히 한 짐씩 지고는 뽄독으로 돌아왔다.

뽄독에 오자마자 여럿이 둘러앉아 비수의 껍질부터 까기 시작했다.

모두 숙달된 조교 같아서 그 많던 두리안을 금방 다 까 버렸다. 이 비수
는 크기뿐만 아니라 가시도 작아, 큰 두리안보다 껍질을 까기가 훨씬 쉬
웠다.

한 송이의 비수 속에는 커다란 알밤만 한 속 알맹이가 열 개 가까이
씩 들어 있었다. 그 알의 색깔은 늙은 단호박의 속과 같이 노란색이면
서도 붉은색을 띠고 있었다. 그리고 또 그 알맹이 속에 있는 딱딱한 씨
를 발라내서 순수한 속살(속젓)만을 따로 빼냈다. 비수가 완전히 익기
전에는 그 속 알맹이가 딱딱하기도 하지만, 그 맛 또한 무미건조한 녹말
가루 같은 맛만 난다.

그 알맹이를 큰 냄비인 뻐리욱에 담고 물과 설탕을 적당히 섞어서 죽
을 쑤었다. 우선 색깔부터가 호박죽같이 불그스레하면서 두리안의 향
기도 은은히 풍겨 나오니 먹기 전부터 군침이 절로 돌았다. 그 맛 또한
독특하기도 하거니와 죽에 퍼진 은은한 두리안의 향기는 지금도 잊지
못할 정도다. 가짜 두리안으로 죽을 쑤어 먹었던 한국인은 아마 내가
처음이 아닐지는 몰라도 마지막이지 않을까 싶다.

물 반, 고기 반

정글 서베이를 하면서 특히 깊은 계곡을 지나갈 때면, 지금 우리가 지나가는 이곳은 인간의 발길이 전혀 닿지 않았던, 말 그대로 원시의 처녀림^{Virgin Jungle}이 아닐까 생각하기도 한다.

혹시 우리가 이곳에 발자국을 남기는 최초의 인간이 아닐까 싶을 정도로 사람의 흔적은 찾아볼 수가 없다. 숲 속에는 이름 모를 산새들과 짐승들, 벌레들 그리고 물고기들로 가득하니 이곳은 인간들만 빠진 오로지 그들만의 세상인 것 같았다. '별유천지 비인간^{別有天地非人間}'이란 바로 이런 곳을 두고 하는 말이 아니겠는가!

깊은 정글 산속에는 가족 단위로 이곳저곳을 이동하면서 사냥만을 전업으로 하며 살아가는 뻰안^{Penan}족 등이 있기는 하지만, 그들의 활동 범위를 벗어난 아주 깊은 정글 속은 정말 무인지경이라 할 수 있다.

특히 하류 쪽에 폭포가 많이 있는 깊은 계곡은 사람들이 접근하기가 쉽지 않다. 어쩌다 그런 곳을 서베이 중에 만나면 냇물 속이 까맣게 보일 만큼 물고기 천지다. 수심이 2m가 넘는 곳도 많이 있는데, 비가 2~3일 정도 오지 않으면 물의 색깔이 푸르고 맑아서 바닥까지 다 보일 정도다. 그 푸른 물이 물고기들 때문에 검게 보이는 것이다. 팔뚝만 한 물고기들을 인공 양어장이 아닌 자연 속에서 보는 것이 어찌 흔한 일이 겠는가? 말 그대로 '물 반, 고기 반'이었다.

기독교도가 대부분인 원주민들은 크리스마스를 한 달 정도 앞둔 11월 말경부터 이 물고기를 잡으러 강 상류 쪽으로 올라온다. 그들은 '뻐라후^{Perahu}'라고 부르는 조그만 카누를 타고 며칠씩 밤낮으로 올라온다. 고기를 잡아 잘게 썰어서 소금에 잘 절여 놓은 다음, 이를 준비해 온 대나무 속에 저장하면 젓갈이 만들어진다. 가족 중 두세 명이 한 팀이 되어 고기를 잡는데, 집에 갈 때쯤이면 뻐라후에 이 젓갈 대나무가 꽉 들어찬다. 크리스마스가 되면 이를 장에 내다 팔기도 한다.

우리 서베이어들도 투망으로 잡으면 간단한 일이건만, 통조림에 쌀 등 온갖 식량을 지고 다녀야 하니 쇠가 달린 무거운 투망은 처음부터 서베이 품목에서 제외된 지 오래다. 그러나 낚싯줄과 낚싯바늘은 부피 도 거의 차지하지 않고 무게도 안 나가니, 서베이갈 때는 늘 빠뜨릴 수 없는 필수품 중 하나다. 낚싯대는 현지 조달이 가능하니 가져갈 필요가 없다.

한 번은 서베이 중에 운이 좋아 물 반, 고기 반인 냇가 근처에 뽄독을 설치할 수 있었다. 뽄독을 설치하자마자 두 명이 낚시 도구를 챙기기 시 작했다. 이때 낚싯바늘은 손잡이를 잘라낸 숟가락 몸통에 달아서 쓴 다. 이 숟가락은 숫돌이나 모래에 미리 갈아서 하얗게 도금된 부분을 닦아내고, 원래의 색깔인 누런색만 보이게 만든다. 그 끝쪽 가장자리를 돌려가며 서너 개의 구멍을 뚫어서 낚싯바늘을 구멍에 짧게 달아맨다. 이를 낚싯줄에 매달고 낚싯대에 연결하면 훌륭한 낚시 도구가 완성된 이다. 낚싯대는 물가에서 자라는 손가락 굵기만 한 풀 나무를 베어 적당한 길이로 잘라 만들었다. 이렇게 도구 준비가 끝나면 본격적으로 낚시가 시작됐다. 낚싯밥은 필요 없었다.

이때 주의할 일은 하얀 신발이나 하얀 옷 등 하얀색은 물에서 가능한 한 멀리 떨어지게 해야 한다는 것이다. 물고기들은 물에 비친 하얀색을 무서워해서 그 근처에는 오지 않는다고 한다. 그래서 하얗게 도금된 숟가락도 숫돌과 모래에 갈아서 하얀색을 없앤 것이다.

한 친구가 낚싯바늘이 달린 숟가락을 물에 첨벙 던져 넣고 옆으로 당기니, 숟가락과 그곳에 달린 낚싯바늘들이 물살을 가르며 '파르르' 소리를 냈다. 그 소리를 듣고 물속에 있던 10여 마리의 물고기들이 우르르 몰려 왔다. 그러나 고기들은 그 숟가락을 바로 물지는 않고, 서로 눈치들을 보는지 계속 끈질기게 따라오기만 했다. 그러다가 그 중 몸집도 크고 가장 빠르기도 한 고기 한 마리가 결국은 참지 못하고 이를 덥석 물었다. 무게가 2kg도 더 나가는 것 같았다.

힘도 있고 무게가 있으니 우리의 가느다란 천연 낚싯대로는 그놈을 그대로 들어 올릴 수가 없었다. 그대로 들어 올리려고 했다가는 십중팔구 부러질 게 뻔했다. 그래서 낚싯대를 당겼다가 풀어 주기를 반복하면서 살살 달래가며 물가에서 대기 중이던 다른 친구 쪽으로 유인했다. 그 친구는 손으로 잽싸게 낚싯줄을 낚아채서 고기를 물속에서 끌어냈다. 퍼덕이는 머리를 빠랑의 칼등으로 쳐서 기절시킨 다음, 준비해 두었던 나뭇가지 꼬치에 꿰어 매달았다. 그렇게 한 마리, 두 마리 엮다 보니 한 시간도 안 돼 20여 마리를 엮을 수 있었다.

그래서 30여 명의 장정이 며칠 동안 물고기 파티를 했는데, 나중에는 뱃속에서 비린내가 올라올 정도였다. 매운탕 생각도 간절했지만, 워낙 싱싱하다 보니 간단하게 그냥 기름에 튀겨서 먹기만 해도 맛있었다. 달콤하고 고소하기가 일미 중의 일미, 둘이 먹다 하나가 죽어도 모를 정도로 훌륭했다. 물에 끓여서 국으로도 먹었는데, 양념이라고는 소금과 마늘 그리고 조미료인 아지노모도가 전부였지만 그 맛 또한 여느 진수성찬 부럽지 않았다.

이렇게 냇가에 뽄독을 세우면 낮뿐만 아니라 밤에도 물고기를 잡았다. 밤에는 망태기처럼 생긴 로딴으로 엮어 만든 어항을 놓으면 주로 메기가 잡힌다. 우리나라에서 어항으로 민물고기를 잡는 방식이다. 그 속에는 낮에 잡은 물고기의 살점을 넣고, 물속 바닥까지 어항을 담가 넣었다가 다음 날 아침에 꺼내 보면, 팔뚝만 한 메기가 그 속에 얌전히 들어가 있었다. 그런데 이 메기를 끄집어낼 때 아주 위험하므로 주의해야 한다. 메기의 앞쪽 지느러미가 매우 날카로워서 손으로 잡을 때 요령이 있어야 한다. 능숙한 친구들도 잡고 있는 메기가 갑자기 요동치는 바람에 손가락을 아주 깊게 베여서 며칠씩 고생하기도 했다.

이렇게 정글에서 잡히는 물고기들은 현지 말로 이깐 서마^{Ikan Sema}, 이깐 떵그락^{Ikan Tenglak}, 이깐 술탄^{Ikan Sultan}, 이깐 엄뻐라오^{Ikan Emperau} 등이다. 우리나라 강이나 냇물에도 이런 물고기가 있는지, 그 이름들이 무엇인지는 잘 모르겠지만, 민물고기이니 아마도 잉어, 붕어, 숭어, 송어, 가물치 같은 종류가 아닐까 싶기도 하다.

여기서 'Ikan'은 물고기라는 뜻인데, 우리식 표현을 빌리자면 이깐 술 탄^{Ikan Sultan}은 왕어王魚, 이깐 엄뻐라오^{Ikan Emperau}는 황제어皇帝魚라고 부를 수 있을 것 같다. 특히 황제어는 보통 무게가 4~5kg이 나간다. 아주 큰 놈은 30kg이 넘기도 한다. 크기도 크기지만 그 맛 또한 최고라서 '황제' 의 칭호를 듣는 모양이었다.

이 황제어는 요즘도 어쩌다 말레이시아 정글에서 잡히는데, 그 값이 황금 값이다. 식당에서는 kg당 보통 15만 원이 넘는다. 그런데 비싼 것 은 둘째 치고, 돈이 있어도 언제나 먹을 수 있는 고기가 아니다. 보통 담 백한 맛이 특징인 열대의 물고기와는 달리 기름기가 감도는 엄뻐라오 고기는, 이제 그야말로 고관대작이나 부호들만의 전유물이 되어 버릴 지경이다.

그래서 말레이시아의 사라왁에서는 정부가 산간 마을 사람들의 수 입 증대를 위한 특별 프로젝트 중의 하나로 '엄뻐라오 양식'을 장려한 다. 해마다 엄뻐라오 새끼를 수만 마리씩 각 산간 마을에 무료로 공급 해 주고, 마을 사람들이 이를 깊은 계곡물에 방류하게 한 다음 몇 군데 지점을 정해 매일 시간에 맞춰 먹이를 뿌려 주도록 하는 것이다. 새끼 들이 그 먹이를 먹으면서 한 2년 정도 자라면 보통 2~3kg 정도가 된다 고 한다. 반은 자연, 반은 인공적으로 기르는 셈인데, 이때 판매 수입은 물론 마을 사람들이 공동으로 관리한다. 워낙 깨끗한 물에서만 사는 고기이다 보니 100% 인공 양식에는 비용이 많이 들어가 아직은 힘든 모양이다.

솥뚜껑만 한 자라와 겁쟁이 남생이

정글의 냇물 속에는 물고기만 사는 것이 아니다. 물속으로 잠수해 들어가 보면 바닥에 시커멓고 커다란 바윗덩어리 같은 것이 엎어져 있는데, 그것이 바로 '라비라비Labilabi'라는 자라다. 보통 크기가 가마솥 솥뚜껑만 한데, 바다 거북이보다도 더 크다. 한국에서 손바닥만 한 자라만 보다가 이곳에 와 보니 크기부터 완전히 달랐다.

자라를 잡을 때는 물안경을 끼고 잠수하여 굵은 나일론 줄로 연결된 작살을 쏘아, 등을 꿰어서 뭍으로 끌어낸다. 이들은 거북이와 달리 매우 공격적이다. 그래서 맨손으로 잡아 끌어내는 것은 상당히 위험하다. 큰놈은 두 명이 함께 달려들어서 땅으로 겨우 끌어 올리기도 한다.

자라 고기 중 제일 맛있는 부위는 몸을 감싸고 있는 갑옷이다. 자라의 갑옷은 마치 고무 타이어 같은데 쫄깃쫄깃하며 고소한 맛이 난다. 자라는 주로 끓여서 요리하는데 그게 바로 몸에 좋다는 자라탕이다.

사실은 그날도 탕을 끓여 먹으려고 잡았지만, 자라의 귀한 피를 그냥 버릴 내가 아니었다. 그런데 자라의 피를 받으려면 일단 어른 팔뚝만큼 굵은 목을 베어야 하고, 그 목에서 나오는 피를 받기 위해서는 그 묵직한 몸을 거꾸로 들고 있어야 가능하다. 하지만 자라를 뭍으로 끌어내면 목과 손발을 모두 갑옷 속으로 감추고 내놓을 줄 모른다. 목을 내밀어야 그 목을 베고, 피를 받을 텐데 꿈쩍도 하지 않는다.

그러나 우리 인간들이 그 정도의 문제도 해결하지 못해서야 어찌 만물의 영장이라 할 수 있겠는가? 이럴 때는 자라의 공격성을 이용하여 쉽게 그 목을 빼낼 수 있다. 자라의 입 크기만 한 나무토막을 입 쪽으로 밀어 넣으면 그 나무를 꽉 깨물고는 절대 놓지 않는다. 그 나무토막에 힘을 주고 천천히 빼내면 그 목도 함께 빠져나온다. 마치 단두대에 목을 늘어뜨리려는 찰나다. 그때 대기하고 있던 빠랑으로 목을 치면 된다.

물론 그 굵고 질긴 목을 단칼에 벨 수는 없고 또 벨 필요도 없다. 반 정도 목을 벤 다음 한 사람이 이를 기둥에 거꾸로 매단다. 이때 다른 한 명은 목에서 떨어지는 피를 컵으로 받는다. 그런데 그 큰 자라에서 나오는 양이 소주잔으로 한두 잔 정도밖에 안 된다. 처음에는 약간 망설이며, 코를 막고 마셨지만 서너 번 마시다 보니 마치 소주 마시듯 아무렇지도 않게 꿀꺽 삼켜졌다. 그 맛이 참 시원하고 상큼하기도 하거니와 신기하게도 비린내가 전혀 나지 않았다.

내가 정력에 좋다며 마셔 보라고 하니, 현지 서베이어들 중 비교적 호기심이 많은 친구가 조금씩 맛보았다. 그러나 대부분 선입견이 있어서인지 모두 인상만 찡그리고 끝까지 마시지 못했다. 결국 끝까지 마시는 사람은 나뿐이었다. 그렇다 해도 수십 잔은 마셔야 효과를 볼 수 있었을 텐데 통틀어서 겨우 열 잔도 못 마셨으니 효과가 있을 리 만무했다. 그래도 다행히 그 핏속에 심각한 병균은 없었는지 별다른 부작용도 없었다.

한편, 산길을 가다 보면 민물 거북이인 남생이가 여기저기 기어 다니는 것을 쉽게 볼 수 있다. 크기는 럭비공만 한데, 이를 주워 가면 바로 그날의 반찬이 된다.

남생이는 자라와 달리 아주 겁쟁이다. 외부에서 아주 작은 충격이 가해지기만 해도 목과 손발을 갑옷 속에 꼭꼭 숨기고는 나올 생각을 하지 않는다. 아무리 막대기로 쑤셔도 자라처럼 절대 물지 않기 때문에 목을 자르려면 올가미를 사용해야 한다. 남생이를 기둥이나 처마에 거꾸로 매달아 놓고 10여 분을 기다리면 마치 비디오의 슬로우 모션처럼 천천히 목과 팔다리가 빠져나온다. 그때 목에 올가미를 씌워서 빼내는 것이다.

그런데 남생이는 2~3일간 아무것도 안 주고 계속 기둥에 매달아 놓아도 절대 죽지 않는다. 그래서 요리사는 이를 그대로 매달아 두었다가 고기반찬이 떨어질 때쯤 요리했다. 이때 남생이가 살아있는 채로 살을 발라낸다. 우선 겉 갑옷을 떼어내기 위해 엎어 놓고, 배와 등의 이음새 부분을 칼로 베어서 떼어내 아래쪽 뚜껑을 벗겨 내면 속살이 드러난다. 그런 다음 등과 갑옷 사이의 이음새를 예리한 칼로 뜯어내는데, 이 순간조차 머리와 네 발은 계속 몸속으로 더 깊이 숨기만 한다. 그렇게 남생이는 결국 온몸이 산산조각으로 분리되고 머리마저 따로 떼어져서 완전히 분해되는데, 그때까지도 살덩어리들은 계속 꾸물꾸물 움직였다. 꿈틀거리는 모습을 보자 한국에 있을 때 무교동에서 먹었던 산 낙지가 떠올라 잠시 옛 추억에 잠기기도 했다. 남생이를 보며 낙지를 떠올리고, 낙지를 생각하다가 고국의 추억들이 하나씩 떠오르니, 그날은 생각지도 못하게 감상에 젖어 하루를 보냈다.

수달과 사족사

‘안징^{Anjing}’은 개를 뜻하고 ‘아이르^{Air}’는 물을 의미한다. 즉 ‘안징 아이르^{Anjing Air}’라 하면 ‘물개’라는 말인데, 우리가 흔히 말하는 바다에 사는 진짜 물개는 인도네시아에서는 ‘안징 라웃^{Anjing Laut}’이라고 한다. ‘라웃^{Laut}’은 바다라는 뜻이다. 즉, 우리나라에서는 민물에 사는 개를 수달이라고 하지만, 인도네시아 사람들은 수달을 ‘물개’라고 부르는 것이다.

정글의 비교적 큰 냇물을 따라 이동할 때 냇가에서 물고기를 잡아먹는 수달들을 종종 볼 수 있다. 어떤 때는 어린 수달을 대동하고 서너 마리가 함께 물고기를 사냥하기도 한다. 이들은 물고기뿐만이 아니라 남생이들도 사냥하기 때문에, 정글에 남생이의 빈 껍질만 덩그러니 널려 있는 경우를 심심찮게 볼 수 있다.

수달들은 워낙 재빨라서 산 채로 잡기가 여간 어려운 일이 아니다. 그런데 어느 날 냇물이 세차게 흐르는 여울목에서 어린 새끼들과 어미

수달 가족이 옹기종기 모여 방금 사냥한 듯 아직도 꿈틀거리는 물고기를 정신없이 먹고 있는 것을 발견했다. 흐르는 물소리 때문에 우리가 올라오는 소리를 못 들었던 모양이다.

이에 앞에서 가고 있던 서베이어 두 명은 어느새 뛰어가고 있었다. 수달이 있는 곳까지의 거리는 20m도 안 됐다. 수달들도 깜짝 놀랐는지 어디로 도망갈지 갈피를 못 잡고 이리저리 우왕좌왕했다. 모두 네 마리였는데 두 마리는 새끼였다. 아마도 다른 두 마리는 새끼가 걱정되어 도망가지도 못하고 왔다 갔다 하는 것 같았다. 그 주위에는 먹다 남은 물고기가 그대로 널려 있었다.

서베이어들도 이리 뛰고 저리 뛰다가 결국 새끼 한 마리만을 생포해 왔다. 수달의 갈색 털에는 윤기가 자르르 흘렀고, 보기에도 정말 귀여웠다. 발가락 사이의 물갈퀴만 없으면 보통 강아지와 그렇게 똑같을 수가 없었다. 그래서 이름이 '물개'인 모양이다. 털에는 기름기가 있어 물이 전혀 묻지 않았다. 아무리 물을 붓고 묻혀 봐도 방울이 되어 또르르 굴러떨어졌다. 이렇게 털의 감촉이 좋고 물에 잘 젖지도 않아서 이곳 사람들은 수달의 털을 라이터나 주머니칼의 주머니 덮개로 만들어 쓰거나, 모자 등으로 만들어 쓰고 다니기도 한다.

그 수달 새끼를 잡은 현지인 서베이어는 자기 집에 갖고 가서 키울 거라고 했다. 그런데 그 조그만 녀석이 어찌나 사나운지 그 근처만 가도 난리를 치며 짖어 댔다. 그래도 산에 있는 동안 물고기는 물론 통조림도 주고 밥도 주면서 정성껏 키웠다. 얼마 동안 같이 생활하면서 정이 들어 이제는 쓰다듬어 주어도 가만히 있었다.

냇물을 따라 이동할 때면 '삐야왁^{Piyawak}'이라 불리는 사족사^{四足蛇}도 자주 만난다. 사족사는 문자 그대로 네 발 달린 뱀을 뜻하는데, 영어로는 '리짜드Lizard', 즉 도마뱀의 일종이다. 이들은 물고기를 잡아먹거나 죽은 동물의 시체를 먹기도 하고, 민가 근처에 와서 닭이나 오리 등을 잡아먹어 민폐를 끼치기도 한다. 보통 길이는 1m가 채 안 되고 몸통의 둘레는 30cm 내외다. 그러나 큰 것은 길이가 2m 가까이 되고 몸통은 1m나 되는 놈들도 있다. 그러나 다리가 몸통에 비해 짧아서 뛰어갈 때는 뒤뚱거리면서 빨리 도망가지 못한다. 그놈들도 이런 자신의 약점을 잘 알기 때문에 적을 만날 때면 언제나 물속으로 뛰어든다. 산 쪽으로는 도망가는 일이 없다.

그러면 이때부터 사족사 수색 작업이 시작된다. 물속은 건기 외에는 보통 진흙탕이라 아무리 얕아도 밑을 볼 수 없다. 물이 한 길 이상 깊으면 찾는 것을 포기해야 한다. 그러나 쉽게 찾을 수 있는 방법이 있다. 이들이 물속으로 잠수한 뒤 멀리 도망가면 찾을 수가 없을 텐데, 자기들 딴에는 약은 수를 쓰느라고 물속에 있는 바위 옆에 바싹 붙어서 꼼짝 않고 숨어 있기 때문이다.

그러면 긴 막대기로 근처에 있는 모든 바위 주위를 하나하나 쑤셔 댄다. 웬만하면 숨어 있던 놈이 참지 못하고 튀어나오는데, 아무리 쑤셔도 꼼짝하지 않고 끝까지 참고 있는 놈들이 있다. 이들은 사람의 인기척이 조금이라도 있으면 절대 움직이지 않고 있다가 사람들이 떠나고 주위가 조용해지면 슬그머니 물 위에 떠올라 유유히 사라진다.

그러나 우리 인간의 교활함은 저들의 몇 수 위라는 것을 그놈들이 알기나 할까? 숨어 있음 직한 바위를 죄다 몇 번씩 쑤셔 대도 반응이 없으면, 포기하는 척하고 일부는 물소리까지 철벅 철벅 내며 떠나는 시늉을 한다. 그리고 남아 있는 진짜 사냥꾼들은 물속에 있는 바위 위에 한 명씩 올라서서 그 주위를 봉쇄하다시피 막아 놓고는 조용히 기다린다.

그러면 1분도 안 돼서 녀석이 슬그머니 머리를 내민다. 그런데 바로 코앞에서 사냥꾼들이 노리고 있을 줄이야! 이렇게 상류 쪽과 하류 쪽에서 각각 진을 치고 있던 친구들에게 포위된 사족사들은 결국 우리의 식탁 위에 오른다.

요리로는 역시 끓여서 탕을 해 먹는다. 뻐리욱에 물을 3분의 2쯤 붓고 끓인다. 이때 소금과 바왕 메라, 그리고 조미료는 요리에 빼놓을 수 없는 필수이자 우리가 쓸 수 있는 전부다. 그래도 각종 양념 맛이 가미되지 않은 순수한 고기를 맛볼 수 있으니 이것도 그런대로 나쁘지만은 않다. 살코기 몇 점과 살코기에서 우러난 하얀 국물을 밥 한 그릇과 함께 비우면 그럴듯한 한 끼가 된다.

뱀이나 사족사, 그리고 개구리 등의 맛이 전부 닭고기 맛과 비슷하게 느껴지는데, 사실 그 맛들이 똑같지는 않다. 전문 미식가들이라면 그 맛을 구분하여 알아낼 수 있겠지만 우리 같은 사람들은 그 서로 다른 미묘한 맛의 차이를 느끼기도 어려울뿐더러, 느낀다 해도 말로 표현하지 못할 것이다. 어렸을 때부터 먹어본 고기라고는 닭고기나, 소고기 또는 돼지고기가 전부였으니 그 이외의 고기 맛이 어떤 맛인지 표현하기가 쉽지 않은 것이다. 그냥 사족사의 맛이 난다고 하면 제일 정확한 표현이겠지만, 직접 먹어보지 못한 사람은 그 진정한 맛을 절대 알 수 없을 테니 답답할 따름이다.

멧돼지의 이동

과일이 익어가는 계절이 오면 정글의 모든 짐승은 바쁘게 움직이기 시작한다. 과일을 먹는 초식동물은 물론이거니와 이들을 쫓는 육식동물들 또한 제철을 만나는 것이다. 특히 두리안 철이 오면 멧돼지의 대이동이 시작되기 때문에 사냥꾼들이 제일 바쁜 계절이기도 하다. 곰들의 활동은 눈에 잘 띄지 않으나, 멧돼지들은 가족 단위로 이동하기 때문에 많게는 20여 마리가 한꺼번에 이동하기도 하고, 또 어떤 때는 밤에도 이동하기 때문에 하루에도 몇 번씩 이들과 마주치게 된다.

서베이하는 중에는 보통 빠랑으로 작은 나무나 가시덩굴을 베어서 길을 여는 작업(린띠스 작업) 등으로 시끄럽기 때문에, 웬만하면 짐승들이 미리 알고 다들 멀리 피하지만, 워낙 많은 멧돼지들이 여기저기 돌아다니기 때문에 이때에도 심심찮게 이 무리와 만나곤 한다. 우리 서베이어들도 두리안 철에는 늘 사냥총을 갖고 다니면서 서베이 작업을 하기 때문에, 정글 속에서 그 무리를 만나면 한두 마리 정도는 쉽게 잡을 수 있었다.

산 능선 부근의 약간 파여서 움푹 들어간 곳이나, 웅덩이나 흙탕물이 고여 있는 곳에 주로 멧돼지들이 머물다가 가는데, 그 근처에서 발자국을 찾아 자세히 살펴보면 그들이 언제쯤 어디로 갔는지 대충 짐작할 수 있다('약 30분 전에 이곳을 떠났으니 지금쯤 저 능선 뒤쪽 어디에 있을 것이다' 등으로). 그곳이 그렇게 험하지 않고 가까이 있다면 서베이 일을 잠시 멈추고, 총을 가진 사람과 날쌘 사람 서너 명이 차출되어 곧바로 수색 작업이 벌어진다.

나머지 서베이어들은 그곳에서 조용히 휴식을 취하면서 기다린다. 10여 분도 안 돼서 총소리가 요란하게 들리면 쉬고 있던 나머지 사람들도 모두 다 그쪽으로 뛰어간다. 산돼지를 발견하면 거리를 최대한 좁힌 뒤에 총을 발사하기 때문에 명중률은 90% 이상이다. 총알은 물론 산탄 총알로 그중에 최소한 서너 발은 급소에 박혀서 치명상을 입힌다. 뒤에서 그들이 멧돼지에게 접근하는 모습을 보면, 마치 유령처럼 이 나무에서 저 나무 사이를 소리 없이 다가가 나무 뒤에 몸을 숨기면서 가까이 접근한다.

잡은 멧돼지는 현장에서 분해된다. 내장은 땅속에 묻고 다리와 몸통은 몇 토막으로 잘라서 가져간 비닐 백에 나누어 싼다. 그리고 나뭇잎 등으로 꼭꼭 덮어서 나무 위나 숲 속에 잘 숨겨 놓았다가 서베이 일을 마치면, 몇 명이 다시 가서 그것을 각자 짊어지고 뽄독으로 가져온다.

하루는 한참 서베이 작업을 하고 있는데 갑자기 언덕 아래에서 멧돼지 대여섯 마리가 헐레벌떡 우리 쪽으로 달려오는 것이 보였다. 그 중 새끼 한 마리는 내 쪽을 향해 정면으로 달려왔다. 30여 미터 언덕 아래쪽에서 작업 중이던 서베이어에게 쫓겨서 도망치다가 하필 우리가 작업 중인 곳으로 오게 된 것이다.

그 새끼 돼지는 언덕 위쪽으로 숨을 헉헉거리면서 필사적으로 뛰어오고 있었다. 뒤에서 정신없이 쫓아오니 좌우는 물론 앞도 제대로 보지 않고 무작정 뛰다가 나와 정면으로 맞닥뜨렸다. 땅만 보고 죽어라 뛰었을 테니 내가 보일 리 없었으리라. 바로 내 앞으로 4~5m까지 달려왔는데 그 발소리가 마치 작은 북소리와 흡사했다. 또한 그때 필사적으로 달려오는 모습을 정면에서 보니, 얼굴을 잔뜩 찡그린 채 훅훅 요란스럽게 콧바람 소리를 내면서 달리고 있었다.

나는 작업 중이라 정글도를 손에 잡고는 있었지만 내리쳐야 한다는 생각은 전혀 하지 못했다. 오히려 잔뜩 겁을 먹고 도망가야겠다고 생각하면서도 꼼짝달싹 못한 채 얼어붙어 있었다. 막상 이런 상황에 처하니 '어, 어' 하는 목소리조차도 제대로 나오지 않았다. 개만 한 크기의 6개월도 안 된 새끼인데도 그 정도니, 만약 그 어미가 내게 달려왔다면 일찌감치 들이받혔거나, 그 전에 제대로 서 있지도 못하고 기절하지 않았을까 싶다. 이렇게 어쩔 줄 모르고 안절부절하던 와중에 다행히 그놈은 마지막 순간 나를 살짝 비켜서 지나갔다.

너무 갑자기 닥친 일이라 그런지 나뿐 아니라 다른 서베이어들도 소리만 질러 대며 우왕좌왕 쫓기만 하다가 결국 한 마리도 못 잡고 모두 놓치고 말았다. 아무런 준비 없이 맞닥뜨린 데다 죽을 힘을 다해 도망가니 도저히 잡을 수가 없었던 것이다. 결국 놈들은 모두 살아서 정글로 돌아갈 수 있었다. 이런 일을 겪으니 불현듯 '저돌적猪突的'이라는 말이 떠올랐다. 이는 '돼지가 돌진하듯'이라는 의미인데, 필시 어미 멧돼지와 맞닥뜨렸던 사람이 만든 말일 거라는 생각이 들었다.

어느 일요일 오후 베이스캠프에서 낮잠을 자고 있었는데 갑자기 밖이 왁자지껄 소란스러웠다. 그 통에 잠이 깨서 무슨 일인가 싶어 뛰어나가 보니 사람들이 막대기와 빠랑을 들고 강 쪽으로 뛰어가고 있었다. 엉겁결에 같이 뒤따라 가 보니 멧돼지 10여 마리가 강 가운데에서 우왕좌왕하고 있었고, 빠라후를 탄 사람들이 철목^{鐵木, Ulin}(울린, 최고 강질인 나무)으로 만든 노를 휘두르면서 그 멧돼지들을 쫓아가는 중이었다.

상황을 보아하니 멧돼지 일가족이 이동 중에 마을 한가운데로 길을 잘못 들어 거의 전멸될 위기에 처한 것이었다. 얼핏 보기에는 다 잡을 수 있을 것 같았는데도 워낙 필사적으로 도망가니 그 날쌘 현지인들도 어쩔 수가 없었다. 결국 반 정도는 잡혔지만, 나머지 반은 도강에 성공하여 숲 속으로 사라져 버렸다.

이때 잡은 멧돼지 중 새끼 한 마리가 통째로 한국 숙소에 배달되었고, 그날 저녁에는 한국인 직원들 사이에 양주와 멧돼지 고기 파티가 벌어졌다. 이런 일들이 종종 있었기에 우리 한국 사람들은 가족과 떨어져 보내야 하는 외국 생활의 외로움을 조금이나마 달랠 수 있었다.

맛 중의 맛, 고슴도치

휴가차 한국에 와서 TV를 켜면 밀렵꾼들의 불법 사냥이 이슈화되는 것을 종종 볼 수 있다. 그러나 인도네시아는 한국과는 상황 자체가 다르다. 인도네시아 현지 서베이어들은 사냥을 취미로 하거나, 야생 동물을 불법으로 팔아넘기는 직업 사냥꾼들이 아니다. 그들은 우리나라 시골 사람들처럼 순박하면서도 정이 있다. 또한 우리네 조상처럼 콩알 하나라도 쪼개서 같이 나누어 갖는 순수한 마음의 소유자들이다.

그러나 이들이 깊은 산 속에서 통조림만으로 몇 주 또는 몇 달씩 견디려면 영양 보충이 꼭 필요하다. 또한 가족들의 배고픔을 달래줄 수 있는 유일한 방법이기에 사냥을 결코 동물 애호 차원에서 바라만 볼 수는 없다. 그들은 단지 조상 대대로 그곳에 살면서 생활의 한 방편으로 사냥하며 살아갈 뿐이다.

이때 멧돼지, 사슴, 노루 등 비교적 큰 짐승들은 총으로 사냥하지만,

꿩, 고슴도치, 산고양이 등 작은 짐승들은 올가미 덫을 놓아 잡는다. 깊은 정글 속에는 짐승들만 다니는 길이 있는데, 그 길목에 올가미 덫을 설치하면 쉽게 잡을 수 있다.

덫을 설치하는 방법은 아주 간단하다. 먼저 굵기가 어른 엄지손가락보다 조금 더 굵은 아주 어린나무나 작은 나뭇가지를 2m 정도로 자른다. 그리고 한쪽 끝을 땅에 비스듬히 단단하게 박고 다른 쪽 끝에는 나일론 줄로 올가미를 만들어 묶는다. 이 올가미가 달린 가지 끝을 휘어서 땅에 박아 놓은 고리에 걸고, 나일론 줄 올가미를 땅 위에 동그랗게 펼쳐 놓는다. 고리는 Y자형으로 생긴 나뭇가지나 뿌리로 만든다.

올가미 안쪽의 땅을 30cm 깊이로 파서 빈 공간을 만든 다음, 나뭇가지를 얼기설기 엮어 씌우고 그 위를 나뭇잎 등으로 덮어 위장한다. 그 나뭇잎 위에는 짐승들을 유혹하기 위해서 땅콩이나 밥, 고기 등을 뿌려 놓는다. 그리고 엮어 놓은 그 나뭇가지 밑으로 연결대를 설치하여 땅에 박아 놓은 고리와 연결한다. 이 연결대는 올가미 안쪽의 빈 공간을 덮어씌운 나뭇가지 중 어느 하나라도 움직이면 작동해서 고리가 풀어질 수 있도록, 구멍 위에 엮어 놓은 모든 나뭇가지와 연결되게 잘 설치한다.

만약 사냥감이 이 올가미 안쪽의 어느 곳에라도 발을 디디게 되면 그 연결대가 작동해 고리가 풀린다. 고리가 풀리면 그곳에 휘어서 걸어 놓은 작은 나무가 튕겨 허공으로 올라가는데, 그 순간 발에 올가미가 조여져 그 발이 함께 공중에 걸리면서 몸이 거꾸로 매달리게 된다.

이런 방법으로 뻔독 주위 적당한 장소에 몇 개를 설치해 놓고 다음 날 새벽에 가 보면 꿩이나 고슴도치, 산고양이 등이 그때까지 살아서 거꾸로 매달려 있다. 밤새도록 빠져나가려고 발버둥친 흔적이 역력했다. 어떤 날은 설치한 모든 덫에 고슴도치와 꿩 등이 매달려 있기도 했다. 그런가 하면 산고양이의 잘린 다리만 달랑 매달려 있던 적도 있었는데, 주위에 다른 짐승이 그 고양이를 먹은 흔적이 없는 것으로 보아 공중에 거꾸로 매달려 있으면서도 자기 다리를 스스로 물어뜯어서 목숨을 건진 것 같았다. 혹은 꿩의 털만 사방에 흩뿌려져 있고 고기는 흔적도 없이 사라진 일도 있었는데, 이는 산고양이 같은 놈들이 힘 하나 안 들이고 횡재한 경우다.

이렇게 사냥한 동물들은 우리의 식사거리가 된다. 꿩고기는 우리 속담에 '꿩 대신 닭'이란 표현처럼 그 맛 역시 닭고기보다 훨씬 좋았다. 꿩을 현지 말로 '아얌 후딴Ayam Hutan'이라고 하는데 아얌은 닭이고 후딴은 산이라는 뜻이다. 즉 꿩을 '산 닭'이라고 한다. 역시 같은 닭고기라 해도 야생에서 자란 산 닭이 집 닭보다는 고기 맛이 좋은 것 같다.

그런데 이보다도 내가 인도네시아와 말레이시아 그리고 남아메리카의 가이아나 정글 등에서 맛보았던 야생 동물 중에서 가장 맛이 특이하고 기억에 남는 고기는 고슴도치 고기다. 그 고기에서는 아주 달콤한 단맛이 났는데 멧돼지, 사슴, 노루 등 어떤 고기보다도 맛이 특이하고 좋았다. 그야말로 별미 중의 별미였다. 고슴도치 고기는 보통 기름에 튀겨서 요리하는데 단맛뿐 아니라 고소한 맛도 있어 일품이었다.

고슴도치는 몸통의 털이 흰색과 검은색 두 종류가 있는데, 어떤 것이든 그 맛에는 별 차이가 없이 똑같다. 그런데 이것도 하늘의 조화인지 무조건 다 좋기만 한 것은 아니다. 희한하게도 흰색 고슴도치를 먹으면 먹은 사람들 중 80%는 탈이 났다. 먹은 고기를 전부 토해내는 것은 물론 밤새도록 머리까지 빙빙 돈다. 그나마 다행인 것은 그 다음 날 아침이면 언제 그랬냐는 듯이 멀쩡했다. 나뿐 아니라 현지인들도 대부분 똑같은 일을 겪는다. 그러나 검은 고슴도치를 먹으면 아무 탈이 없었다.

그 이유가 흰털의 색소에 포함된 유전자의 문제인지, 아니면 그놈들만 특이한 독풀이나 독이 든 열매를 먹어서인지는 알 수 없다. 그러나 검은 고슴도치들은 먹지 않고 흰 고슴도치들만 먹는 독풀이나 열매가 있을 것 같지는 않다. 아니면 원래 검었던 것이 어떤 연유로 멜라닌 색소가 탈색되면서 독소가 생겼는지도 모르겠다. 하지만 삼세번이라고, 맛이 워낙 좋으니 이번에는 혹시나 하면서 세 번까지 시도해 봤지만 그 독의 심각성에만 다소 차이가 있을 뿐 매번 부작용에 시달려야 했다.

결국 그 후로 나는 흰 고슴도치는 쳐다보지도 않았는데, 현지인 중 극히 일부이기는 하지만 흰 것을 먹어도 전혀 이상이 없는 친구들도 있었다. 마치 흰 고양이, 검은 고양이를 얘기한 덩샤오핑鄧小平처럼, 그 친구들에게는 흰 놈이든 검은 놈이든 맛은 일품이니 많이 잡히기만 하면 그만이었다. 고슴도치 고기가 그 정도로 맛이 좋으니 어떤 고슴도치를 먹어도 아무 탈이 없었다면, 인간들 때문에 일찌감치 그 씨가 말랐을지도 모르겠다.

사슴, 곰, 멧돼지와 마주치다

서베이 작업이 끝났거나 잠시 베이스캠프에 머물고 있을 때는 캠프 소장, 또는 생산 담당자와 함께 가끔 원목 생산 현장에 가기도 한다. 당시만 해도 생산 현장까지는 캠프에서 약 30km 내외였다. 그러나 생산 현장은 한 곳이 아니라 여러 곳에 퍼져 있어 거의 온종일 다녀야만 전부 돌아보고 올 수가 있었다. 그래서 아침 일찍 캠프를 출발하면 해가 지기 직전인 오후 5~6시쯤에 캠프로 돌아왔다.

캠프로 돌아올 저녁때쯤 되면 멧돼지, 곰 그리고 사슴들도 어느 정도 배를 채우고 집으로 돌아갈 시간인데, 그들도 쉬운 길을 가려고 우리가 닦아 놓은 임도를 따라서 간다. 특히 과일 철이 되면 멧돼지들의 이동이 많아 거의 매일 길 위에서 마주친다. 어떤 때는 하루에 서너 번을 만나기도 한다.

커브 길을 돌자마자 멧돼지들이 갑자기 앞에 나타나면, 멧돼지들은 물론이거니와 지프차 Land Cruiser 운전사도 깜짝 놀라 본능적으로 브레이크부터 밟고 본다. 그러다 운전사가 아차, 정신을 차리고는 액셀러레이터를 끝까지 밟고, 기어를 저속으로 바꿔가면서 멧돼지들을 향해 전속력으로 질주한다. 그러면 차에서 엄청난 엔진 소리가 나고, 그 소리에 그들은 더욱더 놀라 사방으로 우왕좌왕 정신없이 흩어진다.

보통 임도는 산을 옆으로 깎아서 건설하기 때문에 대부분이 한쪽은 산에 막힌 절벽이고 다른 반대쪽은 낭떠러지다. 갑자기 차를 만난 산돼지들은 절벽 위로 올라가지도 못하고 낭떠러지 아래로 내려갈 수도 없어, 이리저리 왔다 갔다 하다가 결국 길을 따라 도망간다. 그러면 좁은 길에 멧돼지들 예닐곱 마리가 길을 메우고 죽어라 달려가고, 그 뒤를 지프차가 전속력으로 쫓아가는 영화 같은 광경이 벌어진다. 그러나 대부분은 목숨을 걸고 달아나는 멧돼지를 따라잡지 못한다.

크기가 거의 송아지만 한 사슴은 굉장히 예민해서 만나기도 어려웠다. 어쩌다 마주치더라도 다리가 워낙 길다 보니, 그 뒷다리가 지프차 앞창 유리에 닿을 듯 말 듯하게 도망가다가 바로 산 쪽으로 올라가 버리면, 우리는 닭 쫓던 강아지 신세가 되곤 했다.

물론 벌판에서 차와 경주를 한다면 상대가 안 되겠지만 좁고 험한 산판 길에서는 상황이 다르다. 사슴은 최대 속력을 낼 수 있지만, 우리 지프차는 전속력으로 달리기에는 너무나 위험이 크기 때문에 도저히 따라잡을 수가 없다. 게다가 사슴들은 귀가 매우 밝은데다 겁도 많아서 늘 주위를 경계하기 때문에 아주 멀리서 오는 자동차 소리도 금방 알아듣고는 미리 숨어 버린다.

반달곰을 길 위에서 만난 것은 지금까지 딱 한 번뿐이었다. 캠프로 돌아오는 저녁나절, 날이 어두워지려면 한두 시간은 더 있어야 했다. 그때 세퍼드만 한 크기의 곰이 빨리 달리지도 못하면서 길을 타고 우리 차 앞쪽으로 도망갔다. 그래서 달리고 있는 곰을 뒤에서 들이받고 지나갔는데, '퍽' 하는 소리가 크게 나면서 지프차도 흔들릴 정도로 충격이 컸다. 차 앞범퍼에 받힌 것은 아니었고 차 뒤쪽에 있는 베벨 기어 박스(일명 수박통)에 정통으로 받힌 것 같았다.

급정차시키고 뒤를 돌아보니, 10여 미터 뒤쪽에 등이 하얗게 벗겨진 반달곰이 엎어져서 꿈틀거리고 있었다. 차에 타고 있던 현지인 두 명은 정글도를 들고 뛰어갔다. 그런데 순간 어디서 그런 힘이 났는지 쓰러져 있던 곰이 벌떡 일어나 두 발로 서서는 뛰어오는 사람들을 향해 으르렁거렸다. 뛰어가던 친구들은 모두 깜짝 놀라 주춤거렸고, 그 틈에 곰은 재빨리 길옆의 숲 속으로 뛰어갔다. 그러나 그 숲에는 암벽으로 된 조그만 폭포가 있고, 주위도 가파른 절벽뿐이라 나무도 별로 없었기 때문에 숨을 곳이라고는 없었다. 더구나 중상을 입었으니 숲 속 멀리까지 도망갈 수도 없는 상태였다.

그래서 캠프 소장과 함께 수색했는데, 그 주위를 30분도 넘게 샅샅이 뒤졌지만 그 반달곰이 어디에 숨었는지 그야말로 오리무중이었다. 동굴이 있는 것도 아니고 숲이 울창해서 숨을 수 있는 곳도 없었던 데다 깜깜한 밤도 아니었는데, 정말이지 귀신이 곡할 노릇이었다. 사냥도사인 현지인들도 도무지 이해가 안 간다며 황당해했다. 그때의 상황을 아무리 다시 생각해 봐도 그 반달곰이 어디로 숨어들었는지 종잡을 수가 없다. 숨을 데라고는 너무도 뻔히 눈에 보이는 곳뿐이었기 때문이다.

과일 철이 되면 베이스캠프에서도 밤에는 가끔 사냥을 나가는데, 지프차 위에 강렬한 서치 라이트를 달고 산탄총으로 무장한 뒤 밤 10시쯤에 출발한다. 밤에는 특히 노루나 사슴이 길 위나 길옆을 따라 이동하거나 잠을 자는데 이들을 사냥하기 위해서다.

나는 아직까지 밤에 그들을 따라나가 본 적이 없지만, 차를 타고 가다가 불빛과 자동차 소리에 놀라 갑자기 도망가는 동물들이 있으면 이를 서치 라이트로 추적하여 위치를 확인하고 총을 쏜다고 한다. 그렇게 노루나 사슴을 사냥하는 날이면 베이스캠프에서는 성대한 술 파티가 열리곤 했다.

서베이보다 더 위험한 임도

정글에서는 낮보다 밤에 비가 더 많이 온다. 그러나 대낮에 느닷없이 스콜이 지나가기도 하며, 특히 우기에는 밤낮을 가리지 않고 비가 내린다.

비가 오면 임도는 온통 진흙탕이 되어, 살얼음판 위에서 운전하는 것보다도 더 위험하다. 눈 쌓인 길은 체인을 감으면 어느 정도 미끄럼을 방지할 수 있지만, 진흙탕이 된 임도에서는 어찌할 방도가 없다. 임도 위에 쌓인 흙먼지가 빗물과 섞여 흙탕물이 되고, 진흙 덩이 전체가 차바퀴에 엉겨 붙어 함께 움직이니 핸들과 브레이크는 무용지물이다.

평지에서는 천천히 달리기만 하면 그렇게 위험하지 않지만, 경사진 곳에서는 천천히 달리면 더 위험하다. 빨리 달리면 진흙 덩이가 바퀴에 묻는 정도가 덜해서 핸들을 어느 정도 제어할 수 있으므로 오히려 덜 위험하다.

이런 곳은 운전 경험은 물론 어느 정도 배짱도 있어야 사고를 피할 수 있다. 그래서 우리 같은 초보들은 아예 캠프로 돌아오기를 포기하고 현장 숙소에서 밤을 보냈다. 혹시라도 도중에 비를 만나면 자동차를 길옆에 세워 두고 발이 푹푹 빠지는 진흙탕 길 10km를 걸어서 한밤중에 캠프로 돌아오기도 했다. 그때 괜한 객기를 부렸다가는 본인뿐 아니라 여러 사람이, 한밤중은커녕 영영 캠프로 돌아오지 못하는 비극이 생길 수도 있기 때문이다.

생초보일 때는 아예 처음부터 나서서 할 엄두도 내지 못하니 위험할 일이 없다. 그런데 어느 정도 산판에서 운전 경력이 붙고 자신감이 생기면 그때부터가 문제다. 자기도 모르게 오만함이 쌓이고 더구나 별 사고 없이 몇 차례 현장을 오가다 보면, 이제 운전에는 자신 있다며 의기양양해진다. 대개 사고는 이때 일어나는 것 같다. 사실은 이때가 제일 위험한데, 나도 운전에 자신감이 막 붙었을 즈음 사고를 쳤다.

내리막 경사 길에서는 차가 미끄러지기 시작하면 찰흙 같이 덩어리진 흙이 차 바퀴와 함께 미끄러진다. 그래서 브레이크를 잡으면 차가 멈추기는커녕 어느 방향으로도 전혀 제어할 수 없게 되고, 결국 핸들만 꽉 움켜쥔 채 차와 함께 낭떠러지로 쓸려 떨어지면서 대형 사고가 난다. 이럴 때 베테랑들은 절대 브레이크를 밟지 않고 오히려 속력을 더 올리거나, 엔진 블록을 써서 적당히 차의 속도를 조절하여 바퀴에 진흙이 최대한 감기지 않도록 방향을 제어한다. 그러한 경지에 오르려면 오랜 경험뿐만 아니라 배짱도 있어야 가능하다. 차가 미끄러져 낭떠러지로 가고 있는 상황에, 핸들마저 전혀 말을 듣지 않는데 어떻게 브레이크를 밟지 않을 수 있겠는가?

그런데 역설적이게도 비가 억수같이 쏟아지는 중에는 오히려 도로가 덜 미끄럽다. 도로 표면에 쌓였던 흙먼지가 그 빗물에 어느 정도 씻겨 내려가 맨땅이 드러나기 때문인 것 같다. 그러나 건기라고 해도 임도가 안전한 것은 아니다. 건기가 되어 비가 일주일 이상 오지 않을 때는 도로 위에 흙먼지가 20cm도 더 높게 쌓인다. 특히 원목을 가득 실은 트레일러Logging Truck가 지나갈 때면 그렇게 높이 쌓인 먼지가 사방에 온통 휘날리면서 한 치 앞도 보이지 않는다. 이 흙먼지가 도로 양옆의 나무나 풀 위로 내려앉으면 마치 눈이 그 위에 소복이 쌓인 듯하다. 물론 흙먼지는 하얀색이 아니라 불그레한 황적색이지만.

이런 때에는 트레일러뿐 아니라 덤프트럭이나 지프차 등의 뒤를 따라가도 먼지를 온통 뒤집어쓰는 것은 물론, 한 치 앞도 볼 수가 없어서 위험하기 짝이 없다. 특히 마주 오는 차는 서로 상대를 볼 수도 없거니와 도로가 넓지도 않고, 커브도 심하기 때문에 아주 신경을 써서 운전해야 한다. 임도林道에서는 항상 차의 라이트를 켜고 달리지만 이렇게 흙먼지가 날리면 불빛을 서로 못 보니 아무 소용도 없다.

아예 멀리 떨어져 천천히 가면 안전하기는 하다. 하지만 갈 길이 바쁜데 그 느린 트레일러나 다른 대형차들 꽁무늬만 계속 따라갈 수는 없다. 보통 트레일러 운전사들은 넓은 길에서 우리에게 길을 터 주어 앞질러 갈 수 있게 해 주는데, 덤프트럭이나 기름을 나르는 차량Fuel Tanker 등은 끝까지 길을 내 주지 않고 최대한으로 속력을 내면서 달린다. 마치 우리에게 자신 있으면 앞질러 가보라며 약 올리는 것처럼 말이다. 그러면 할 수 없이 오르막 언덕이 나올 때까지 참는 수밖에 없다. 그런 대형차들은 언덕을 오를 때면 지프차의 절반 정도의 속도도 못 낸다. 그리고 속도가 떨어지는 만큼 먼지도 덜 나니 그때야말로 앞질러 갈 수 있는 절호의 기회다.

지금은 임도, 특히 주임도主林道에 많은 돈을 투자하는데, 자갈이나 돌을 깔아서 대부분 전천후 도로로 건설하고 있다. 하지만 당시 우리 회사는 자금 문제 때문에 주임도도 제대로 전천후용으로 건설하지 못했고, 부임도副林道나 지선도로支線道路는 당연히 전천후용 건설을 포기할 수밖에 없었다. 바위나 자갈을 캐내서 운반해야 하고 이를 잘게 부셔서Crush 도로 위에 깔아 주어야 하는데, 이 모든 과정이 특수 장비가 있어야 해결되는 문제였다.

돌이나 자갈을 깔 수 없으니 도로 표면은 대부분 진흙 그대로의 맨 땅이나 다름없었다. 그래서 비만 오면 도로 표면이 온통 진흙 구덩이가 되어 원목 운송 작업Trucking은 거의 불가능했다. 그러다 보니 악순환의 연속이었다. 생산이 안 되니 재정이 좋아질 리가 없었고, 당장 현금이 필요하다 보니 임도 건설이나 보수 장비보다는 원목 생산에 필요한 직접 생산 장비의 구매가 우선순위, 최상위가 될 수밖에 없었다.

도로가 아직 마르지 않고 젖어 있을 때, 대형차들이 지나다니면 위험한 것은 물론이거니와 그 큰 바퀴가 진흙을 마구 밟고 다니니 도로가 더욱더 울퉁불퉁해지고 깊게 파인다. 그런데 그 파인 부분이 도로가 마른 뒤에 그대로 굳어지면 통행이 불가능해지므로 정지 작업Grading을 하거나 보수를 해 줘야 한다. 비가 오든, 안 오든 임도는 여러 면에서 서베이 작업보다 더 많은 위험이 도사리고 있는 곳이다.

벌들의 이야기

하루는 앞서 가던 친구가 갑자기 소리를 지르면서 뒤쪽으로 정신없이 뛰어오길래, 뒤따르던 우리들은 영문도 모른 채 일단 함께 뛰었다. 처음에는 서베이어들이 저렇게 겁먹고 뛰어올 정도면 보통 큰일이 아니겠다는 생각에 죽을 힘을 다해 무작정 뛰었다. 정글의 왕이나 다름없는 그들이 저렇게 놀랄 정도니, 혹시 사람을 잡아먹는 맹수라도 만난 게 아닌가 싶어 뛰어가면서도 가슴이 울렁거리기까지 했다.

그러나 동남아의 섬 중에 딱 한 곳, 수마트라 섬을 제외하면 사나운 맹수라곤 없다. 수마트라 섬에는 호랑이가 있는데, 거기에 호랑이가 있다는 것은 옛날에 이 섬이 대륙에서 떨어져 나왔다는 증거라고 한다. 게다가 사자는 동남아시아에 없으니 뛰면서도 무엇 때문인지 궁금해서 견딜 수가 없었다. 나중에 알고 보니 앞에 가던 친구가 땅벌이 있는 줄 모르고 어딘가를 건드렸다가 큰 곤욕을 치를 뻔한 것이었다.

이곳에 있는 벌 중에는 땅벌 말고도 우리를 아주 곤혹스럽게 만드는 벌 같지 않은 벌이 있다. 크기와 생김새가 꼭 우리나라의 보통 개미와 비슷한데 새까맣고 날개가 있다. 꿀벌은 아니지만 침을 갖고 있으니 벌이라고 부를 수밖에 없었던 모양이다.

뿐독을 지으면 이놈들이 어디엔가 있다가 나타나서는 우리를 괴롭힌다. 어떤 때에는 수십 마리가 나타나 이 사람 저 사람 몸에 붙는다. 사람 몸에 있는 염기를 빨아 먹는지는 알 수 없는데, 맨살에 붙어서 간지럽게 하니 자기도 모르게 손을 댄 순간 그놈이 침을 쏘고, 비명을 지르는 사이 달아나 버린다. 그 통증은 한두 시간 이상 간다. 물론 그 외에 다른 부작용은 없지만 쏘인 부위가 제법 붓고 그 통증도 오래가니 정말 곤혹스러운 존재가 아닐 수 없다. 그래서 정글에서는 몸이 가렵거나 따끔거린다고 즉시 손을 댔다가는 낭패를 보기 십상이다. 늘 한 번쯤 확인해야 뒤탈이 없다.

까유 라자에만 사는 꿀벌

벌들은 그 깊은 정글 속에도 어김없이 존재한다. 땅벌이 아닌 보통 꿀벌들은 나무 위에 집을 짓는데, 그들은 오직 '까유 라자^{Kayu Raja}(King Tree)'라는 나무에만 집을 짓는다. 다른 나무는 거들떠도 안 본다.

까유 라자는 아주 얇고 매끄러운 밝은 회색빛 나무껍질樹皮(수피)을 갖고 있으며, 그 나무의 크기 또한 지름이 1m가 훨씬 넘는다. 높이도 40m 이상 되는 것은 물론, 나무줄기樹幹(수간) 중간에 잔가지도 별로 없이 미끈하게 자라는 나무다. 이 나무는 보호수종保護樹種(Protected Species)으로 지정되어 벌채가 금지되어 있다. 꿀벌들의 보존은 물론, 현지인들의 꿀 채취를 위해서 정부가 벌채 금지목^{伐採禁止木}으로 지정한 것이다.

나무가 높고 나무껍질 또한 미끄러워서 곰이나 다른 천적들로부터 식량(꿀)을 보호할 수 있으니, 까유 라자야말로 꿀벌의 보금자리로서는 최상의 선택이라고 할 수 있다. 역시 하찮아 보이는 생물이라도 그들의 삶의 지혜는 놀랍기만 하다.

그러나 나무가 그렇게 높고 미끄러워도 현지인들에게는 아무런 장애가 되지 않는다. 그들은 동굴 속 수십 미터나 되는 천장 벽에 매달린 제비집도 특수 장비 하나 없이 대나무 하나에만 의지하여 아주 쉽게 따낸다. 그러니 별다른 장비가 없더라도 이런 곳의 꿀을 채취하는 것쯤은 그들에게 식은 죽 먹기나 다름없었다.

사람들은 밤에 횃불을 들고 나무에 올라가 벌집을 습격한다. 로딴 줄기로 로프를 만들어 그 큰 나무에 걸고 마치 전기 수리공들이 전봇대 올라가듯이 올라가는데, 그들이 나무 타는 모습을 보면 원숭이가 나무를 타는 것 같아 신기하기만 하다. 너무 쉽게 올라오니 꿀벌들에게는 인간이 그들의 천적 제1호일 것이다.

나무에 올라가서 횃불을 벌집에 들이대면, 벌들은 그 불이 무서워 사람들을 공격할 엄두도 못 내고 도망가기 바쁘다. 그 자리에 있었다가는 꼼짝없이 횃불에 타 죽을 수밖에 없다. 그렇게 해서 텅 빈 벌집을 손쉽게 따올 수 있다.

보통 한 곳에서 딴 벌집은 양동이로 반 정도나 된다. 그들은 그렇게 모은 꿀을 우리 한국 사람들이 있는 숙소로 몇 양동이씩 팔러 오곤 했다. 당시에는 꿀을 너무 쉽게 구할 수 있었기 때문에 희소가치도 없었고 잔뜩 사서 쌓아 놓고 먹을 필요도 없었다. 또한 그 깊은 산속의 시골에서는 꿀값이 설탕값보다 쌌기 때문에 진짜 꿀물을 설탕물이라고 속여 판다면 모를까, 100% 진짜 꿀이라는 것은 의심할 필요도 없었다.

그런네 요즈음은 양동이 속에 벌집만 몇 개 띄워 놓고, 빈은 설탕물을 섞어서 진짜 꿀이라며 팔고 다닌다. 이때 진짜 꿀물인지 아닌지를 아는 방법은 간단하다. 설탕물에는 개미들이 달라붙지만, 진짜 꿀에는 개미가 오지 않는다. 이렇게 속여 파는 이유를 추측해 보면, 설탕 가격은 내려갔는데 꿀의 생산량은 줄고 그 수요는 더 많이 늘었다는 얘기다. 이유가 어떻든 깊은 산골도 이렇게 돈에 물들어 가는구나 싶어 씁쓸할 뿐이었다.

땅벌과 애벌레

내가 남미의 가이아나^{Guyana}(베네수엘라와 브라질 사이에 있는 나라)에 있을 때의 일이다. 어느 날 사무실 천장 구석에 벌들이 집을 지은 것을 보고 한바탕 소동이 일어난 적이 있었다. 아마도 주말에 사람들이 없는 사이 벌들이 열린 창문으로 들어와 집을 지은 모양이었다.

다음 날 아침에 출근한 현지 사무실 직원들은 그 벌집을 보고는 완전히 경악하여 사무실 안에는 아예 한 발짝도 들여 놓을 생각조차 하지 않았다. 이를 본 나는 유별난 사람들이라고만 생각했다. 겉보기에는 노란색을 띠고 크기도 작은 것이 한국에서 볼 수 있는 꿀벌과 별다를 바 없었기 때문이다.

그런데 알고 보니 그 꿀벌은 살인 꿀벌로, 정확한 이름은 기억나지 않지만 '카니발 허니비^{Cannibal Honey Bee}'라고 불렸던 것 같다. 우리는 그날

즉시 업자業者를 고용하여 창문을 모두 닫고 약을 잔뜩 뿌려서 벌들을 몰살시켰다.

반면, 이곳 동남아의 꿀벌들은 이 노란색 살인 꿀벌보다 두 배는 더 크고, 땅벌은 그 꿀벌보다도 더 크다. 땅벌이 옆에서 날아다닐 때면 날개에서 붕붕 소리가 날 정도다.

땅벌은 땅속뿐만 아니라 물가에 있는 썩은 나무의 구멍 속에도 집을 짓고 산다. 그러나 꿀을 만들어 저장하지는 않는다. 하루는 서베이 작업을 하는 중에 뽄독에서 그리 멀리 떨어지지 않은 냇가에서 이런 땅벌의 집을 발견했다. 커다란 나무가 썩어서 부러진 채로 냇가에 쓰러져 있었는데, 속이 썩어서 뻥 뚫린 나무 구멍 속으로 그 큰 땅벌들이 들락거리고 있었다. 남미에서 그 소동을 겪었던 나는 당연히 서베이어들이 겁을 먹고 뽄독을 옮기자고 할 줄 알았다. 그런데 벌집을 목격한 그들은 오히려 그때까지 먹어 보지 못했던 별미를 준비해 주겠다고 했다. 그 벌들의 애벌레를 채취해서 먹겠다는 것이었다.

낮에는 위험해서 그 근처에도 못 갔지만, 밤에는 전혀 걱정할 필요가 없었다. 나는 크리스천 친구들과 함께 낮에 봤던 그 땅벌 집으로 가서 준비해 간 횃불을 그 구멍 속에 넣었다, 뺐다 하며 잠시 기다렸다. 얼마 후 그 많았던 벌들이 다들 어디로 도망갔는지 거의 보이지 않았고, 일부는 불에 타 죽거나 연기에 질식해서 죽어 있었다. 서베이어들은 구멍 속으로 손을 집어넣어 그 속에 있는 벌집을 꺼냈다. 커다란 접시만 한 벌집이 세 개나 됐다.

뽄독으로 가져와 집 뚜껑을 하나하나 뜯어내 보니, 새끼손가락 한 마디만큼이나 큰 애벌레가 살아서 꿈틀거리고 있었다. 세 개를 전부 뜯어내고 애벌레를 란땅에 담으니 한 그릇에 가득 찼다. 그런데 친구들은 그 꿈틀거리는 애벌레를 대뜸 한주먹 집어서는 서너 마리씩 그대로 입 속에 털어 넣었다. 프라이팬에 튀겨서 먹는 것보다 더 맛이 있다며 나보고도 한번 먹어 보라고 권했다. 무교동 낙지 골목에서도 남들은 맛있다고 잘도 먹는 생낙지를 겁이 나서 제대도 입에 넣지도 못했던 나였다. 그런데 살아서 꾸물거리는 그 애벌레를 먹으라니 기절초풍할 일이었다. 손으로 잡는 것조차도 징그럽고 겁이 나는데, 하물며 입에 넣는 것은 상상하기조차 어려웠다. 결국 그들은 프라이팬에 기름을 넣고 튀겨서 한 접시를 갖다 주었다. 겉보기에는 통통하니 노르스름하게 잘 익어서 먹음직스럽기는 했지만 그래도 맘껏 먹기는 꺼려졌다.

직접 튀겨 갖다 준 친구의 정성도 있으니 어쩔 수 없이 한 마리를 손으로 집어서 입에 넣었다. 어금니로 깨물어 보니, 서늘한 액체가 입안에 터졌다. 살짝만 튀긴 것이었다. 나도 모르게 움찔했지만 뱉어낼 수는 없었다. 그렇다고 바로 목구멍으로 넘기자니 넘어갈 것 같지도 않아, 그냥 눈을 질끈 감고 계속 씹어 댔다. 그런데 씹을수록 고소했다. 생각한 것과는 완전히 다른 맛이었다. 한국에 있을 때 봄이 되면 주말에 자주 도봉산이나 인수봉에 가곤 했는데, 그때 우이동 골짜기에서 사 먹었던 번데기보다 더 신선하고 고소한 맛이 났다. 번데기는 물에 끓여서 완전히 익힌 것이라 아무 부담 없이 잘 먹었는데 이 애벌레 맛과 비교하니 고소한 맛과 신선한 맛이 좀 덜했던 것 같기도 하다.

참으로 별것을 다 먹어 보는구나 싶었지만, 그 맛도 잊지 못할 별미 중의 하나였다.

꿀벌들의 반격

'인과응보^{因果應報}'라는 말이 있다. 원인이 있으면 그에 대한 보답을 받는다는 의미다. 앞서 벌들의 집을 뜯어내고 애벌레를 통째로 먹어 치워서 그랬는지는 몰라도, 벌떼들의 무지막지한 공격을 받은 황당한 일이 있었다. 물론 땅벌들의 보복은 아니었지만 대신 꿀벌들의 반격(?)이었다. 인과응보라고밖에는 생각할 수 없는 상황이었다.

서베이 일을 잠시 쉬는 날이라 캠프 소장, 그리고 다른 한국인 직원 한 명과 함께 주임도^{主林道, Main road} 건설 현장에 갔다. 물론 나를 제외한 다른 사람들은 아무 죄(?)도 없는 사람들이었다. 그 임도 건설 현장은 캠프에서 약 30여 킬로미터 떨어진 곳으로 생산 현장으로서는 최전방인 셈이다. 날씨도 좋아서 그날은 현지 운전사를 쓰지 않고 소장이 직접 지프차를 몰았다.

아침을 먹고 캠프를 출발해서 오전 10시쯤 현장에 도착하니, 불도저 운전기사^{Tractor Operator}가 불도저 엔진을 켜 놓은 채 일할 생각은 안 하고 운전석 위에 웅크리고만 있는 게 보였다. 그 운전사들은 도급제 방식으로 임금을 받았는데, 임도를 건설하는 만큼 돈(도급액)도 받고 목표량 이상을 달성하면 성과보수로 더 받기 때문에 몸이 아프지 않으면 쉬지 않고 열심히 일하곤 했다.

특히 그는 평소에는 소장 지프차가 멀리서 보이기만 해도 하고 있던 작업을 중단하고 불도저에서 내려와, 공손히 인사도 하고 작업에 대해 일일이 설명해 줄 정도로 성실한 사람이었다. 그런 그가 오늘은 웬일인지 불도저 위에서 내려올 생각도 하지 않고 그 자리에 꼼짝없이 앉아만 있었다. 직감적으로 무슨 일이 있는 모양이라고 생각하며, 지프차를 그 불도저에서 멀리 떨어진 안전한 곳에 세워 두고 그곳으로 다가 갔다.

그런데 그때까지도 운전사는 내려올 생각은 않고, 손으로 길 한가운데에 우뚝 서 있는 커다란 까유 라자*를 손으로 가리키면서 우리에게 빨리 차로 돌아가라는 듯 계속 손짓을 해 댔다. 손짓을 따라 그 나무를 봐도 커다란 벌집이 달려 있을 뿐 우리 눈에 별다른 이상은 없어 보였다. 도대체 무슨 영문인지 알 수가 없었다. 게다가 불도저 엔진을 세게 틀어 놓아 그 소리 때문에 운전사가 무슨 말을 하는지 잘 들리지도 않았다. 운전사는 내려올 생각도 안 하다가 우리가 불도저 옆으로 다가가니 그제야 눈치를 보며 마지못한 듯 내려왔다.

얘기를 들어보니, 임도 예정선^{林道豫定線} 길 가운데에 이 나무가 버티고 있어 '체인 소^{hand Chain saw}(개인용 동력 톱)' 기사를 불러 자르라고 했는데, 그 기사가 나무 위에 달린 커다란 벌집을 보고는 지레 겁을 먹어 도저히 못 베겠다며 그냥 가 버렸다는 것이었다. 그래서 할 수 없이 자기가 불도저로 밀어서 그 나무를 넘어뜨리려고 이리저리 나무 밑동을 몇 번 쳤다고 했다.

그렇게 불도저로 나무 밑동을 몇 번 건드리자 갑자기 벌 수십 마리가 나타나 불도저 주위를 맴돌더니 그 중 서너 마리가 자기한테 덤벼들

---

* 까유 라자는 벌채가 금지된 나무인 만큼, 임도를 건설할 때도 길 가운데에 있거나 어쩔 수 없이 베어 버리는 경우를 제외하고는 거의 그대로 길옆에 남겨 둔다. 그러나 일반적으로 임도를 닦을 때 웬만한 나무들은 불도저로 밀어서 쉽게 넘어뜨릴 수 있다. 남방의 나무들은 거의 모두 뿌리가 깊게 박혀 있지 않고 얕고 넓게 퍼져 있다. 비도 많이 오고 땅속 깊은 곳까지 나뭇잎이 쌓여 있어 물이 깊이 스며들지 못하고 옆으로 멀리 퍼지기 때문에, 뿌리가 깊이 파고 들어갈 이유도 없을뿐더러 그래서는 물을 얻기도 어려울 것이다. 게다가 이곳에는 태풍도 거의 오지 않기 때문에 뿌리가 얕아도 나무 입장에서는 생존에 무리가 없다.

더라는 것이다. 기겁해서 불도저를 재빨리 뒤로 빼고 엔진을 세게 틀어 소리를 요란하게 내서 벌들을 쫓아냈는데, 그래도 그놈들은 도망갈 생각은 않고 10여 분간 계속 불도저 주위를 맴돌다가 이제는 두세 마리만 남아서 불도저 주위를 돌며 자기를 감시하고 있다는 것이다.

그런데 진짜 문제는 그때부터 시작이었다. 남아서 상황을 살피던 그 벌이 우리가 나타나자마자 본대(?)에 연락한 것 같았다. 우리가 응원군이 되어 자기들 집을 또 부수러 왔다고 생각한 모양이었다.

순식간에 50여 마리가 우리 주위를 에워쌌다. 깜짝 놀란 우리는 불도저 운전석으로 뛰어 올라갔는데, 운전석 자리가 워낙 좁아서 네 명이 같이 버틸 자리가 없었다. 나는 재빨리 그곳을 포기하고 라디에이터의 뜨거운 바람이 나오는 불도저 앞쪽에 가서 땅바닥에 납작 엎드렸다. 얼굴을 돌려 바라보니 그놈들은 운전석 쪽에 대부분이 몰려 있었고, 그 중 일부가 내 쪽으로 왔는데, 라디에이터의 뜨거운 바람 때문에 가까이 오지는 못하고 그 바람을 피해 내 머리 위에서만 빙빙 맴돌았다.

그런데 그렇게 30초도 지나지 않아, 이번에는 수백 마리도 더 됨직한 본대가 도착했다. 마치 시커먼 구름이 몰려드는 것 같았다. 내 쪽으로도 수십 마리가 왔고 나머지는 모두 운전석으로 몰렸다. 그러나 운전석은 차단막이 될 라디에이터 바람은커녕, 사방이 탁 트여 있으니 완전 무방비 상태나 다름없었다. 단지 머리 위로 떨어지는 나뭇가지를 막기 위해 만든 철판으로 된 지붕만 달랑 얹혀 있을 뿐이니 벌들도 이를 모를 리 없었다. 쏘이는 것은 시간문제였다.

내 쪽도 상황은 그리 나을 게 없었다. 처음에는 그 뜨거운 바람에 감히 접근을 못 하다가, 응원군이 도착하니 한 마리, 두 마리 차례로 내

머리에 내려앉기 시작했다. 결국 수십 마리가 머리에서 얼굴과 목 쪽으로 기어 내려오기 시작했다. 갑자기 공포가 몰려들었지만, '가만히 있으면 저들도 죽지 않으려고 함부로 침을 쏘지는 않겠지' 생각하며 위안 삼았다. 그래서 숨도 제대로 쉬지 못하고 죽은 듯이 엎드려 있었다.

그런데 그놈들이 침으로 쏘지는 않았지만, 입으로 무는지 까칠한 발로 기어 다녀서 그러는지 아니면 침으로 살짝 찔러 보는 것인지 얼굴과 목이 따끔거리고 간지러워 더는 견딜 수가 없었다. 그 순간 갑자기 비명을 지르며 운전석 위에 있던 세 명이 동시에 뛰어내려 도망가기 시작했다. 그 소리를 듣자마자 나도 모르게 자리를 박차고 일어나서 본능적으로 그들을 따라 뛰었다. 캠프 소장과 나는 30m 이상 떨어져 있는 지프차 쪽으로 함께 달려갔다. 불도저 운전사는 근처의 나무 숲 속으로 뛰었고, 같이 있던 한국인 직원은 길 바로 옆에 흐르는 시냇물 쪽으로 뛰어갔다.

일어나는 그 순간 나는 얼굴과 뒷목 그리고 머리에 대여섯 방 이상을 쏘였다. 몸 전체가 화끈거리고 불이 나는 것 같았다. 그런데도 그 무지막지한 놈들이 포기하지 않고 끝까지 계속 쫓아왔다. 달리는 중에도 옷을 입은 등 위로, 그리고 머리에도 계속해서 몇 방을 더 쏘였지만 고통을 느낄 여유도 없었다.

차까지 가는 30m가 그렇게 길 수가 없었다. 그러나 희망 목표가 있으니 힘이 절로 솟아났고 젖 먹던 힘까지 다 쏟아내어 계속 뛸 수 있었다. 당시에 달렸던 그 기록을 알 수는 없지만, 지금까지 내 생애의 최고 기록이었음은 의심할 여지가 없다. 어쩌면 인간이 낼 수 있는 최고(?) 속도였는지도 모르겠다. 그래도 그때는 젊었기에 그렇게 빨리 달릴 수 있었지, 지금 같아서는 반쯤 가다 엎어졌거나 아예 처음부터 뛰는 것을 포기하지 않았을까 싶기도 하다. 역시 젊음은 좋은 것이다.

소장과 내가 거의 동시에 양쪽 문을 열고 잽싸게 들어와서 문을 닫았다. 차 속까지 따라 들어온 놈들한테 서너 방을 더 쏘인 뒤에야 한숨을 돌릴 수 있었다. 그곳까지 따라온 다른 벌들은 차 앞 유리창에 달라붙어서 계속 우리를 노려보고 있었고, 일부는 차 지붕 위를 맴돌고 있었다. 그래도 소장 차는 문도 제대로 달려 있었고 크게 구멍 뚫린 곳이 없어 다행이었다. 그래 봤자 유리나 쇠로 된 문을 부수고는 들어올 수 없겠지 생각하니 조금은 마음이 놓였다.

여유가 생기니 그제야 물속으로 뛰어들었던 친구가 생각났다. 그런데 거기도 가관이었다. 다행히 물 깊이는 1m가 조금 넘는 정도라서 몸을 담그면 완전히 물속에 잠길 수 있었다. 그 친구는 잠깐 얼굴만 내밀어 숨을 쉬고는 다시 잠수하기를 반복하는 중이었다. 하지만 아직도 수십 마리가 그 위를 맴돌며 계속 기회를 엿보고 있었다. 놈들은 한참을 그렇게 더 맴돌다가 서서히 물러가기 시작했다.

소장이 재빨리 차를 물가로 몰고 가서 그 친구를 차에 태웠다. 물에 빠진 생쥐가 따로 없었다. 물속에서 얼굴을 내밀 때마다 벌들이 공격하는 바람에 물귀신이 되는 줄 알았단다. 정말로 어처구니없는 일을 당한 우리는 너무도 황당하여 잠깐 그렇게 멍하니 있었다. 얼마 뒤에 숲으로 도망쳤던 운전기사가 조심스럽게 다가왔다. 그 친구도 풀 속에 있는 물웅덩이 속으로 뛰어들어가 많이 쏘이지는 않았다고 했다. 그제야 정신이 돌아온 우리는 차 속에서 웃기 시작했다. 영화의 한 장면을 본 것 같기도 하고, 꿈을 꾸었던 것이 아닌가 싶을 정도였다.

168

그 까유 라자는 며칠 뒤에 체인 소로 베어졌는데, 아마 그 벌들이 이미 다른 곳으로 이동한 뒤였을 것이다. 그들도 예지력이 있으니 일찌감치 위험을 감지하여 행동했음이 틀림없다.

가끔 정글이 아니더라도 벌떼들이 집을 옮기는 장면을 목격하곤 한다. 수천, 수만 마리가 한 떼를 지어 부웅 소리를 내면서 지나가면, 마치 시커먼 구름이 휙 지나가는 것 같다. 그럴 때마다 그때 그 꿀벌들의 습격이 떠올라 저절로 몸이 움츠러들었다.

요즘은 꿀벌들이 전 세계적으로 줄어들고 있어 심각한 문제라고 한다. 2006년 기준으로 미국에서는 꿀벌의 숫자가 70%로 감소했다. 꿀벌들이 줄어드는 이유는 농약의 대량 살포, 식물 유전자 조작에 따른 꿀벌의 유전자 교란, 휴대전화 등 전자기기에서 나오는 전자파로 인한 꿀벌들 간의 통신 소통 교란 등으로 밝혀졌다.

이 때문에 식량 공급에도 차질을 빚고 있다고 하는데, 꿀벌들이 꽃에 수정해 줘야 열매를 맺고 곡식이 생산될 수 있기 때문이다. 그 수가 점점 줄어든다고 하니, 전혀 예기치 않았던 곳에서 인류의 심각한 문제가 생긴 셈이다.

개미떼의 공격에는 속수무책인 벌

이 무시무시한 벌들을 사냥하는 개미가 있다. 심지어 죽어 있는 벌도 아닌 살아 있는 벌을 사냥하여 먹이로 삼는다. 개미를 인도네시아 말로 '서뭇Semut'이라고 하는데 이곳의 개미들은 우리나라와는 비교할 수도 없이 그 종류가 참으로 많다.

앞서 언급한 불개미는 물론, 나무를 파먹어 목조 건물을 망치는 흰개미, 나뭇잎을 조각조각 잘라 입에 물고 수십 마리가 한 줄로 서서 집으로 날라 저장하는 독특한 개미도 있다. 이 개미들은 걸어 다닐 때 허리 아래쪽 꽁지를 직각으로 하늘을 향해 쳐들고 다닌다. 마치 원목을 실어 나르는 트레일러Logging Trailer가 원목을 싣지 않고 다닐 때 뒤쪽의 트레일러를 떼어내 앞부분 차체에 얹어서 싣고 다니는 모양새다.

그리고 로딴의 줄기 속에 사는 '귀신 개미'가 있다. 길을 가다가 로딴 덩굴을 건드리면 그 속에 있는 수백 마리의 개미들이 동시에 몸을 떨어서 '사르르' 하는 소리를 낸다. 가만히 귀를 기울여 들어보면 그 속에서 수많은 개미가 계속 사각거리며 움직이는 소리도 들을 수 있는데, 귀신이 내는 소리 같다고 해서 붙여진 이름인 것 같다.

이 외에도 어른 새끼손가락 마디만 한 온몸이 빨간 대형 붉은 개미, 그리고 반대로 깨알만 한 좁쌀 개미 등도 있다. 숲 속의 나무 옆에 커다란 항아리같이 생긴 집을 짓고 사는 개미가 있는가 하면, 길가에 마치 진흙으로 지은 아파트 건물들처럼 여기저기 집을 짓고 사는 흰개미의 일종도 있다.

그들이 무엇으로 집을 짓는지 정확히는 알 수 없지만, 진흙과 나무 그리고 그들의 타액 등이 주성분인 듯하다. 그래서인지 단단하고 질겨서 한칼에 벨 수도 없고 망치로 부술 수도 없지만, 칼로 그 집을 약간만 깎아내 보면 조그만 방 같은 공간들이 빽빽이 있고 그 방 속에 득실대는 개미들을 볼 수 있다. 그 집 전체가 그런 수많은 방으로 이루어져 있는 것 같다. 개미 연구가들에 의하면 개미집은 심한 폭풍우에도 끄떡없으며, 또한 햇볕을 받는 각도까지 고려하여 일정한 방향을 향하도록 지어진다고 한다.

한편 벌을 사냥하는 개미는 따로 있다. 이들은 온몸이 연한 빨간색(주황색)이고, 크기는 한국의 보통 개미만 하다. 그런데 한 번 물었다 하면 제 목이 떨어져 나가도 절대 물고 있는 입을 벌리지 않는다. 정말 지독한 놈들이다.

이들이 혼자 떨어져서 단독으로 행동하는 모습은 거의 볼 수가 없다. 보통 10여 마리가 항상 가까이에 있으면서, 서로 이탈하지 않도록 연락을 주고받으며 언제라도 합동 작전을 할 수 있도록 시스템이 짜여 있는 것 같다. 또한 보통 개미들과는 달리 상당히 공격적이다. 주위에 발을 디디기라도 하면 금방 대여섯 마리가 함께 달려들어 몸으로 기어 올라온다. 발은 물론이고 심지어는 목까지 올라와 물고는 제 머리가 끊어져도 절대 놓지 않는다. 불개미보다는 통증이 약간 덜 하지만 다른 보통 개미들에 비할 바가 아니다. 그나마 다행인 점은 독성이 거의 없다는 것이다.

밤이 되면 우리는 뽄독에 석유 랜턴Lantern을 밝혀서 밤새도록 켜 놓는다. 밝기가 웬만한 백열등보다 더 밝은데, 20W짜리 형광등 밝기 정도다. 우리는 이 불빛으로 책도 보고 서베이 후의 잡무를 보기도 한다.

이 불빛을 보고 각종 벌레도 모여드는데, 그러면 이 벌레들을 사냥하기 위한 먹이사슬의 사냥꾼들이 총출동한다. 조그만 도마뱀은 물론 개미들도 늘 빠지지 않는 사냥꾼 중 하나다. 이 개미들은 천장 또는 기둥에 붙어 있는 나방이나 작은 벌레를 주로 사냥하여 먹이로 삼는다.

어느 날 밤, 커다란 말벌이 뽄독의 불빛을 보고 잘못 날아들어 왔다. 그런데 사방으로 뻥 뚫린 벽 쪽으로 나가면 될 것을 굳이 막힌 천장 쪽으로만 계속 날아갔다가는, 부딪혀서 다시 돌아오기를 되풀이하며 나가지 못하고 있었다. 아마도 정글 쪽은 사방이 모두 컴컴한데 불빛 때문에 천장 쪽만 밝았기 때문인 것 같았다.

이때 이미 많은 사냥꾼이 준비를 마치고 대기하고 있었다. 그 벌이 재차 천장에 부딪히는 순간 대기하고 있던 개미 한 마리가 그 벌의 날개 한쪽을 물고 늘어졌다. 놀란 벌이 푸드득 날개짓하려는 찰나, 어디서 숨어 있다가 나왔는지 또 다른 한 마리가 반대쪽 날개를 물고 늘어졌다. 그러자 정말 눈 깜빡할 사이 어느새 7~8마리가 나타나 그 벌을 동그랗게 에워싸고 있었다. 그 큰 벌이 필사적으로 푸드덕거리니 모든 개미의 앞다리가 들려서 벌과 함께 공중으로 딸려 날아갈 것만 같았다. 그런데 그 사냥꾼들은 뒷다리를 천장에 찰싹 붙이고 상체는 완전히 공중에 떠 있는 채로 벌을 물고 늘어지면서, 떨어지지도 않고 계속 버티고 있었다.

그러는 동안 어느새 사냥꾼들이 십여 마리로 불어나 있었고 그때부터 본격적인 합동 작전이 시작됐다. 일부는 벌의 몸뚱이나 얼굴에 올라가서 물어뜯어 벌의 힘을 빼기 시작했고, 또 일부는 벌을 계속 붙잡고 있던 개미들과 교대를 해서 대신 물고 늘어졌다. 붙잡고 있던 놈들과 물어뜯는 놈들이 수시로 돌아가면서 임무 교대를 하는데, 놀라운 것은 사방에서 벌을 붙잡고 있는 놈들의 숫자가 항상 7~8마리로 결코 한꺼번에 다 놓는 일이 없었다. 마치 '이번엔 갑순이와 갑돌이, 갑동이 그리고 네가 붙잡고 있고, 다음에는 을순이와 을숙이가 교대로 붙잡아라' 같은 명령에 따라서 일사불란하게 움직이는 것 같았다.

벌이 가진 유일한 무기인 벌침도 그런 개미들에게는 아무 쓸모가 없었다. 아무리 침을 쏘려고 발버둥쳐 보아도 이미 온몸이 결박당한 뒤라

172

그저 엉덩이만 들썩거려질 뿐, 목표물은 와 닿지 않고 허공만 찔러 대고 있으니 말이다. 설혹 목표물에 적중하더라도 하나밖에 없는 침으로는 역부족이었다. 아래서 보기에는 방사선 모양의 동그란 붉은 원만 보일 뿐, 벌은 이미 그 속에 묻혀 보이지도 않았다. 그렇게 1분도 안 돼 상황은 완전히 끝이 났다.

개미들은 죽은 벌을 끌고 갈 때도 계속 서로 물었다 놓았다 하면서 천장에 매달려 거꾸로 끌고 가는데, 절대 그 먹이를 떨어뜨리는 일이 없었다. 그 커다란 말벌이 한순간에 개미밥이 되는 광경을 보고 있자니 그저 놀라울 뿐이었다.

말라리아 신고식

말리나오 산판 현장에 도착하여 처음 6개월까지는 베이스캠프에 있을 때나 정글에 들어갈 때나 항상 말라리아 약을 꼭 챙겨서 먹었다. 약(키니네)은 그 강도에 따라 24시간, 48시간, 72시간 또는 1주일간 약효가 지속되는데, 우리가 먹었던 약은 보통 1주일용이었다. 당시에는 강도가 제일 강한 약이었다.

특히 서베이 작업을 할 때에는 지레 겁을 먹고 이 말라리아 약을 꼭꼭 챙겨서 먹었다. 그러나 6개월 정도 지나자 약 먹는 것이 점점 귀찮아지기 시작했다. 당시에는 어느 정도 건강에 자신감도 있었는데, 그 약을 너무 오랫동안 먹으면 무슨 부작용이 생길지도 모른다는 걱정이 되기도 했다. 그뿐 아니라 그 약을 먹고 나면 괜히 소화가 잘 안 되는 듯한 기분도 들어, 이런저런 핑계로 그 후부터 베이스캠프에 머물 때는 물론 정글에 들어갈 때도 아예 약을 먹지 않았다.

대부분의 병이 그렇지만, 몸이 건강하면 병에 걸릴 일이 거의 없다. 특히 감기, 몸살, 말라리아 등 바이러스에 의한 병들이 그런 것 같다. 이런 병들은 아무리 약을 먹고 미리 예방하더라도 몸이 약해지는 순간 어김없이 찾아온다.

현지 서베이어들은 겉으로 보기에 신체의 근육 등이 매우 단단하여 튼튼해 보였지만, 각종 잔병치레가 많았다. 특히 감기, 몸살, 기침은 물론 치통, 두통을 거의 달고 다녔다. 심지어 복통은 너무 잦아 꾀병이 아닌가 싶을 정도였다.

그런데 약을 먹으면 언제 아팠냐는 듯이 금방 나았다. 평소에 약을 별로 먹어 보지 못했기 때문에 한 번 약을 쓰면 그 약효가 잘 듣는 것 같았다. 약을 자주 먹는 사람은 몸속에 그 약에 대한 내성이 생겨서 약효가 떨어지거나, 몸속에 있는 균들도 그 약에 대한 저항이 생겨 더 독한 약을 써야만 효과를 볼 수 있다고 한다. 다행인지 몰라도 그들의 몸은 약에 대한 저항이 별로 없었는지, 아니면 그곳의 균들이 약에 대한 저항력이 약했는지 그들에게는 약발이 잘 먹혔다.

내가 처음 말라리아에 걸린 것은 산판에 도착하여 정글 서베이를 시작한 지 1년쯤 지났을 때였다. 지금 생각해 보면 그보다 훨씬 전에 말라리아균이 이미 내 몸속에 들어와 자리 잡고 있으면서 기회만 엿보고 있었던 것 같다. 말라리아균은 우리 몸속에서 몇 개월 이상 잠복할 수 있다고 한다. 이 열대 지방을 여행했던 사람들이 고국에 돌아간 후 몇 개월이 지나서야 말라리아에 걸리는 경우가 있는데, 이는 그 사람 몸속에 그 균이 잠복하고 있다가 나타나는 경우다.

당시 회사에서는 새로운 임지 15만ha(헥타르)를 추가로 확보하기 위해 협상 중이었는데, 그 임지의 구매 조건 등을 정하기 위해서는 임목 축적과 지형에 대한 개략적인 정보가 필요했다. 그런데 문제는 시간이었다. 3개월 이내에 조사를 마쳐서 그 결과를 보고해야만 했다.

보통 열대 임지에 대한 신빙성 있는 정보를 얻으려면 전 면적의 2~5%의 표본 조사Sample Survey가 필요하다. 최소 2%의 표본을 조사해야만 그 결과를 신뢰할 수 있다. 즉 15만ha의 경우, 그 2%인 3000ha를 표본으로 추출하여 조사해야만 한다. 물론 그 3000ha의 표본은 임지의 어느 한 쪽에만 편중되지 않고, 전 임지에 골고루 분포되도록 해야만 한다.

표본 추출은 '스트립 샘플Strip Sample' 방법과 '플롯 샘플Plot Sample' 방법이 있는데 우리는 스트립 샘플로 하기로 했다. 한 개의 스트립은 직선거리 3km, 그리고 좌우로 각각 20m를 조사하는 방법이었다. 즉 한 개의 표본 스트립은 12ha의 면적을 해결할 수 있으니, 3000ha를 조사하려면 총 240개의 스트립을 조사해야만 했다. 그러나 당시 회사에서 총동원할 수 있는 임목 조사팀은 네 팀뿐이었다. 결국 한 팀당 60개의 스트립을 3개월 안에 조사해야만 했다.

정글 속에서 3km를 직선으로 가면서 임목 조사를 하려면 순 작업 시간만 6시간 이상 걸린다. 뽄독을 출발하여 그 스트립의 출발점까지 가는 시간만 1시간이 걸리며, 3km의 스트립 서베이를 끝내고 다시 뽄독으로 돌아오려면 두 시간 가까이 걸린다. 그러니 새벽 6시에 출발하여 저녁 5시가 되어야 겨우 한 스트립을 끝내고 뽄독에 돌아올 수 있었다. 또한 추출된 표본 스트립이 전 임지에 골고루 퍼져 있어 작업 시간만이 문제가 아니라 캠프를 이동하는 시간만도 1개월이 더 걸렸다.

거기다 식량 보급 문제로 베이스캠프를 왔다 갔다 하자면, 6개월도 훨씬 더 걸릴 판이었다. 그래서 비상수단으로 식량 보급팀을 따로 조직하여 20일마다 정글 속 지정된 장소에서 만나 식량 보급을 하기로 했다. 그리고 서베이 팀들은 식량 걱정 없이 3개월 동안 서베이 작업만 하기로 했다.

90일간 60개의 스트립을 조사하려면 쉬는 날 없이 이틀은 일하고 하루는 뿐독 이동을 하면서 보내야 했다. 거의 쉴 수 있는 날도 없고, 비가 와서 거르는 예비일도 없었으니 강행군도 그런 강행군이 없었다.

그렇게 2개월 반을 보내고 마지막 식량 보급을 받기로 한 그 전날 말라리아균이 드디어 고개를 들고 나타났다. '이제 20일만 지나면 다 끝나는구나' 하고 나도 모르게 긴장이 풀어지니 그 틈새를 헤집고 나타난 것이었다.

내 평생 그렇게 아픈 적은 처음이었다. 처음에는 몸살기가 느껴지는 듯이 몸이 약간 으스스 떨리면서 추위가 느껴졌다. 그런데 갑자기 열이 심하게 오르면서 이상하게 배까지 아팠다. 밤새도록 열이 오르락내리락해서 잠을 제대로 잘 수도 없었다. 현지인들 얘기로는 처음 말라리아에 걸리면 배도 아프다고 했다.

말라리아 약은 치료제이기도 했기에 1주일용인 두 알을 한꺼번에 먹고, 다음 날 아침에 겨우 일어나서 죽과 물을 마셨다. 입맛은 전혀 없었지만 약속한 식량 보급 장소로 몇 시간은 걸어가야 했기 때문에 억지로 삼켰다. 그러고는 반나절을 거의 초주검 상태로 걸어갔다. 그곳에 도착해서 임시 뿐독을 짓자마자 그대로 누워 버렸다. 다음 날 아침에 나는 보급팀을 따라서 함께 베이스캠프로 후송될 예정이었다. 그런데 그날 밤이 지나고, 다음 날 아침이 됐는데도 보급팀은 도착하지 않았다.

두 명의 포터가 짐도 없이 맨손으로 나타난 것은 그 다음 날도 거의 다 저물어 어둑어둑할 때였다. 왜 늦었나 했더니, 식량을 싣고 오던 땜뻴Long Boat이 전복되어 식량이 전부 강물에 떠내려가 버렸다는 것이었다. 비가 많이 와서 폭포 같이 변해 버린 강을 억지로 거슬러 올라오다가 배의 프로펠러가 바닥에 박힌 나무에 받혀, 그 연결핀이 부러지면서 급류에 휩쓸려 전복되었다고 한다. 당연히 그 안에 있던 식량은 전부 물에 잠겨 떠내려가 버렸지만, 다행히 인명 피해는 없어서 배를 다시 건져내 베이스캠프로 돌아갔다고 했다. 아마 지금쯤 다시 식량을 싣고 출발해서 이틀 뒤에는 이곳에 도착할 테니 걱정하지 말고 계속 기다리라는 전갈이었다. 다행히 3~4일분의 예비 식량은 늘 갖고 있어서 그때까지 더 버티는 데는 큰 문제가 없었다.

그래서 모두 본의 아니게 그곳에서 3일이나 쉬게 됐다. 그동안 나는 약도 먹고 죽도 먹으며 부담 없이 푹 쉬었더니, 보급팀이 도착했을 때에는 몸이 다 나아 있었다. 그래도 혹시 모르니 보급팀을 따라 내려가라며 걱정해 주는 서베이어들의 마음이 고마웠다. 그러나 몸은 이미 회복되어 있었고 작업할 수 있는 시간이 20일밖에 남지 않았으니, 유종의 미를 거둬야겠다는 의무감에 끝까지 남아 마무리하고 내려올 수 있었다.

그 뒤로 인도네시아에 있는 동안에는 다시는 말라리아균이 찾아오지 않았다. 지금 생각해 보니 만약에 그때 보급팀이 제시간에 도착하여 쉬지도 못하고 베이스캠프까지 갔다면, 병이 더 악화되거나 얼마간 병원 신세를 면치 못했을 것 같다. 보급이 늦어지는 바람에 전화위복이 되어 오히려 그 병을 스스로 이겨낼 수 있었으니, 그것도 다 운이라면 운이 아니었나 싶다.

땜뻴과 뻐라후

카누는 인류가 신석기 때부터 만들어 사용해 왔다고 하는데, 만드는 방법이나 그 재료가 지역마다 차이가 있었다. 에스키모인들은 짐승의 통가죽을 써서 카누를 만들었고(이를 Kayak이라고 함), 아메리칸 인디언들과 일본의 아이누족은 나무껍질로 카누를 만들었다. 남미의 아마존강 지역 일대에서는 통나무를 파서 사용하는 것을 보았다. 또 얼마 전에 베트남에 갔을 때는 대나무(혹은 로딴)로 된 카누를 보았는데, 아마도 오래전부터 만들어서 썼으리라 짐작된다.

인도네시아에서도 오래전부터 통나무를 파서 조그만 1~2인용 카누를 만들었는데, 요즘은 통나무를 파는 대신 나무판자를 이어서 이보다 조금 더 큰 카누를 만든다. 이런 조그만 배를 인도네시아 말로 '뻐라후 Perahu'라고 한다.

우리 서베이어들이 주로 사용했던 뻐라후는 폭이 1~1.5m에 길이가 6~7m, 그리고 깊이가 70~80cm 정도로 7~8명이 타면 물이 찰랑찰랑 넘실거렸다. 이 뻐라후를 좀더 크고 길게 만들어서 엔진을 얹으면 땜뻴Tempel이 되는데, 주로 사람들과 간편하고 긴급한 보급품을 실어 나르는 용도로 사용한다.

통나무를 실제로 쪼개서 만든 1인용이나 2인용의 아주 작은 카누라고 해도 그 배를 만드는 데는 많은 시간과 노력을 들여야 한다. 강가에 있는 적당한 크기의 나무를 도끼로 찍어서 쓰러뜨린 다음, 매일 그 통나무를 정글도, 톱 그리고 도끼와 끌 등으로 깎고 다듬는 수작업을 몇 개월간 해야 하기 때문이다. 그런데 돈이 없는 원주민들은 직접 카누를 만들어서 고기를 잡거나 마을이나 시장을 다닐 때 타고 다닌다.

파푸아뉴기니PNG에 있을 때 그곳 베이스캠프에서는 매우 커다란 통나무 배를 쓰고 있었다. 폭이 1.5m도 더 되고 배 길이도 15m가 넘는 큰 카누였다. 배의 두께가 20cm 정도는 되었는데, 이 배를 만들려면 통나무의 지름이 적어도 2m는 되어야 했다. 여기에 엔진을 얹어서 스피드 보트로 개조(?)했는데, 그곳 말로 '몬'이라고 했다. 거기서 정글 서베이를 할 때 이 몬을 늘 이용하곤 했는데, 서베이어 20여 명과 식량 등을 싣고도 여유가 있을 정도였다. 이 몬은 '에리마Erima'라는 원목을 사용한다. 인도네시아나 말레이시아에서는 '비누앙Binuang'이라고도 하는데, 연한 노란색을 띤 아주 가볍고 질긴 재질로 지름이 2m도 넘는 나무가 많다. 반면 뻐라후는 이 비누앙 나무가 아닌 대부분 '머르사와Mersawa'라는 나무를 쓴다. 머르사와는 약간 붉은색을 띠는데 단단하고 물기가 많아 1급 합판용재合板用材로 값이 비누앙의 두 배 정도였다.

서베이할 지역이 도로로 연결되지 않아 육로로 접근하기에는 상당히 멀고 그 작업량이 20일 이상 필요할 경우, 이 뻐라후는 많은 식량과 사람을 동시에 목적지까지 실어 나를 수 있어 아주 유용하게 쓰였다. 뻐라후는 처음 베이스캠프를 출발할 때 땜뻴과 함께 움직인다. 보통 두 대의 땜뻴에 서베이어 20여 명과 식량을 잔뜩 싣고 각 땜뻴에 뻐라후를 두세 대씩 따로 묶어서 함께 끌고 간다. 그러고 나서 땜뻴이 최대한 들어갈 수 있는 강 상류 깊숙한 곳까지 가는데, 반나절은 땜뻴을 타고 편안하게 이동할 수 있다.

비가 와서 물이 불어나면 땜뻴이 강 상류 쪽으로 더 깊숙이 올라갈 수 있어서 편하게 빨리 목적지까지 갈 수 있다. 반면에 불어난 물은 급류가 되어 '우르르 쾅쾅' 우레와 같은 소리를 내며 몰아치고, 금세 흙탕물이 되어 버리니 강바닥을 볼 수가 없다. 그래서 그 밑 어디에 나무나 돌이 박혀 있는지 전혀 알 수 없기 때문에 상당한 위험을 감수해야만 한다. 역시 모든 일이 항상 다 좋을 수만은 없다.

비가 많이 오면 상류에 있던 바윗덩어리나 나무들이 함께 떠내려오다 여기저기 박히기도 하고, 그곳에 원래 박혀 있었던 돌이나 나무가 험한 물살에 떠내려가기 때문에 완전히 새로운 해저 지도(?)가 만들어진다. 그러다 보니 아무리 그곳 강바닥을 훤히 꿰고 있는 땜뻴 운전사라도, 이럴 때는 장님이나 다름없다.

그렇다고 그곳에서 짐을 꾸려 작은 뻐라후로 옮겨 타고 강을 거슬러 올라가는 것은 더더욱 위험하다. 워낙 물살이 세기 때문에 뻐라후를 끌고 올라가기는커녕, 끌고 가야 하는 사람이 물살에 휩쓸리기에 십상이기 때문이다.

비가 많이 오던 어느 날, 경사가 급하고 강폭도 좁은데다가 암벽으로 둘러싸여 있어 마치 작은 폭포처럼 되어 있는 곳을 거슬러 올라가고 있었다. 이곳은 우리가 '위험 지대'라는 의미인 '떰빳 바하야Tempat Bahaya'라고 불렀던 최고의 요주 지역이었다. 지난번 식량 보급선이 전복되었던 곳도 바로 이 떰빳 바하야였다.

하필 그때 서베이어 10여 명과 식량 등으로 우리 땜뺄은 만 원이었다. 40마력짜리 엔진을 최대한 가동해서 올라가지만 거의 그냥 제자리에 있는 것 같았다. 그런데 강 옆의 나무들이 뒤로 조금씩 움직이는 것을 보니 배가 올라가고는 있는 모양이었다. 간발의 차이 같기는 해도 다행히 물살의 힘보다는 엔진의 힘이 센 것 같았다. 그렇게 1초에 10cm도 안 될 정도로 거의 억지로 올라가고 있었는데, 갑자기 '덜컥' 뭔가 걸리면서 '뿌앙' 하는 엔진의 공회전 소리가 났다. 엔진 스크루가 밑바닥에 박힌 돌부리에 받혀서 엔진과 스크루의 연결핀이 부러진 것이었다. 엔진만 헛돌고 있으니 우리의 땜뺄은 그야말로 끈 떨어진 연 신세가 되고 말았다.

폭포수 같은 급류에 휩쓸려서 떠내려가는데, 다들 공포에 질려 말도 못하고 속수무책으로 입만 벙긋댈 뿐이었다. 엄청난 물살이 휘몰아치니 그 속으로 뛰어들 엄두도 못 내고, 설혹 그 물속으로 뛰어들더라도 위험 부담이 훨씬 더 크니 당황스럽고 답답하기만 했다. 한 가닥 희망이라고는 이 땜뺄이 제발 암벽에 부딪히지 말고 저 밑의 완만한 곳까지만이라도 무사히 떠내려가 주었으면 하는 바람뿐이었다. 그곳까지만 가면 모두들 물에 뛰어들어 땜뺄을 붙잡고 물가로 끌어낼 수 있을 것이었다.

당시 이 땜뺄 운전사는 그 지역에서만 20년 이상을 운전했던 베테랑이었다. 그는 역시 베테랑답게 당황하지도 않고 재빨리 엔진을 들어 올린 다음, 아직 꺼지지 않은 엔진과 스크루 사이에 두꺼운 못으로 만든 예비용 핀을 능숙하게 끼워 놓았다. 일단은 스크루에 엔진의 힘이 전달되게 한 것이다. 그리고 우선 엔진의 스피드를 최대로 올려 떠내려가는 땜뻴의 뱃머리를 상류로 돌려놓고는 물살을 헤치며 올라가기 시작했다. 그제야 환희에 찬 함성과 박수가 모두에게서 터져 나왔다. 정말 위기일발의 아찔했던 순간이었다.

부러진 핀을 다시 갈아 끼우는 시간은 불과 4~5초였지만, 그 사이에 오만가지 생각들이 스쳐 갔다. 1~2초만 더 늦었어도 강가 암벽에 부딪혀 땜뻴은 산산이 부서지고, 지금 쓰고 있는 이 이야기는 아예 빛을 보지 못했을 터였다.

그런 비슷한 곳을 한두 군데 더 지나서, 물이 얕아 더는 땜뻴이 들어가지 못하는 곳까지 올라가 짐을 풀었다. 그리고 그곳에서 싸 가지고 온 찬밥으로 늦은 점심을 먹었다.

땜뻴은 돌아가고 그때부터는 '뻐라후' 행군이었다. 무겁고 부피가 큰 통조림이나 식기들은 뻐라후에 싣고 물에 젖으면 안 될 의약품, 지도, 옷가지들은 각자 나눠서 배낭에 짊어진다. 대여섯 명이 뻐라후를 한 대씩 맡아서 강을 거슬러 올라간다. 잔잔한 물길을 타고 삿대와 노 Dayung(다융)를 저어 깊은 산골짜기를 지나갈 때에는 신선놀음이 따로 없었다. 이럴 때는 함께 노래도 부르면서 배를 저어 갔다.

냇물 폭이 넓어져 물이 깊지 않을 때는 모두 내려서 뻐라후를 끌고 갔다. 조그만 폭포를 만나 뻐라후가 올라갈 수 없으면 실었던 짐을 전부 내리고, 300kg도 넘을 것 같은 뻐라후를 밑에서 밀고 위에서 끌어올리면서 폭포를 넘어간다. 굵은 나일론 밧줄이나 로딴 덩굴로 뻐라후를 묶어서 폭포 위로 끌어 올리고 밑에서는 서너 명이 함께 밀어 올리면서 폭포를 넘어간다. 이럴 때면 사람이 뻐라후를 태워 주니 주객이 전도되는 꼴이다.

그렇게 몇 시간을 행군하여 더는 뻐라후가 갈 수 없는 작은 골짜기까지 올라가면 그곳에 임시 캠프를 짓고 야영을 한다. 최종 목적지는 그보다 한참을 더 들어가야 하므로 이곳에 뻐라후와 통조림 등 식량 일부를 보관해 둔다. 이때 지고 갈 수 있는 양만큼의 식량만 가져가고 나머지 통조림 등은 은밀한 곳에 보관해야 한다. 그냥 지나치면 발견할 수 없고, 억지로 찾으려고 해도 겨우 찾을 수 있을 만한 장소를 물색하여 보관하는데 보통 풀숲에 적당히 위장하여 보관했다. 뻐라후는 쉽게 눈에 띄지 않는 물가 숲까지 끌어다가 나뭇가지 등으로 위장하여 덮어 두고, 물이 불어나도 떠내려가지 않도록 로딴 덩굴로 잘 묶어 둔다. 그러면 10여 일 뒤 서베이어 중 몇 명이 다시 이곳을 찾아가 그때 두고 간 식량을 찾아 가지고 왔다.

이렇게까지 하는 이유는 산 속에서 사냥하며 살아가는 뻔안^{Penan}족이 고기를 잡거나 사냥을 하다가 이곳을 지나가는 경우를 배제할 수 없기 때문이다. 그들은 특히 명절 때가 가까워지면 집을 떠나서 며칠씩 고기를 잡거나 사냥하러 다니기도 한다. 다행히도 내가 있었던 몇 년 동안은 그렇게 보관된 식량이나 뻐라후를 잃어버린 적은 단 한 번도 없었다.

첫 번째 구사일생
– 뒤집혀 버린 뻐라후

서베이 작업을 끝내면 뻐라후가 있는 곳으로 다시 와서 이를 타고 베이스캠프로 돌아온다. 보통 오후 늦게 그곳에 도착하면 임시 뽄독을 짓고 그곳에서 야영한다. 그리고 그 다음 날 새벽부터 서둘러서 귀갓길에 오른다. 그래야 어두워지기 전에 베이스캠프에 도착할 수 있다.

캠프로 돌아갈 때는 물을 거슬러 올라갈 때와는 달리 흐르는 물에 얹혀서 타고 내려오기 때문에 훨씬 편하고 힘도 덜 든다. 게다가 일까지 무사히 마친 뒤라 모두 한결 가벼운 마음으로 돌아갈 수 있었다. 물살이 빠르거나 폭포 같은 곳을 올라갈 때는 뻐라후를 끌며 낑낑댔지만, 오히려 그런 곳일수록 내려올 때는 빠른 물살에 뻐라후를 맡긴 채 힘도 거의 들이지 않고 신 나게 내려올 수 있다. 또한 물이 얕아 배가 땅바닥에 닿더라도 굳이 내려서 뻐라후를 끌거나 밀 필요도 없다. 더구나 돌아갈 때는 출발할 때와는 달리 짐이 많지 않아 그만큼 가볍기 때문에,

노와 삿대질을 적당히 하면 흐르는 물살을 타고 아무 문제 없이 순항할 수 있다. 정글 속으로 들어갈 때와 집으로 올 때는 그야말로 천지 차이인 것이다.

그러나 암벽과 바윗덩어리들이 여기저기 사방에 널려 있고, 계곡의 폭도 좁아 폭포처럼 물이 쏟아져 내리는 곳은 매우 위험하다. 이런 곳은 뻐라후를 최대한 가볍게 해 주어야 안전하다. 그러므로 무거운 짐은 내리고 베테랑 두세 명을 제외한 나머지 사람들도 모두 배에서 내려야 한다. 배에서 내린 사람들은 배낭을 지고 물가 옆의 절벽을 타고 걸어서 내려온 후, 먼저 물살을 타고 순식간에 내려가 기다리고 있는 뻐라후를 다시 탄다.

하지만 몇 주일간 계속 서베이 작업을 한 뒤라 지쳐 있는 데다 내렸다가 타기도 번거롭고 귀찮아서, 물이 완전히 수직으로 떨어지는 폭포가 아닌 이상 무거운 엉덩이들을 좀처럼 움직이려 하지 않는다. 그대로 뻐라후에 눌러앉아서 위험하지만 빠르게 달리는 맛으로 위험천만한 카약Kayak놀이를 하는 것이다. 물론 우리들의 카약 놀이는 레저 스포츠 '카약' 놀이와는 다르다.

우리가 애용하는 뻐라후는 카약과는 우선 배의 질Quality부터 다르다. 레저 스포츠용 카약은 웬만한 바위에 부딪혀도 뒤집히기만 할 뿐, 부서지거나 전복되어 가라앉지는 않는다. 게다가 그들은 헬멧과 구명조끼를 갖춰 입고 사고에 대비한 안전 교육도 철저히 받는다. 하지만 뻐라후는 바위에 부딪히면 그대로 깨지거나 뒤집혀서 전복되는 것은 물론, 물이 넘쳐 들어와 반도 차기 전에 '꼬르륵' 끝장이다. 게다가 우리가 걸친 것이라고는 반바지에 티셔츠가 전부다.

그러나 뻐라후를 운전하는 서베이어들의 솜씨만큼은 프로급이다. 보통 세 명이 한 조가 되어 뻐라후 한 대를 맡는데, 배 후미에 한 명, 중간에 한 명 그리고 맨 앞쪽에 한 명이 함께 그 험한 물살을 헤치며 내려온다. 이때 맨 뒤쪽이 가장 중요하므로 그들 중 제일 실력이 있는 친구가 뒤를 맡는다. 그가 계속 서서 2m 정도 되는 삿대로 뻐라후의 방향과 균형을 잡아 주어야 한다.

시속이 60~70km도 넘는 물살에 상하 좌우로 출렁대는 조그만 배 위에서 넘어지지 않고 서 있는 것만 해도 대단하다는 생각이 들었다. 앞쪽에 있는 한 명은 노를 잡고 반쯤은 엉거주춤 서서 방향과 속도를 조절한다. 이 친구 역시 왼쪽, 오른쪽 노를 저으며 바윗돌이나 암벽으로부터 배를 밀어내느라 정신없이 바쁘다. 뻐라후 중간에 있는 친구는 앞쪽과 뒤쪽의 친구들을 보조하는 역할인데, 삿대로 뻐라후의 방향과 중심 잡는 일을 도와준다.

가령, 배가 암벽이나 바윗돌 쪽으로 밀려 가면 뒤쪽의 친구가 삿대로 배의 방향을 최대한 크게 틀고, 그 힘으로 배가 한쪽으로 쏠리면 중간에 있는 친구가 배의 균형을 잡는다. 이때 앞쪽에 있는 친구는 최대한 빨리 노를 저어 배가 제대로 방향을 잡을 수 있도록 해 준다.

물살이 빠르고 거칠어서 배의 방향은 순간순간 바뀌는데 그때마다 그 세 명이 서로 호흡을 잘 맞춰야 배가 안전하게 항해할 수 있다. 또한 각자 암벽으로 쏠려가는 배를 밀어낼 수 있을 만큼 어느 정도 힘이 있어야 한다. 서로 엇박자로 삐끗하여 방향을 잡지 못하거나 한 사람이라도 힘이 부쳐 뻐라후를 제때 밀어내지 못하면, 그대로 암벽이나 바윗덩이에 부딪혀서 배가 부서지거나 구멍이 뚫려 끝장이다. 또한 물살에 밀려서 배의 균형을 잡지 못하면 뻬라후가 뒤집혀 전복되는 것은 물론, 그 물살에 사람 또한 온전하게 빠져나오기가 쉽지 않다. 특히 비가 와서 물이 불어나면 맑았던 물이 시뻘겋게 변해서 폭포가 되어 쏟아져 내려가는 광경과 그 물이 암벽이나 바위에 부딪혀서 나는 우레와 같은 소리는 실로 공포와 두려움을 자아낸다.

하지만 늘 아무 탈 없이 그런 곳을 무사히 빠져나오니, 위험하다는 생각도 처음 몇 번뿐이었다. 나중에는 만성이 되어 공포심은커녕 오히려 전율을 느끼며 흥미진진해했다. 그러나 원숭이도 나무에서 떨어지는 날이 있듯이, 우리 인간들도 100% 완전할 수는 없었다. 결국에는 그 베테랑들이 일을 저지르고 만 것이다.

비가 내려 물이 엄청나게 불어난 계곡을 뻬라후를 타고 내려오던 어느 날이었다. 휘몰아치는 강한 물살에 예상치 못하게 뻬라후가 뒤틀리자 뒤에서 방향을 잡고 있던 친구가 그만 균형을 잃고 뻬라후 밖으로 튕겨서 떨어져 나갔다. 배의 방향과 균형을 잡아 주어야 할 제일 중요한 핵심 멤버가, 배는커녕 스스로 균형조차 잡지 못하고 떨어져 나갔으니 여간 심각한 일이 아니었다.

앞쪽과 중간의 두 명이 죽을 힘을 다했지만, 세 명이 함께해도 벅찬 일인데 핵심 멤버도 없이 그 물살을 헤쳐 나오기는 역부족이었다. 결국 제때 방향을 잡지 못한 뻬라후 측면이 암벽에 들이받혀서 그대로 뒤집히고 말았다. 그와 동시에 그 배에 타고 있던 나를 포함한 여섯 명 모두가 뻬라후에서 튕겨져 나가 그 빠른 물살 속으로 내동댕이쳐졌다.

깊이는 허리 정도까지밖에 오지 않았지만, 물살이 엄청나게 빠르니 나 같은 맥주병이 헤엄을 쳐서 빠져나오기는 절대 불가능했다. 나는 그대로 허우적거리면서 밑으로 떠내려갔다. 물론 어떻게 해봐야겠다는 생각도 하지 못한 채 그저 물살에 휩쓸려 30여 미터를 순식간에 떠밀려 가 버렸다.

천만다행으로 떠밀려 도착한 곳은 비교적 물살이 잔잔했다. 먼저 빠져나온 서베이어들은 그곳에서 대기하고 있다가 나를 건져 주었다. 손을 잡고 일어서려는데 무릎이 아파 다시 주저앉다시피 했다. 떠내려오는 동안 물속에 있는 바위에 받힌 모양이었다. 그나마 머리를 받힌 게 아니니 참으로 다행이었다. 다른 서베이어들도 다들 멀쩡했다. 다행히도 뻐라후는 뒤집혀 있을 뿐 깨지지는 않은 것 같았다. 그 속에 실었던 배낭 등은 미리 뻐라후에 묶어 두었기 때문에 잃어버린 것도 없었다.

문제는 내 안경이었다. 시력이 0.01도 안 되는 고도근시高度近視라 군대도 못 가고 방위로 근무했는데, 그 '눈'이 없어져 버렸으니 말 그대로 눈 뜬 장님이나 다름없었다. 그렇다고 급류 속에 휩쓸려간 안경을 찾느니, 차라리 사막 한가운데에서 오아시스를 찾는 편이 훨씬 쉬울 것 같았다. 당시에는 비상용 안경을 준비할 정도의 경제적인 여유도 없었지만, 그만큼 사고에 대한 준비성도 부족했다. 갈 길은 멀고 폭포도 몇 군데나 더 지나야 하는데, 그 험한 절벽을 어떻게 내려갈지 암담하기만 했다.

내려오는 중에 폭포가 몇 군데 더 있었는데, 그때마다 모두 내려서 뻐라후를 끌고 내려왔다. 그럴 때마다 나는 민망하게도 현지 친구들에게 업히다시피 하여 물가 옆 절벽을 타고 내려왔다. 뻐라후가 강의 지류支流를 벗어나 본류本流와 만나는 곳까지 와서야 안도의 한숨을 내쉴 수 있었다. 이제는 강폭도 넓고 잔잔하여 노만 저어 가면 됐다. 그래도 몇 시간은 가야 베이스캠프에 도착할 수 있었다. 땜삘을 타면 30분도 안

걸릴 거리였지만, 내려오는 날짜를 우리 서베이어들조차도 정확히 정할 수 없었기에 애초부터 만날 약속은 할 수 없었다.

　보통 정글 속에서 한 달 가까이 있다가 나오면, 아무리 온종일 돌아다닌다 해도 햇볕을 쬐지 못하기 때문에 얼굴이 '탈색'된 것 마냥 뽀얘진다. 그런데 이렇게 탈색되었던 얼굴이 몇 시간의 뻬라후 여행으로 벌겋게 익으면서 도루묵이 되어 버린다. 그래도 늦은 오후의 햇볕이라 그나마 참을 만했고, 가끔 불어오는 강바람은 에어컨 바람에 비할 수 없을 만큼 시원했기에 견딜 수 있었다.

　우여곡절 끝에 베이스캠프에 오자마자 본사가 있는 자카르타 사무소에서 SSB 라디오로 안경을 주문했다. 당시만 해도 전화나 인터넷, 팩스를 베이스캠프에 설치한다는 것은 상상할 수도 없었다. 물론 인터넷이란 금시초문이었음은 두말할 필요도 없다.

　라디오로 주문하자니 날씨에 따라서 전파가 연결됐다, 끊어졌다 해서 서로 잘 알아듣지도 못하고 대충 무슨 얘기인지 감만 잡을 뿐이었다. 더구나 한 방향 수신만 되어 연신 '오버'를 외치며 말해야 했던 SSB 라디오로 안경 치수와 양쪽 눈의 도수를 얘기하자니, 제대로 주문될리가 없었다. 그런데 간신히 안경 치수에 도수까지 전달하고 나니, 대뜸 동공 거리瞳空距離를 알려달라고 했다. 하지만 내가 안경을 맞췄던 곳이 고급 안경원이 아니어서 그랬는지는 몰라도 한국에서 안경을 맞출 때 그런 것을 잰 것 같지도 않았고, 안경원에서도 그런 기록을 알려 주지 않았기에 난감할 따름이었다. 결국 옆에 있던 동료가 부랴부랴 간단히 자로 재서 불러 주고, 내 얼굴을 기억할 테니 알아서 적당히 주문하라고 했다.

그렇게 주문한 지 열흘 정도 지나서 안경이 도착했다. 나름대로 초특급으로 온 것이었다. 자카르타에서 이곳까지 비행기와 배를 타고 왔는데, 마치 지금의 DHL 수준이었다. 그런데 확인해 보니 금테 안경이었다. 내가 잃어버린 안경은 값싼 뿔테 안경이었기에 비용이 걱정되어 물어보니, 걱정하지 말라고 했다. 캠프 소장님이 회사 비용으로 처리해 주었다는 것이었다.

그런데 예상(?)처럼 나의 동공 거리와 안경 렌즈의 초점이 잘 맞지 않았다. 안경을 쓰고 눈을 몇 번 감았다가 떠야 겨우 초점이 맞았다. 안경을 눈에 맞춘 게 아니라, 내 눈을 안경에 맞춰야 할 지경이었다. 그러나 불평을 하거나, 다시 맞춰 달라고 할 수 있는 처지가 아니었다. 그때의 영향인지 어쨌든 덕분에 그 이후부터 지금까지 금테 안경만 쓰게 되었고, 뿔테 안경은 나의 추억으로만 남게 됐다.

두 번째 구사일생
- 지프차를 낭떠러지로

서베이어로 2년간을 지내다가 원목 생산 부서로 이동하여 일하게 됐다. 서베이할 때는 늘 걸어 다니니 몸은 좀 피곤했어도 다른 불편한 문제는 없었는데, 원목 생산 현장은 캠프에서 수십 킬로미터 떨어져 있어 차를 타고 다닐 수밖에 없었다.

특히 나는 운전을 할 줄 몰라서 현장으로 가려면 남의 차를 얻어 타거나, 현장에 기름을 공급해 주는 탱커^{Fuel Tanker}, 또는 원목 운반차 ^{Logging Truck} 등을 타고 가야 하니 불편하기도 했고, 시간대도 맞지 않아 생산 관리에 어려움이 많았다.

당시 한국에는 직업이 운전사이거나 군 수송 부대 등에서 운전을 배운 사람들을 제외하고는 운전할 수 있었던 사람이 아주 드물었다. 그래서 운전할 줄만 알아도 취직이 보장되거나 웃돈이 붙기도 했다. 자가용을 가진 사람들은 당연히 운전기사를 고용했던 시절이었다. 그러나 이런 한국과는 달리 정글에서는 생산 관리를 하려면 운전은 기본이었고 필수였다.

지금 모든 산판에서 감독자들의 작업Transport용으로 쓰는 차들은 일본제 '랜드 크루저Land Cruiser'가 대부분인데, 당시에는 이 일본제와 영국제 '랜드로바Land Rover'를 반반씩 썼던 것으로 기억한다. 그곳 산판에서는 일본제 랜드 크루저를 작업 감독용으로 몰고 다녔는데, 물론 파워 스티어링Power Steering이 아니고, 힘으로 핸들을 돌리는 수동식이었다. 또한 이 사람 저 사람 돌려가면서 쓰다 보니 차의 관리는 물론 간단한 수리조차도 제때 하지 않았기에 좀 불안한 것이 사실이었다. 새로 산 지 2년도 채 안 된 차였는데 사고만 몇 번째라 차체가 온전한 곳이 별로 없었고, 앞의 문짝도 떨어져 나간 그대로 쓰고 있었다. 그러니 비가 오면 빗물이 들이치고, 건기에는 흙먼지를 잔뜩 뒤집어쓰면서 몰고 다녀야 했다.

그런 차로 나는 한국인 정비사들에게 운전을 배웠다. 기어 넣는 법, 브레이크 밟는 법, 액셀 밟는 법만 배우고는 캠프에서 몇 번 운전해 보는 정도로 운전 실습을 끝내고 곧바로 실전에 들어갔다.

나는 시간이 있을 때마다 엔진은 끈 채로 기어 넣는 연습을 수없이 했다. 1단에서 2단, 3단으로 올리는 것은 물론 역으로 3단에서 2단, 1단으로 내리는 연습도 했다. 특히 3단에서 2단을 바이 패스by pass하여 직접 1단에 넣는 연습을 많이 했는데, 이는 언덕에서 내려올 때 급하게 엔진 블록을 걸어 주어야 할 경우가 잦기 때문이었다. 또한 급경사를 올라갈 때 3단으로 달리다가, 갑자기 차가 힘에 부쳐 2단으로 바꾸면 엔진이 꺼져서 큰 낭패를 보는 경우가 종종 있었다. 언덕길에서 엔진이 꺼지면 브레이크는 물론 핸들도 무용지물이 되기 때문에 주의해야 했다.

그렇게 캠프에서 며칠 연습해 보니 어느 정도 자신감이 생겼다. 그래서 실전으로 캠프에서 10km 정도 떨어진 산판 길을 가 보기도 했다. 물론 비교적 평평한 길이었고, 원목 운송 트럭^{Logging Truck}들이 작업하지 않는 날을 골라서 연습했다. 그러다가 조금씩 주행 거리를 늘려나갔다.

한두 달 그렇게 하니 정말 운전에는 자신이 있었다. 그때 마침 한국에서 네 명의 신입 사원들이 들어왔다. 이곳 캠프에서 2년 전에 내가 교육받았던 것처럼 그 신입 사원들도 똑같은 교육을 받기 위해 온 것이었다. 소장이 어느 날 나에게 인도네시아어 강의를 해보라고 해서 며칠 동안 열강을 하기도 했는데, 어느새 신입 사원에서 고참 사원이 되어 있는 나의 모습이 놀랍기만 했다. 심지어 정글의 베테랑이라는 소리도 듣게 됐으니 스스로도 대견할 따름이었다.

하지만 방심은 금물이라 했던가. 이렇게 자만하던 나는 급기야 대형 사고를 치고야 말았다. 큰 사고가 일어나거나, 죽을 병에 걸리기 전에는 반드시 그 '전조^{Signal}'가 있다. 미리미리 알려 주어 사전에 충분히 대비하라는 경고를 보내는 것이다. 지진이나 천재지변이 일어날 때도 미리 그 신호를 보내 주는데 인간들은 이를 대부분 무시하거나 모르고 지나쳤다가 큰일을 당하곤 한다. 내가 대형 사고를 낸 것도, 그전부터 신호가 있었는데 이를 그냥 무시했다가 벌어진 일이었다. 상황은 이러했다.

교육 중인 신입 사원들에게 건설 중인 부임도를 보여 주기 위해 왕초보 운전자인 내가 직접 차를 몰고 그 건설 현장으로 갔다. 부임도 건설 현장은 베이스캠프에서 20km 떨어진 주임도의 한 지점에서 시작되었고, 그곳까지 크게 위험한 곳은 없었다. 날씨도 좋았고 원목 운송 작업

Trucking도 없었던 날이라, 내 운전 솜씨도 자랑할 겸 현장 견학의 핑계를 대고 그들을 태웠던 것이다. 일단 주임도를 벗어나 건설 중인 부임도에 들어서자 도로 표면은 아직 정지 작업Grading이 되어 있지 않아 울퉁불퉁했고, 땅도 완전히 굳지 않은 상태였다. 그런데 그곳을 급유차Fuel Tanker가 드나들다 보니 이곳저곳 큰 타이어 자국으로 깊게 파여 있었는데, 그 파인 곳에 며칠 전에 온 빗물이 고여 물웅덩이가 되어 있었다.

그런데 차 앞바퀴가 이 웅덩이에 빠져서 나오지를 못하고, 빠져나오려 할수록 점점 더 깊이 박히기만 했다. 처음에 '로우Low' 기어를 사용했으면 아무 문제도 없었을 텐데, 그 기어 쓰는 법을 미처 배우지도 않고 운전대를 잡았던 것이다. 결국 근처에서 일하고 있던 중장비 운전기사들의 도움으로 겨우 빠져나올 수 있었다.

그래도 그때 정말 다행이었던 것은 처음에 차 앞바퀴가 웅덩이에 빠질 때 바퀴가 옆으로 쏠리면서 핸들이 휙 돌아가 손을 놓쳤는데, 만약 그 핸들 안쪽에 손이 들어가 있었더라면 손목이 부러졌을 게 틀림없었다. 지금도 가끔 그때 생각을 하면 공연히 손목이 움츠러들기도 한다.

비록 작은 사고가 있었지만, 돌아오는 길은 아무 일 없이 잘 온 것 같았다. 그런데 나중에 그들 얘기를 들어 보니 불안해서 죽을 뻔했단다. 특히 커브 길에서 차의 뒷바퀴가 낭떠러지에서 10cm도 안 떨어진 곳을 아슬아슬하게 지나갈 때마다 간이 콩알만 해졌었다는 얘기를 듣고는, 이렇게 겁 많은 친구들이 앞으로 어떻게 산판 일을 해 나갈지 걱정이 되기도 했다. 어쨌든 지금 생각하면 너무도 무모하고 엉뚱한 짓이었다. 운전 경력 3개월도 안 된 왕초보 운전자가 언제 어느 곳에 스콜이 쏟아질지도 모르는 산판의 그 험하고 위험한 길을, 그것도 네 명의 신참들을 태우고 다녔으니 하룻강아지 범 무서운 줄 몰랐다고나 할까.

그렇게 무모한 짓을 하다가 결국은 사고를 낸 것이었다. 이 '경고 신호'를 무시한 대가를 톡톡히 받은 것 같았다. 운전을 배운 지 6개월 정도 지났을 때였다. 한국인 동료 한 명만을 옆에 태우고 생산 현장을 돌아본 뒤 함께 베이스캠프로 돌아오는 길이었다. 다소 긴 오르막길이었는데, 밑에서부터 기어를 바꾸지 않고 계속 3단 기어로만 오르기 위해 오르막길을 타기 전부터 전속력으로 달렸다. 그 차는 1, 2, 3단 기어가 있었는데, 결국 3단 기어로만 그 긴 오르막의 끝까지 다 올라갔다.

"와! 시속 80km로 올라왔네!" 옆에 앉은 동료한테 자랑하는 순간, 갑자기 눈앞에 절벽이 나타나 시야가 꽉 막혀 버렸다. 그래서 급히 핸들을 꺾었더니 이번에는 낭떠러지가 코앞에 있는 것이었다. '아이고, 죽었구나!' 생각하자마자 순식간에 차는 그대로 낭떠러지로 구르기 시작했다.

나는 얼떨결에 무의식적으로 차에서 뛰어내린 것 같았다. 언덕에 있는 나무에 몸 어딘가를 부딪치고는 낭떠러지 밑으로 떨어지려는 찰나, 필사적으로 나무뿌리를 잡아 겨우 멈출 수 있었다. 잠시 정신을 차리고 밑을 보니 차는 언덕 밑까지 완전히 굴러가서 하늘을 향했던 바퀴들이 다시 제자리를 찾아 멈춰 서고 있었다.

정신이 몽롱하여 꿈속에서 일어나는 장면 같았는데, 갑자기 그 차 안에서 나를 부르는 소리가 들렸다. 정신이 퍼뜩 나서 무작정 밑으로 뛰어 내려갔다. 얼굴 전체가 피범벅이 된 친구가 몸만 겨우 차에서 빠져나와 내 이름을 부르고 있었다. 나는 얼떨결에 그를 붙잡아 언덕 위로 끌어올려 도로 위까지 올라갔다.

당시 나는 몸무게가 54kg이었고 그 친구는 80kg도 넘는 거구였다. 그런데 경사가 30도도 넘는 그 절벽 같은 곳에서 10여 미터도 더 넘는 거리를, 그것도 축 처진 그 친구를 끌다시피 하며 어떻게 올라갈 수 있었는지 지금도 이해가 되지 않는 대목이다.

천만다행인 것은 우리가 객사客死할 운은 아니라 그랬는지는 몰라도, 거기서 1km도 떨어지지 않은 곳에 야전 정비소가 있었다. 그곳에 한국인 정비 기사들이 일하고 있다는 사실을 알고 있었기에, 우선 그 친구를 길 위에 눕혀 놓고 정비소로 달려갔다. 그곳에 있던 한국인 정비 기사들은 방금 차를 타고 떠났던 내가 뛰어오는 모습을 멀리서 알아보고는, 내가 그곳에 도착하기도 전에 정비 중이던 덤프트럭을 몰고 달려왔다. 내가 말하기도 전에 일찌감치 상황을 알아차리고 차를 몰고 오는 것이었다.

우리는 길가에 눕혀 놓았던 그 친구를 태우고 베이스캠프로 달리기 시작했다. 그 친구 얼굴에 묻은 피를 닦아 주면서 자세히 보니 왼쪽 눈썹 위가 찢어져 있었다. 다행히도 그렇게 큰 상처는 아닌 듯했다. 정말 다행이다 싶어 한숨을 쉬다가 그제야 내 얼굴에도 피가 잔뜩 묻어 있는 것을 알았다. 그런데 얼굴이 아니라 머리에서 핏방울이 흘러내리고 있었다. 갑자기 내 몸에서 흐르는 피를 보니 정신이 몽롱해지면서 아득해졌다. 그러다가 잠이 들었는지 눈을 떠 보니 어느새 캠프에 도착해 있었다.

우리는 그 마을에 있는 클리닉으로 급히 호송되어 간단하게 치료를 받고 당일 퇴원했다. 그 친구는 왼쪽 눈썹 위가 찢어져 여섯 바늘을 꿰맸고, 나는 머리 가운데가 깨져서 네 바늘을 꿰맸다고 했다. 그 친구는

ROTC 장교 출신이었는데, 역시 그답게 차가 굴러떨어지는 순간 의자에 몸을 꽉 붙이고 머리를 숙여서 몸을 보호했다고 한다. 그러나 그때 차와 함께 구르면서 허리에 충격이 갔는지 가끔 아프다고 했다. 그날 나는 다행히 플라스틱 헬멧을 쓰고 운전했는데, 뛰어내리는 순간 나무뿌리에 머리를 받혔고 그 단단한 헬멧이 내 머리 대신에 깨진 것 같았다. 그리고 이런 우리와 생사를 함께한(?) 그 지프차는 며칠 뒤에 불도저의 윈치로 견인되었는데, 한 달 뒤에는 다시 그 산판 길을 달리고 있었다.

알고 봤더니 그때 핸들을 길 쪽으로 다시 되돌렸어야 할 것을, 차는 낭떠러지로 가고 있건만 브레이크도 밟지 못하고 핸들만 끝까지 붙들고 있었으니 당연히 차는 계속 제 길을 갈 수밖에 없는 상황이었다. 운전 미숙은 이런 긴급 상황에서 반드시 드러나게 된다. 그나마 사람이 크게 다치지 않은 것이 천만다행이었다.

이때의 사고로 운전할 때만큼은 절대 자만하지 않고 항상 조심했다. 운전하면서 핸들은 절대 놓치지 않으면서 제때 돌려줘야 하는 비법도 터득했다. 물론 제어하지 못할 정도로 속력을 낸 것도 그 사고의 원인 중 하나였으니 그때부터 내게 과속은 절대 금기가 됐다.

지금도 그때 그 사고를 생각하면, 내가 얼마나 무모했는지 깨닫게 돼 그저 쓴웃음만 나온다.

화폐 개혁으로 거금을 날리고

당시 나의 월급은 미화로 400달러(30만 원 정도)가 조금 넘었다. 국내 일류 기업의 초임이 15만 원 정도였는데 그 두 배였으니, 우리 집안에서는 최대 수입원이었다.

내가 어릴 때부터 우리 집안 형편은 그다지 여의치 못했다. 형제들이 어렸을 때 아버지가 일찍 돌아가셨기 때문에 어머니 혼자서 온 가족을 먹여 살리느라 빚도 있었고, 내가 대학교에 입학하면서 빌린 입학금도 그때까지 갚지 못한 채 겨우 이자만 내면서 차일피일 미루고 있던 터였다. 다행히 국립대학이라 사립대학보다는 입학금이 절반 이상 쌌는데, 1969년도 입학금이 기숙사 6개월분과 한 학기 학비 등을 모두 합쳐서 3만 원이 채 안 되었던 것으로 기억한다.

어쨌든 처음 1년 동안은 내가 보내 준 월급 대부분이 우리 가족의 생활비와 빚을 갚는 데 사용됐고, 이에 대해 나 또한 어떤 불평이나 불만도 있을 수 없었다. 가족이 우선이었지 내 입장만 내세울 상황은 아니었기 때문이다. 이는 비단 우리 가족뿐만 아니라 당시 우리나라 대부분의 가족이 비슷했을 것이다.

그 당시 회사에서는 한국인 서베이어에게 월급 외에 정글 서베이 수당을 따로 주었는데, 정글로 서베이를 갈 경우 하루에 3달러씩 주었다. 이 수당을 인도네시아 현지에서 매달 계산하여 월말에 인도네시아 돈(루피아)으로 받았는데, 나 같은 경우에는 딱히 캠프에서 돈을 쓸 일도 없으니 다달이 받지 않고 회사에 그대로 적립해 두었다. 그 돈은 한국으로 휴가 갈 때 한꺼번에 찾아서 휴가 비용으로 쓸 생각이었다.

그런데 사실 월급 400달러도 100% 전액을 한국에서 받는 게 아니었다. 자세히 기억은 나지 않지만 400달러 중, 50여 달러 정도는 현지에서 인도네시아 화폐로 받았다. 그 돈으로 현지에서 필요한 비용을 충당하라는 회사의 배려이기도 했지만, 실은 세금 문제 때문이기도 했다. 현지에서 어느 정도는 봉급을 받아야 인도네시아 정부에 세금을 내고, 이를 근거로 두 나라 간에 체결된 이중과세 방지법에 따라 한국 정부에는 세금을 내지 않아도 되므로 회사나 우리도 그만큼 절감할 수 있기 때문이었다.

나는 6개월 만에 단 한 번 따라깐으로 휴가 나왔던 것 외에는 대부분 정글에 있었고, 또 그때마다 매일 3달러씩 적립되었으니 1년이 지난 뒤에는 돈이 제법 쌓였다. 다 합해 보니 인도네시아 화폐로 50만 루피아가 넘었다. 거의 3개월 치 봉급에 해당하는 금액이었다.

그런데 1979년 초 어느 날, 인도네시아 정부에서 돌연 루피아 평가 절하를 단행했다. 미화 1달러에 410루피아였던 환율을 하루아침에 무려

35%를 올려 버린 것이었다. 즉, 그만큼 루피아의 값어치가 떨어진다는 의미였다. 그런데 그 와중에도 나는 산속에만 있었으니 사전에 정보를 얻을 수도 없었고, 챙겨 주는 사람도 없었다. 자카르타나 따라깐의 한국인 직원들은 미리 그 정보를 알았을 텐데도 그에 대한 귀띔조차 전혀 없었다. 물론 내가 늘 정글 속에만 있었으니 나에게 알려 주고 싶어도 방법이 없었겠지만, 괜히 서운한 마음이 생기는 것은 어쩔 수 없었다.

갑작스러운 화폐 개혁에 애꿎은 내 봉급만 반 토막 나 버렸다. 미화로 1200달러도 넘었던 것이 졸지에 800달러로 줄어든 것이다. 1년 동안 덜 쓰고, 덜 먹고, 덜 마시고, 생고생하면서 모은 쌈짓돈이었는데 생각할수록 어처구니가 없었다. 게다가 회사에서는 원래의 미화로 계산해서 줄 수 없고 적립된 루피아로만 그대로 돌려준다고 하니, 회사로서는 전혀 손해 볼 것이 없었다. 그렇다고 딱히 회사에 득이 되지도 않았지만, 나만 고스란히 피해를 보는 것 같아서 화도 나고 참을 수가 없었다.

눈뜬 채 도둑맞는 기분이 이런 느낌이 아닐까 싶었다. 그래도 현지에서 루피아로 그 돈을 쓴다면, 아직은 물가가 그만큼 오르지 않아 그리 크게 손해 보지는 않을 거라고 생각하니 그나마 위안이 됐다. 미화로 바꾸면 석 달 치 봉급이 그 자리에서 날아가 버릴 테니 도저히 억울해서 바꿀 수가 없었다.

홧김에 서방질한다고 '에라, 물가 오르기 전에 여기서 빨리 써 버리자. 그러면 그렇게 손해 보지는 않겠지' 마음을 먹고 그 돈을 다 찾았다. 그리고 휴가를 며칠 내고는 따라깐으로 쇼핑 여행을 갔다. 그 시골 구석에서 당시의 최신형(?) 라디오 카세트 플레이어, 시계 등 닥치는 대로 신 나게 쇼핑하고, 오랜만에 술집에서 기분도 내면서 그 많은 돈을

며칠 사이에 다 써 버렸다. 그렇게 많은 돈을 내 멋대로 써 본 적은 난생
처음이었다. 다 쓰고 나니 그야말로 시원섭섭했다. 환율을 핑계 삼아
그 아까운 돈을 엉뚱하게 다 써 버리고 만 것이다.

그래도 그때는 총각이었기 때문에 젊은 기분으로 그 돈을 다 써 버릴
수 있었던 것 같다. 아마도 내 인생에서 다시 없을, 처음이자 마지막 과
소비 여행이지 않았나 싶다.

세계 제일의 미국 산판 회사 견학

계획 부서에서 생산 담당 부서로 자리를 옮겨 일을 시작할 무렵, 깔리만딴 남부 사마린다에 있는 한 산판 회사로 견학을 갈 기회가 생겼다. 당시 그곳에는 세계 굴지의 미국계 목재 회사인 '퍼시픽 하드우드Pacific hardwood, PH'가 산판 사업을 하고 있었는데, 그곳과 연결이 되었으니 바람도 쐴 겸 한 번 가서 그들의 선진 기법을 배우고 오라는 것이었다.

나는 새로 입사한 한국인 신입사원 한 명과 함께 그곳을 방문했다. 사마린다 공항에서 대기하고 있던 그곳 산판 차를 타고 두 시간 정도를 가니 베이스캠프가 나왔다. 그런데 우리는 베이스캠프에 도착하자마자, 우선 그 시설과 규모의 크기에 기가 팍 죽었다. 곧장 게스트 하우스Guest House로 안내받았는데 그곳은 컨테이너를 고쳐서 만든 방이었다. 각자 다른 방이 배정됐고, 방에 들어가니 에어컨을 미리 틀어 놓아서 그렇게 시원할 수가 없었다. 더구나 샤워하려고 물을 트니 뜨거운 물까지 나오는 것이 아닌가? 당시 우리 캠프의 목욕물은 열대의 태양열에 저절로 데워진 것이었다. 또한 게스트 하우스가 따로 있지도 않았고, 사무실은 물론 캠프 소장의 방에도 에어컨은 없었기에 우리는 난데없는 문화적 충격에 휩싸였다.

저녁때는 캠프 소장이 우리를 관사로 불러 함께 식사했다. 그의 부인이 직접 요리하여 접대했는데 둘 다 50대 미국인들이었다. 지금 생각하면 별로 특별한 일도 아니지만, 당시 그 정글 속에 부인과 같이 살도록 배려해 준다는 것은 우리 기준으로는 생각지도 못했던 일이었다.

그들은 주방에 있는 커다란 오븐에서(물론 당시에는 그것이 무엇인 줄도 몰랐다) 통닭을 구워 우리에게 통째로 한 마리씩 주었다. 노르스름한 닭 껍질 위에 기름이 잘잘 흐르고 있어 먹기도 전에 군침을 쏟지 않을 수 없었다. 그때 그 통닭 맛은 지금까지도 잊히지 않고, 가끔 그 통닭 생각이 날 때면 입가에 군침이 사르르 돌곤 한다.

다음 날 아침에는 소장이 직접 차를 몰며 캠프 내의 이곳저곳을 안내해 주었고, 오후에는 그곳에서 가까운 원목 생산 현장까지 함께 가 주었다. 특히 인상 깊었던 것은 그곳에서는 다 쓴 타이어를 그대로 버리지 않고 다시 만들어 쓰고 있다는 점이었다. 즉 타이어 재생 공장을 직접 운영하고 있었다.

벌채된 원목은 트레일러나 트럭을 이용하여 베이스캠프로 운반하는데, 이에 따른 타이어의 소모량은 엄청나게 많다. 보통 원목 운반용 트레일러에는 열네 개의 바퀴가 붙어 있고 트럭에는 열 개의 바퀴가 있다. 짐을 잔뜩 싣고 돌이 깔린 비포장도로를 달려야 하니, 타이어 펑크 때문에 교체해야 할 때가 아니라도 평균적으로 두 달에 한 번 이상 새 타이어로 바꿔 줘야 한다. 당시 그곳에 100여 대의 트레일러가 있었다고 하니 매일 적어도 30여 개 이상의 새 타이어가 필요했을 것이다.

우리 산판은 소규모이기도 했지만 타이어의 바닥이 닳아서 얇아지면, 타이어 옆쪽이 아무리 멀쩡하더라도 그냥 버릴 수밖에 없었다. 그런데 이곳에서는 그런 타이어를 버리지 않고 재생하여 쓰는 것을 보고, '역시 미국 회사들은 돈이 많으니 경제성만 있으면 과감하게 투자하는구나' 하는 생각이 들었다. 운영비용이 절감되면 그에 따른 이윤도 더 많아지고, 이를 이용해서 재투자도 할 수 있게 되니 그야말로 일거양득이었다. 그런 형태로 결국 자본의 선순환이 이루어지는 것이었다.

또한 우리들이 부러워한 부분은 불도저나 트레일러 등 모든 생산 장비에는, 물론 정비팀과 생산 감독자마다 무전기를 한 대씩 갖추고 있는 점이었다. 그래서 언제 어느 때라도 정비팀이나 사무실에 연락할 수 있었다. 장비가 고장이 나거나 혹시 사고가 나더라도 무전기만 있으면 즉각 현장으로 정비팀이나 구조팀이 출동하여, 장비가 며칠간 방치되는 일도 없을뿐더러 귀중한 인명도 구할 수 있다. 작업 지시도 무전기로 시시각각 전달된다.

그러니 우리처럼 감독자가 매일 몇 시간씩 직접 현장을 방문하거나, 산속에서 장비가 고장 나면 정비팀이나 감독자에게 알리는 데 며칠씩 걸리는 일은 있을 수 없었다. 그 시간과 비용의 차이를 어떻게 비교할 수 있겠는가? 요즘 웬만한 산판 업자들은 대부분 무전기와 무전 시설을 갖추고 있다. 그러나 당시 우리의 말리나오 캠프에는 따라간 사무소와 자카르타 본사 사무실을 연결해 주는 SSB가 유일한 통신 수단이었다. 그것도 아침, 저녁으로 하루에 두 번씩만 통화가 가능했다.

　원목 생산 방식도 우리와는 아주 달랐다. 그들은 원목 생산을 서베이부터, 벌목Log Cutting, 집재Skidding 및 운반Trucking까지 철저하게 관리했다. 우리처럼 임금을 도급제로 하여 생산을 중장비 기사들에게 거의 맡기다시피 하는 일종의 Contract 제도 방식과는 달랐다. 그곳에서는 장비 전문가뿐 아니라 모든 노동자가 월급제와 일당제로 일하고 있었다. 이는 무전기 등을 사용하여 사무실에 앉아서도 전 생산 현장의 관리는 물론 생산 현황까지 즉각 파악할 수 있었기에 가능한 일이었다.

　산판 사업뿐만 아니라 일반적으로 월급제와 도급제의 두 방식은 각각 일장일단이 있다. 도급제는 인원 및 작업 관리가 상대적으로 수월하며, 관리비가 적게 든다. 또한 인건비를 생산량에 따라 정확히 산정할 수 있고 종업원들이 최대한 많이 일하게 해서 생산을 극대화할 수 있다는 장점이 있다. 하지만 품질 관리Quality Control와 계획 생산에 상대적으로 어려움이 있고, 장비 관리가 허술해질 수 있다. 그러나 월급제를 사용하면 이러한 도급제의 단점들을 보완할 수 있다.

　지금도 대부분의 말레이시아나 인도네시아계의 산판은 월급제보다는 도급제를 원칙으로 하고 있으나, 미국이나 유럽계에서는 월급제를 선호하는 것 같다. 월급제를 하려면 생산량과 품질 관리를 철저하게 관리해야 하는데, 이를 위해서는 기본적으로 정확한 서베이 데이터를 확보해야 하고 모든 장비의 통제 및 관리가 확실하게 이루어져야 한다.

　월급제를 할 수 있는 정도면 그만큼 가진 자원이 많고 체계적인 시스템을 갖추고 있다는 것이니, 열악한 환경에서 일하던 나로서는 돈 많은 나라와 그 회사의 직원들이 부러울 따름이었다.

파푸아뉴기니로 가다

1981년 여름, 당시 중동에 진출했던 한 한국의 건설 회사가 한국 회사로서는 처음으로 파푸아뉴기니^{Papua New Guinea}(이하, PNG)의 '산림 개발 허가권'을 받아 산림 개발을 시작했다.

나는 그 당시 3년 반 동안 다녔던 인도네시아 회사를 그만두고 귀국하여 새로운 직장을 구하던 중이었는데, 마침 그때 이 회사에서 산판 경력자들을 모집하고 있었다. 게다가 그 회사의 PNG 산판 책임자는 지난번에 다녔던 회사의 한국 지부장 출신이라 안면도 있었는데, 내가 귀국했다는 소문을 듣고 직접 연락을 해와 입사 원서를 제출해 보라고 권했다. 시기가 절묘하게 맞아떨어진 셈이었다. 마치 이 회사에 들어가기 위해 먼저 다니던 회사를 그만두고 귀국한 것 같았다.

결국 서류 전형과 면접만으로 산판 경력 사원 네 명이 뽑혔고, 함께 PNG로 가게 됐다. 그해 7월에 입사를 하자마자 비자^{Visa}와 국외 취업

허가서, 여권 등 각종 서류를 준비하기 시작했고, 곧바로 8월에 비행기를 탔다. 일반적인 절차를 밟으면 여권을 발급받는 데만도 몇 개월씩 걸렸던 때였다.

당시 PNG로 가는 비행기는 그리 많지 않았고, 그마저도 대부분은 호주를 거쳐야만 하는 노선이었다. 다만 케세이 항공에서는 홍콩에서 마닐라를 거쳐 PNG의 수도인 포트 모르즈비Port Moresby로 가는, 거의 직항로 수준의 최단 노선을 일주일에 한 편 운항하고 있었다. 물론 호주로 돌아서 가는 것보다는 비행기 요금도 적게 들었을 텐데, 그래서인지 이 노선은 항상 만 원이었다. 게다가 우리 네 명을 한꺼번에 보내야 하니 좌석 확보도 쉽지 않았을 터였다. 그런데 자리를 모두 구했으니 다음 주에 출발하라는 연락을 받았다. 세 자리는 비즈니스석으로 그리고 다른 한 자리는 이코노미석으로 확보했다는 것이었다.

별 수 없이 우리들 중 나이가 가장 어린 친구를 일반석으로 보내고 나를 포함한 세 명은 비즈니스석에 앉아 편하게 갈 수 있었다. 물론 그만큼 현지에서 우리를 급하게 필요로 했기 때문이었겠지만, 역시 건설 회사답게 '시간은 돈이다'라는 인식이 확고했기 때문이 아니었나 생각한다. 이유야 어떻든 촌놈들이 넓은 비즈니스석에 앉아서 무게를 잡고, 처음 먹어 보는 비즈니스석의 기내식과 스튜어디스들의 서비스에 그저 황홀하기만 했던 기억이 아직도 아른거린다.

PNG의 수도인 포트 모르즈비에 도착하니, 제법 고층 빌딩 몇 채가 눈에 들어왔다. 사뭇 생소한 환경에 두리번대며 공항 건물을 나서는데, 건물의 벽과 도로 여기저기가 시뻘건 핏자국처럼 빨갛게 얼룩져 있었다. 알고 보니 이는 그곳 사람들이 '비틀 넛Betel Nut'이라는 열매를 씹었던 흔적이었다. 그들 말로는 '부아이Buai'라고 하는데, 빈랑나무의 열매로 녹색이 약간 들어간 분홍색을 띠고 크기는 엄지손가락만 하다. 그 열매를 씹으면 새빨간 즙이 나와, 입술은 물론 입안 전체가 빨갛게 물드는데, 새빨갛게 변한 침을 아무 곳에나 뱉어 생긴 자국이라고 했다.

인도네시아에 처음 도착했을 때에는 두리안 냄새가 우리를 환영해 준 것 같았는데, 이곳에서는 부아이가 우리를 환영(?)하는 것만 같았다. 물론 환영받는 기분은 상당히 달랐지만 말이다. 그래서 나도 그곳에 있는 동안 부아이를 씹어 봤지만, 이름과는 달리 매운맛보다는 떫은맛만 나는 것 같았다.

현지인들은 이 열매를 씹을 때 작은 알루미늄 통에 조개 껍질을 곱게 빻은 가루를 담아 다니면서 그것을 찍어서 함께 씹기도 하고, 풀 줄기 같은 것과 함께 씹기도 했다. 비틀 넛을 오랫동안 씹으면 이빨이 모두 썩은 것처럼 새까맣게 되는데, 빨간색이 점점 진해져 검붉게 보이는 것 같다. 신기하게도 까맣게 변한 이는 양치질을 하지 않아도 좀처럼 썩지 않는다고 했다. 그들은 이 비틀 넛을 양치질도 겸해서 씹는 모양이었다.

보통 이 비틀 넛을 씹은 뒤에는 담배를 피우는데, 중독성 있는 환각을 유발하는 것 같았다. 아마도 시너지 효과가 일어나 그 담배 맛이 대마초와 비슷해지는 모양이었다. 물론 이것도 담배를 살 돈이 있는 사람들에게나 해당하는 얘기지만, 어쨌거나 여러모로 신기한 열매였다.

임지는 PNG 본토에서 북서쪽에 있는 조그만 섬에 있었는데, 그 섬의 이름은 '웨스트 뉴 브리테인West New Britain'이었다. 섬의 이름부터가 영어로 되어 있어서 그런지 몰라도 이상하게 친밀감보다는 서먹함이 앞섰던 것 같다. 게다가 그곳 종족들은 인도네시아의 오랑 띠무르(동쪽 사람)족*과 같은 아프리카^{African}족이어서 피부가 새까맣고 덩치가 엄청나게 컸다. 그래서 그런지 인도네시아에 처음 도착했을 때 느꼈던 포근함과 정은 그다지 느껴지지 않았다.

웨스트 뉴 브리테인 섬에서 제일 큰 도시는 '킴베^{Kimbe}'라는 곳으로 그 주의 수도라고 했다. 이곳은 포트 모르즈비에서 19인승 소형 비행기로만 갈 수 있었다. 킴베는 바다를 낀 어촌 마을인데, 그곳에서 처음으로 끝없이 이어지는 오일 팜^{Oil Palm} 재배 농장을 볼 수 있었다. 이 오일 팜 나무에서 '팜 오일^{Palm oil}'을 추출하는데 이 오일은 식용뿐만 아니라 비누, 샴푸, 각종 화학제품은 물론 자동차 연료로도 쓸 수 있는 등 그 용도가 무궁무진하다.**

말레이시아와 인도네시아는 몇 년 전부터 이 오일 팜 나무의 농장^{Plantation} 조성에 국가적인 지원을 아끼지 않고 있으며, 지금은 이 나무의 원산지인 서부 아프리카의 모든 나라가 오일 팜 농장^{Oil Palm Plantation} 건설을 위해 경쟁적으로 외국 자본을 끌어들이려 노력하고 있다.

우리의 입지는 이 킴베에서 그리 멀지 않은 곳에 있었다. 그런데 거기까지는 도로가 없어 차로 갈 수 없었고, 배를 타고 섬을 끼고 돌아서 가야만 했다. 베이스캠프가 있는 곳은 '실라부티^{Silabuti}'라는 곳이었는데, 바닷가 바로 옆에 베이스캠프와 원목 야적장을 지었다. 그래서 이곳으로 운반된 원목을 뗏목으로 엮거나 바지선에 실어 바로 배에 선적할 수 있는 곳이기도 했다.

---

* 오랑 띠무르족은 PNG 본토인 뉴기니 섬에 살고 있는데, 인도네시아가 이 섬의 서쪽 절반을 차지하고 이름도 '이리안 자야(Irian Jaya)'라고 불렸다.

** 우리가 흔히 얘기하는 '야자 기름'은 이 오일 팜 나무가 아닌 코코넛 야자(Coconut Palm) 열매의 하얀 속살(코브라)에서 뽑은 것이다.

킴베에서 실라부티 사이를 왕복하기 위해 25톤짜리 조그만 예인 선^{Tug Boat} 한 대를 보급선으로 활용하고 있었는데, 인력 및 각종 보급품을 이 한 대의 배로 해결하고 있었다. 20여 명이 타면 꽉 찰 정도의 크기였는데, 그 배의 선장과 기관장은 경상도 출신의 40대 한국 사람들이었다.

동남아시아의 바다는 우기인 11월에서 1월 사이에 여간 사나운 것이 아니다. 다행히 우리가 도착했던 때는 건기라 바다는 잔잔했다. 섬을 끼고 도는 뱃길이라 깊이도 그렇게 깊지 않았다. 맑고 잔잔한 물속에는 총천연색의 각종 산호초가 사방에 널려 있었으며, 바닷물 색깔도 지나가는 곳마다 시시각각 푸른색, 초록색, 청색 등으로 계속 바뀌었다. 이때 바닷물이 진초록빛일 수도 있다는 사실을 생전 처음 알았다. 그야말로 남태평양의 파라다이스로 휴가 온 듯한 착각이 들 정도였다. 그런데 파라다이스 같은 이곳도 우기만 되면 폭풍우가 몰아쳐 죽음의 바다로 변해 버린다고 하니 탄식이 절로 나왔다. 영원한 파라다이스는 어디에 있는 것인지, 과연 이 지구상에 있기는 한지 궁금할 뿐이다.

꿈같은 뱃길을 두 시간 정도 가니 캠프가 눈앞에 나타났다. 바닷가를 밀어서 평탄하고 넓게 자리 잡은 원목 야적장^{Log Yard, Dumping Place}은 그때까지도 건설 중이었는데 한쪽에서는 불도저와 덤프트럭, 셔블^{Shovel}, 굴착기^{Excavator} 등 각종 중장비가 시끄러운 엔진 소리를 내며 바쁘게 돌아다니고 있었다.

건물다운 건물도 보이지 않았고, 다만 야적장 한쪽에 푸른색 비닐로 덮인 커다란 캔버스 몇 채만이 눈에 띄었다. 그곳이 바로 우리 숙소였다. 마치 군대의 야영지나 아프리카 난민들 수용소 같았다. 정글 속에서의 뽄독은 시원하기라도 했는데, 뙤약볕 아래의 텐트 속은 불타고 있는 아궁이 속이나 다름없었다. 에어컨은 꿈도 못 꿀 일이었고 그나마 텐트 안에 선풍기 몇 대가 있는 것만도 다행이었다. 그러나 그 선풍기도 밤에 잘 때나 잠깐 켜는 정도지, 한낮에는 아예 틀어 놓을 수가 없었다. 물론 낮에는 거의 텐트에 들어갈 수도 없거니와 그 안에서 선풍기를 트는 것은 한여름에 자동차 속에서 히터를 트는 것과 마찬가지였기 때문이다.

한 대의 텐트에는 10여 개의 침대가 놓여 있었는데 한국 직원들은 그 침대 수만큼 배치되었다. 현지 소장은 '지금 숙소를 건설 중이니, 1~2개월만 참아 달라'는 말뿐이었다. 당시 캠프 소장을 비롯하여 관리, 경리, 또 중장비 운전기사들까지 총 50여 명의 한국인 직원들 대부분이 중동 건설의 역군들이어서 그런지, 그들은 열악한 환경을 크게 문제 삼지 않았다. 오히려 당연하다는 듯이 받아들이는 것 같았다.

그러나 건설 사업과 산림 개발 사업은 같을 수가 없다. 어떤 사업이라도 그 일에만 적용되는 격식과 비법이 있는 법이다. 하물며 사막에서 길을 닦는 것과 정글에서 임도를 건설하는 것이 어떻게 같을 수가 있겠는가. 그런데도 그들은 초창기부터 산판 사업을 건설 사업처럼 진행했다. 하지만 몇 번의 시행착오를 겪고 나서야 산판 사업에는 경력 있는 나무꾼들이 필요하다는 사실을 뒤늦게 깨닫고 우리를 부른 것이었다.

그런 연유로 각기 다른 회사에서 일했던 나무꾼들이 황량한 실라부티에서 함께하는 날들이 시작됐다.

한밤중의 물벼락

불볕더위에 찜통 같은 텐트 생활도 몇 개월을 하다 보니 그런대로 적응
되고 있었다. 이때 사실 우리 숙소뿐만 아니라 근처에 있는 현지인들
마을에 학교와 병원 건물도 함께 건설해 주고 있었는데, 현지인들 독촉
때문에 그쪽 건물들을 최우선으로 신경 쓰다 보니 정작 우리 숙소 건설
은 지연되고 있었다.

　그동안 그곳의 정글을 몇 번 들락거리니 눈 깜짝할 새 몇 개월이 지나
고, 어느덧 우기인 11월이 됐다. 깔리만딴에 있을 때의 경험으로는 아
무리 우기라도 며칠 동안 계속 비가 오다가, 중간에 2~3일 정도 잠깐
햇빛이 비치고는 또다시 비가 오곤 했다. 그리고 낮에는 주로 비구름만
오락가락하는 경우가 많았고 실제로 비가 쏟아지는 것은 밤이었다.

　그런데 이곳 PNG는 인도네시아의 깔리만딴과는 그 양상이 너무 달
랐다. 우기에는 마치 '이런 것이 바로 진정한 우기다' 하고 가르쳐 주기

라도 하는 것처럼 줄기차게 비를 쏟아 부었다. 온종일 비가 쏟아지지 않으면 추적추적 비가 내리거나, 그것도 아니면 시커먼 비구름이 낮게 잔뜩 끼어 있어 두 달 동안 해는 구경도 못할 정도였다.

우기뿐만이 아니라 건기도 차이가 있었다. 깔리만딴은 비록 건기라고는 하지만, 낮에는 일주일에 한두 번 정도 스콜이 지나가거나 밤에도 간혹 비가 내렸다. 그러나 지난 몇 개월간 건기였던 이곳은 진짜 말 그대로 건기였다. 거의 한 달 이상 비가 한 방울도 오지 않아 들판의 풀들이 모두 말라 죽는 지경이었다. 한국에서 늦가을에나 볼 수 있는 금잔디가 이곳 들판에 펼쳐져 있었다. 이렇듯 PNG의 건기와 우기는 마치 경계선이 있는 것처럼 확실하게 구별됐다.

어느새 우리가 묵을 숙소 건물 완공이 거의 마무리 단계에 있어 돌아오는 주에는 텐트를 철거하고 새 숙소로 옮길 수 있었다. 그러나 이때부터 우리의 수*난도 시작이었다.

그날 따라 유난히 밤에 비가 억수같이 쏟아졌다. 바가지는 비할 바도 아니고 아예 드럼통째로 쏟아 붓는 것 같았다. 비닐로 덮은 지붕에 빗물이 쉴 새 없이 쏟아지니 그 물의 힘과 무게로 비닐이 조금씩 늘어나 밑으로 처지고 있었다. 쏟아져 내리는 빗물이 넘쳐흐르는 물보다 많으니 늘어나는 물의 무게로 비닐 지붕은 더욱더 내려앉았고, 급기야 커다란 물웅덩이가 생겨 버렸다. 그러나 밤마다 쏟아지는 그 빗물 소리는 어느새 우리들의 자장가가 되었고, 그날 밤도 빗물 소리에 아랑곳하지 않은 채 모두 깊은 잠에 빠져 있었다.

그런데 엄청나게 불어난 그 웅덩이 속의 물이 쌓이고 쌓여 몇 톤도 넘었나 보다. 그 무게를 견디지 못한 받침대 한 개가 결국은 부러지고

만 것이다. 급기야 웅덩이에 고여 있던 엄청난 양의 물은 곤히 잠자는 우리를 그대로 덮쳐 버렸다.

'딱' 하는 받침대 부러지는 소리와 동시에 '철퍽' 하고 물이 쏟아지는 소리에 질겁한 우리는 모두 후다닥 잠이 깨었다. 공교롭게도 그 부러진 기둥은 내가 자고 있던 자리 바로 옆의 기둥이었다. 그런데 그 '물벼락'은 간발의 차이로 나를 아슬아슬하게 비껴가 바로 옆에서 자고 있던 동료를 덮쳤다. 그 친구는 세상 모르게 자고 있다가 물벼락을 맞았으니 그야말로 '아닌 밤중에 날벼락'이 아닌가?

한쪽 귀퉁이가 무너지니 텐트의 반쪽이 거의 동시에 폭삭 내려앉았다. 거기서 자던 나머지 직원들은 자다가 무슨 일이 생겼는지도 모른 채 한바탕 대소동이 벌어졌다. 전기도 없는 캄캄한 한밤중에 그것도 억수같이 쏟아지는 빗속에서 이런 '변'을 당했으니 난리도 보통 난리가 아니었다. 플래시를 빨리 비춰 달라고 야단법석이었고, 누군가가 라이터로 불을 켜서 일단은 다친 사람이 없는지부터 확인했다.

다행히 우리 텐트에 전기공이 있어서 그가 우선 발전기부터 돌리려고 발전기 쪽으로 뛰어갔다. 밤 12시 이후부터는 발전기를 끄기 때문에 캠프 전체가 칠흑같이 어두웠다. 그 사이 모두 텐트를 들어 올려서 임시로 우산을 만들어 그 밑에서 비를 피했다. 그러고 얼마 지나지 않아 전기가 들어왔다.

그래도 불행 중 다행으로 전깃줄은 끊어지지 않아서 불을 밝힐 수 있었다. 넘어진 침대를 다시 세우고 텐트를 대강 걸친 후에 각자 자기 짐 정리를 하기 시작했다. 물벼락을 맞은 친구뿐만 아니라 다른 사람들도 비를 흠뻑 맞은 터라, 그 참상(?)은 별반 다를 게 없었다. 침대 옆에 있던 책장과 옷장이 모두 넘어지는 바람에 옷이며 책들이 모두 젖어 있었다. 그런데 침대와 담요 등도 모두 젖어 그곳에서는 도저히 잘 수 없는 상황이었다. 결국 건설 중인 숙소로 우선 옮기기로 했다. 우리뿐만 아니라 그 텐트 속에 있었던 사람 중 반 정도는 그곳에 더 있기가 곤란한 상태였다. 짓고 있던 숙소에는 지금 쓰고 있는 침대를 옮기기로 되어 있었기 때문에 나무로 된 마룻바닥에서 그냥 자야 했다. 그 소동 때문에 그날 한밤중에 전 캠프에 비상이 걸렸던 것은 물론이다.

이는 우리나라 사람들의 '빨리빨리 병'이 빚어낸 차마 웃지 못할 또 하나의 일화로 기록될 만한 일이었다. 그때를 생각하면 지금은 쓴웃음이 나오지만, 당시에는 깜깜한 한밤중에 물에 빠진 생쥐 꼴로 우왕좌왕 난리 법석이었으니 정말로 황당한 일이 아닐 수 없었다.

파푸아뉴기니의 종족들

인도네시아나 말레이시아 그리고 PNG에는 수백 개도 넘는 수많은 종족이 있다. 물론 크게 묶어서 보면 그렇게 많지는 않을 것이다. 아마도 수십 종족으로 분류할 수 있을지 모르겠다.

인도네시아의 동부 깔리만딴 주^州 사라왁 접경 부근에는 '다약^{Dayak}'족*들이 많이 살고 있는데, 이 다약족들도 세분하면 여러 종족으로 나뉜다. 수렵으로 살아가는 뻰안^{Penan}족, 농작민들인 꺼냐^{Kenya}족, 오랑 훌루^{Orang Hulu}족, 응바왕^{Ngbawang}족 등이 그것이다.

이들 수많은 종족은 모두 자기네들끼리만 통하는 고유 언어를 가진다. 인도네시아에만도 500여 종족이 있고, PNG와 말레이시아에도 각

---

* 다약족들은 갓난 아이 때 엉덩이에 푸른 점을 갖고 태어난다. 그 푸른 점은 몽골족에만 나타난다는데, 정확한 것은 모르겠지만 아마도 옛날 몽골 족들이 이동할 때 그 일부가 알라스카를 지나서 북 아메리카와 남아메리카까지 내려갔고, 또 다른 일부는 중국 대륙을 거쳐 동남아시아 섬들로 이동한 것이 아닐까 한다.

각 수백여 종족이 있다고 한다. 즉 높은 산이나 큰 강들이 자연 경계선이 되어 서로 간에 왕래가 없다 보니, '우리끼리'만 살게 됐다. 옛날에는 교통과 통신 수단이 없기도 했겠지만, 그때는 모든 것을 자급자족했으니 멀리 여행할 필요도 없었고 자기들끼리만 통하면 됐기 때문에 아무런 불편도 없었을 것이다. 그렇게 오랜 세월을 자기들끼리만 살다 보니, 혹시라도 강을 건너거나 산을 넘으면 서로 말이 달라서 통하지 않았고 그에 따라 그들의 생활과 습관도 달라진 게 아닌가 생각된다.

이들의 언어에 대해 잠시 언급하자면, 1960년대에 인도네시아에서는 수카르노 군부 정부하에서 인도네시아어의 단일화 및 공용화 정책을 강력하게 밀어붙여 아주 성공적인 효과를 거두었다. 말레이시아는 1960년대에 영국으로부터 독립한 이후 영어를 '말레이^{Malay}어'와 함께 공용어로 쓰다가, 마하티르 정부가 들어선 1980년대부터 학교에서는 영어로 했던 수업을 금지하고 말레이어로의 단일화 정책을 폈다.

그러나 이곳의 경제를 쥐고 있는 중국계 화교들은 말레이어에 대해 부정적으로 생각했고, 그들의 입김과 영향력이 워낙 크다 보니 사실상 말레이어보다는 중국어 또는 영어가 공용어나 다름없었다. 그래서 당시 학교에서 영어를 별로 못 배운 세대들은 지금 사회에서 영어 때문에 취직 등 여러 가지 불이익을 받고 있다. 지금은 정부에서도 다시 영어의 중요성을 인식하여 영어와 말레이어를 함께 공용어로 사용하는 정책을 검토 중이라고 한다.

한편 PNG는 1900년대 초부터 호주의 통치를 받기 시작했는데, 당시 호주 사람들은 그곳을 통치하기 위해 사람들에게 영어를 가르쳐 주었다. 그것이 지금 PNG의 공용어가 됐다. 그런데 당시 호주 사람들이 가르쳐 준 영어는 제대로 된 복잡한 영어가 아니라 현지인들의 수준에 맞춰 영문법을 무시한 아주 간단한 영어였다고 한다. Be 동사도 없이 단어만 연결하는 식이었는데 이것이 지금 이 나라의 공용어인 '피진 영어Pidgin English'가 됐다. 피진 영어는 I, my, me, mine, myself를 통칭해서 한 단어인 'me'로만 쓰고, 동사의 시제도 전부 무시한 채 현재형으로만 쓴다. 현재, 과거의 시제는 전후 상황으로 파악하는 식이었다. 이때 이미 널리 쓰이고 있던 그들의 고유 언어들은 영어로 대체하지 않고 그대로 쓰게 했다. 예컨대 '까이까이Kai-Kai'라는 말은 그들의 고유어로 '밥을 먹다'라는 뜻이다. 즉 '나는 밥을 먹는다' 또는 '먹었다'는 간단히 '미까이까이Me kai-kai'라고 하면 된다.

PNG 종족은 그 수가 정확히 얼마나 되는지 아무도 모른다. 정부 관료들도 제대로 파악하지 못하고 있으며, 연구자들의 주장도 제각기 다르다. 400~800여 종족까지 있다고 보고되고는 있지만, 그 숫자의 차이가 너무 크니 전혀 가늠조차 할 수 없는 상황이다.

이 수백 종족들은 그들만의 고유한 말들을 아직도 쓰고 있다. 같은 말을 쓰는 자기 종족을 그들은 '원톡One Talk'이라고 한다. 문자 그대로 한 가지 말을 한다는 뜻이다. 또한 원톡의 우두머리인 족장도 '원톡'이라고 부른다. 물론 그들 대부분은 서로 같은 핏줄이 섞여 있거나 적어도 사돈지간이라서 어떤 식으로든지 연결되어 있었다.

이 원톡들의 대단한 의리 때문에 킴베에 있는 슈퍼마켓들은 물건의 30%를 미리 손실 처리한 뒤 원가를 계산하여 물건값을 책정한다고 한다. 종업원들이 자기네 원톡 중에 누군가가 물건을 사러 오면 주인 몰래 물건을 슬쩍 건네주거나, 또는 계산대에서 계산하지 않고 물건 일부를 빼 주기 때문이라고 한다. 우리 회사 또한 이들 때문에 커다란 곤경에 빠진 적이 있었다. 서로 다른 종족들 간의 사소한 다툼이 커지면서 전쟁 수준으로 번졌기 때문이다.

첫 선적의 고통과 후유증

4개월이 눈 깜박할 사이에 지나갔다. 그동안 변변한 잠자리도 없이 지냈지만 모두 오로지 일에만 전력을 쏟았다. 무슨 일이 있어도 그해 안으로 첫 선적을 실어내라는 회장의 지시는 결국 우리에게는 지상 과제였다. 그러나 물리적으로는 이미 불가능했다. 12월도 다 지나가고 있는데 베이스캠프의 야적장에 운반된 원목은 거의 없었을뿐더러, 우기라 매일 밤낮으로 비가 오니 생산 작업이 제대로 진행되지도 않았기 때문이다.

고육지책으로 1월 초에 선적을 시작할 수만이라도 있다면 서류상으로만 선적일을 앞당겨 그해 선적으로 맞추어 보자는 심산이었다. 눈 가리고 아웅 하는 식이었지만 당시에는 그 방법이라도 있어 얼마나 다행이었는지 모른다.

첫 선적은 당시 한국의 반도 목재에서 싣기로 이미 계약되어 있었고,

선적할 배는 원목이 준비되는 대로 그 회사에서 용선傭船, Charter하여 보내기로 했다. 1월 초에 무조건 선적을 시작해야 했기 때문에 서울 본사에서는 반도 목재에 연락하여 원목이 준비됐으니 1월 초에 배를 보내달라고 요청했다.

물론 산판 현장에는 회장님의 지시로 1월 초에 배가 확정되었으니 무조건 선적해야 한다고 압박했다. 그러다 보니 현장에서는 원목이 아직 준비되지 않았으니 배를 나중에 보내라는 말을 할 수 있는 상황이 아니었다. 이제는 배가 확정되었으니 산판 현장에서 어떤 수단과 방법을 동원해서라도 해결해야만 했다. 그때만 해도 우리뿐만 아니라 모든 한국인들의 가슴속에 '하면 된다'는 믿음과 신념으로 가득 차 있었기에 가능한 생각이었다.

앞으로 보름 후면 배가 도착할 예정인데 그때 베이스캠프까지 운반되어 바로 선적할 수 있는 원목은 1000m³밖에 안 됐다. 계약한 선적량이 7000m³였는데 그 양을 채우려면 택도 없었다. 체선료滯船料도 문제였지만 원목을 다 채우지 못하면 그 부족분의 운임Dead Freight도 물어 주어야 하기에 더욱 곤란했다.

당시 우리 산판 근처에 'SBLC'라는 산판 회사가 있었는데, 일본 니쇼이와이Nisho Iwai에서 이미 10년 전에 투자한 회사였다. 그곳에서 원목을 사들일 수 있다면 우리가 생산한 원목과 함께 선적하여 문제가 쉽게 풀릴 수도 있었다. 그래서 도움을 청했지만, 거기도 자기네 선적량을 채우느라 정신이 없었다. 우기에는 어디든 원목 생산이 문제였다.

그때부터는 외길 수순이었다. 임도도 제대로 다져지지 않은 상태였고, 비는 계속 내리고 있었다. 정상적인 방법으로 시간 내에 원목을 채

우기는 불가능했다. 그러나 무조건 어떻게든 만들어서 배를 채워야만 했다. 결국 전 캠프에 비상이 걸렸다.

PNG에서 자라는 나무들은 인도네시아의 나무들에 비해 그 크기가 반 정도밖에 되지 않아, 원목 한 본^本당 평균 재적은 3m³밖에 되지 않았다. 인도네시아의 원목 재적을 기준으로 하자면 같은 양이라도 원목의 숫자는 두 배가 된다. 따라서 작업량이 인도네시아보다 훨씬 더 많이 필요했다. 7000m³를 채우려면 당장 선적할 수 있는 1000m³를 제외하고도 2000본^本 정도가 더 있어야 했다.

그러나 그때 정글 속에 벌채해 놓고 운반을 기다리는 원목은 1500본 정도밖에 없었다. 그곳에서 베이스캠프까지의 거리는 15km 정도였는데, 물론 트럭킹^{Trucking}하기에는 아주 가까운 거리라서 당시 가지고 있던 장비로 5일 정도면 전부 운반할 수 있었다.

그러나 문제는 도로 상태였다. 계속 내리는 비로 도로가 완전히 젖어 있었고 거의 진흙뻘 같은 상태였다. 웨스트 뉴 브리테인 섬은 산호초^{珊瑚礁}가 굳어서 만들어진 섬이라고 하는데, 그래서인지 회색 빛깔의 푸석푸석한 산호초석^{Coral Stone}만 널려 있을 뿐 도로 표면에서 단단한 암석은 거의 찾아볼 수 없었다. 이 산호초석은 비가 오면 풀어지고 미끄러지기 때문에 이곳의 도로는 진흙으로 된 도로보다도 훨씬 더 심각한 수준이었다.

여러모로 좋지 않은 상황의 연속이었다. 운반 작업도 문제지만 벌채된 원목 자체도 엄청나게 부족하니 어디서 그 많은 나무를 찾아서 벌채하고, 또 그것을 어떻게 운반할지도 보통 큰 문제가 아니었다.

그런데 뜻이 있는 곳에 길이 있다고 했던가. 당시 베이스캠프에서

5km밖에 떨어지지 않은 곳에 조그만 마을이 있었는데, 그 마을 사람들 때문에 그곳 주위의 개발을 뒤로 미루고 넘어간 적이 있었다. 그곳은 임목 축적도 좋았고, 게다가 마을의 길을 이용하여 쉽게 접근할 수 있으니 당장 부족한 원목의 공급지로는 그야말로 최적의 장소였다.

어쩔 수 없이 마을 사람들이 달라는 대로 로열티Royalty를 전부 주기로 하고, 나중에 도로도 더 넓게 닦아 주기로 약속하고는 생산 장비를 총동원하여 벌채와 집재 작업을 시작했다. 부족한 원목 중 500여 본은 이곳에서 쉽게 해결할 수 있었다. 아무리 비가 오더라도 앞으로 20일 정도면 모두 베이스캠프까지 끄집어내는 데 큰 어려움은 없을 것이었다. 문제는 이미 벌채해 놓은 1500본을 어떻게 시간 안에 베이스캠프까지 운반해 오느냐였다.

열대우림지역熱帶雨林地域, Tropical Rain Forest의 집재 작업에 사용되는 장비로는 그때나 지금이나 불도저Tractor가 거의 유일하다. 당시의 불도저는 미국의 '캐터필러Caterpillar'사가 제작한 불도저가 대부분이었고, 일본의 '코마츠Komatsu'사 제품도 일부에서 막 사용하기 시작했다.

미국, 캐나다, 독일 등 온대 지방의 산판은 지형이 비교적 평지인데다 주로 인공 조림한 소나무와 같은 작은 나무를 생산하므로 불도저같이 힘만 세고, 무게가 나가는 느려터진 장비는 적합하지 않다. 대신 그곳 산판에서는 '클라크Clark'라는 회사에서 만든 고무바퀴가 달린 '스키더Wheel Type Skidder'라는 장비로 집재 작업을 한다. 그 장비는 묵직한 무한궤도Caterpillar가 아닌 고무바퀴로 움직인다. 불도저처럼 경사진 곳이나 험한 진흙밭을 잘 다닐 수는 없지만, 엔진 마력 수는 불도저와 거의 같아서, 평지나 경사가 적은 곳에서는 기동력이 불도저에 비할 바가 아니다.

당시 회사에는 산판 장비 중 아주 특별한 장비가 있었는데 'FMC'라는 명칭의 미국산 집재^{集材, Log Skidding} 장비였다. 이 FMC는 휠 스키더^{Wheel Skidder}와 불도저의 장점만을 딴 장비라고 할 수 있다. 앞쪽의 삽날^{Blade}을 스키더처럼 불도저의 3분의 1도 안 되게 설계했고, 엔진도 디젤 엔진 대신에 가솔린 엔진을 올렸다. 중요한 것은 바퀴였다. 길도 없는 산속에서 집재 작업을 해야 하므로 고무바퀴로는 어림도 없었다. 그러나 전체 무게가 불도저보다 훨씬 줄었으니, 불도저에 비해 무한궤도를 얇고 가볍게 설치할 수 있다. 그러니 전체 무게를 더 줄일 수 있게 되어 그 기동성이 불도저의 네다섯 배는 됐다.

그래서 우리는 집재용 장비인 FMC 네 대를 전부 원목 운반 작업에 투입하여 1500본의 원목을 운반하도록 했다. 원목을 매달아 끌고 나오는 시간과 빈 차로 가는 시간을 모두 합치니 왕복으로 1시간 반이 걸렸다.

이 FMC는 한 번에 10m³ 정도를 운반할 수 있었다. 그러니 그 1500본을 전부 끄집어내려면, 네 대가 20일 동안 하루도 쉬지 않고 매일 10시간씩 작업해야 가능했다. 게다가 이 작업이 끝나면 계속해서 새로 생산될 원목도 끄집어내야 하니 결국에는 시간이 문제였다. 보통 선사에서 주는 선적 시간은 하루에 1000m³였는데, 7000m³라면 배가 정박하여 선적 준비가 끝나자마자 계산하여 7일을 준다. 그러니 모든 작업이 계산한 대로 잘 풀리더라도 주어진 시간인 7일 안에 선적을 끝내기는 불가능했다.

젖은 도로 위를 원목을 매달아 질질 끌고 가니 도로가 파이고, 또한 캐터필러 자체가 도로를 밟고 다니니 끝내 도로는 완전히 진흙 구덩이

밭으로 변해 버렸다. 그 진흙 속으로 FMC 바퀴는 물론 그 몸체까지 완전히 처박혀 옴짝달싹 못할 지경이 됐다. 그럴 때면 불도저가 이를 끌어내고 도로에 덮인 진흙더미를 밀어낸 뒤, 또다시 객토客土 작업하는 과정을 거의 한 달동안 반복했다.

물론 원목의 질質은 뒷전일 수밖에 없었다. 심지어 반도 목재의 주재원이 원목 검수檢樹를 하고 불합격시킨 원목 더미를 한밤중에 몰래 다시 끄집어내어 배로 실어 나르기도 했다.

온갖 수단과 방법을 가리지 않고 작업한 끝에 결국 6500m³ 정도를 채우긴 했지만, 20여 일 동안의 체선료滯船料를 물어야 했다. 사실은 한 달 이상 늦어졌지만 비가 와서 선적 작업을 못한 날과 일요일, 공휴일 등을 우격다짐으로 제하여 간신히 20일로 줄인 것이었다.

그러나 더 심각한 문제는 그 15km의 임도를 전혀 못 쓰게 되었고, 새로 건설해야만 했다. 새로 건설하는 비용은 얼마 되지 않았지만 그동안 생산이 되지 못하니 그 손해는 엄청날 수밖에 없었다.

첫 선적을 금년 내에 마치라는 총수의 한 마디 지시로 벌어진 해프닝치고는 그 희생이 너무나 컸다. 무조건 밀어붙이고 보는 건설 '노가다' 기질에서 비롯된 일대 사건이었다. 결국 이 회사의 PNG 사업은 실패했고, 이 사업의 실패도 한 원인이 되어 그 회사 자체도 공중 분해됐다고 한다.

그 후 공교롭게도 그 실라부티Silabuti 임지는 내가 다니는 말레이시아 회사에서 인수하여 지금도 원목 생산을 하고 있으니 나에게는 묘한 인연이었다.

폭풍우 속에서 벌인 사투

2월 중순이 다 되어서야 겨우 그 선적을 마칠 수 있었다. 어쨌든 모두 온 힘을 다했다. 설 연휴도 있었고, 또 선적을 끝마친 데 대한 보상 차원으로 회사에서는 우리 모두를 킴베로 3~4일간씩 휴가를 보내 주었다.

때마침 우기가 끝나가고 있어 우리가 킴베로 갈 때에는 바다가 그렇게 거칠지 않았고 오히려 잔잔하여 그날의 항해는 아주 순조로웠다. 킴베 사무실은 그곳에 있는 조그만 호텔을 통째로 빌려서 숙소 겸용으로 쓰고 있었다. 3일간 특별한 일은 없었지만 바에서 술도 마시고, 호주 사람이 운영하는 킴베에서 가장 큰 슈퍼마켓도 구경하고, 또 오일 팜 농장에 가 보기도 했다.

사무실에서 지프차를 내 주어 인도네시아의 산판 운전 실력을 보이려고 직접 운전대를 잡아 보니, 시내 운전은 산판 운전과는 완전히 달랐다. 차가 맞은편에서 계속 달려오고, 뒤에서도 따라오니 도무지 신경이 쓰여서 제대로 운전할 수가 없었다. 결국 운전대를 그곳에 있는 직원에게 넘겨주고 말았다. 그 험하고 힘든 산판 운전의 베테랑(?)이 훨씬 덜 위험하고 평지이기까지 한 이곳 시내에서 운전할 수가 없다니 체면이 말이 아니었다. 아무리 하찮은 일일지라도 그에 대한 경험이 없으면 제대로 하기가 힘들겠다는 생각이 들었다.

그렇게 킴베에서 여유로운 3일을 보내고 실라부티 캠프로 돌아오는 날, 난생처음 용궁 구경을 할 뻔했다. 물론 그때 용궁을 구경했더라면 지금도 그곳에서 살고 있겠지만 말이다. 당시의 상황은 이러했다.

그날 우리 일행 네 명은 아침 일찍 배를 탔다. 비가 내리지는 않았으나 하늘에는 시커먼 비구름이 잔뜩 끼어 있어 마음에 걸리기는 했다. 하지만 바다로 멀리 나가는 것도 아니고 해안선을 끼고 돌아가는 것이니 크게 염려되지는 않았다. 이곳에 올 때에도 순조롭지 않았던가. 더군다나 배의 선장과 기관장이 한국 사람들이라 더욱 믿음이 갔다.

그래도 내심 불안한 구석이 있어서, 우리는 출발하기 전에 선장한테 이런 날씨에 배가 뜰 수 있을지 약간은 걱정스럽게 물어보았다. 그런데 선장은 믿음직스럽게도 그저 피식 웃을 뿐이었다. 그 웃음은 분명히 '이 날씨가 뭐 어때서' 아니면 '걱정도 팔자네' 하는 의미 같았다. 그제야 우리는 혹시나 하며 찝찝하게 남아 있었던 약간의 두려움마저도 쉽게 떨쳐 버릴 수가 있었다. 사실 나는 인도네시아에서 보트나 조각배 등은 많이 타 보았지만, 대부분 바다가 아니라 잔잔한 강이나 계곡에서였기에 많이 긴장하고 있었다. 배를 타고 강에서 바다로 나아갈 때에 느끼는 긴장감이나 실제 닥치는 위험은 강 위에 있을 때와는 비교할 수 없을 정도로 다르다.

그렇게 출발한 뒤 10여 분 정도는 아무 탈 없이 잘 나갔다. 그런데 갑자기, 정말 눈 깜짝할 사이에 사방이 어두워지면서 파도가 일기 시작했다. 시커먼 구름이 온 천지를 덮어 버렸고 바람이 불면서 배가 출렁이기 시작했다. 드디어 비까지 내리기 시작했다. 처음에는 마치 안갯속을 지나듯이 보드라운 보슬비가 내렸다. 그러다가 바람이 점점 더 거세져 '윙윙' 소리를 내며 불어댔고, 그 거센 바람과 함께 보슬비가 폭우로 돌변해 쏟아지기 시작했다.

아침인데도 한 치 앞도 볼 수 없을 만큼 사방이 캄캄해졌다. 우리는 배에 앉아서 카드놀이를 하고 있었는데, 배가 출렁이자 옆에 놓아두었던 물주전자가 우당탕 소리를 내면서 바닥으로 굴러떨어졌다. 덩달아 벽에 걸어 놓은 액자, 밥그릇, 솥 등이 요란한 소리를 내면서 배의 갑판으로 떨어져 이리저리 나뒹굴기 시작하니, 그 소리가 우리들의 공포를 더욱더 자극했다.

급기야는 앉아 있을 수 없을 정도로 배가 요동을 치기 시작했다. 출렁이는 파도에 배 앞머리가 물속으로 완전히 폭 잠겼다가는 다시 솟아나기가 여러 번이었다. 배가 파도에 묻힐 때면 시커먼 파도의 속이 훤히 보이니 완전히 물속에 갇혀 있는 느낌이었다.

파도에 실린 바닷물이 갑판으로 들이쳐 키를 잡고 있는 선장의 발목까지 들락날락했다. 기관장은 배 밑으로 내려가 기관실을 지키고 있었다. 우리 네 명은 선장 주위에 모여 그의 표정을 훔쳐보면서 왼쪽, 오른쪽으로 바쁘게 돌아가는 키에서 눈을 떼지 못한 채 공포에 숨을 죽이고 가만히 있었다.

누구도 선뜻 말을 꺼내지 못했다. 모두 가능한 한 온몸을 기둥이나 벽 모퉁이에 딱 붙여 고정하고 있었다. 농담을 일삼던 선장도 계속 나침판을 보면서 긴장감을 숨기지 못했다. 그러니 우리들의 공포감은 더욱더 커지기만 했다.

사람들이 위급한 상황에서 여유나 객기를 부릴 수 있는 것은, 살아남을 가능성이 100%일 때, 또는 100% 믿는 구석이라도 있을 때다. 죽음과 삶의 가능성이 반반일 때 대부분의 사람, 아마도 그 중 99%는 가능성이 없다고 믿고 그에 따라 행동하는 것 같다. 그게 오히려 솔직한 인간다운 행동일 것이다.

우리는 모두 킴베로 다시 배를 돌렸으면 하는 마음이 굴뚝같았고, 결국 선장에게 다시 돌아가자고 했다. 그러나 선장은 이 정도로는 별문제가 없을 테니 너무 걱정하지 말라며, 조금 지나면 괜찮아질 것 같으니 그냥 계속 가 보자고 했다. 키는 선장이 잡고 있었고 더구나 지금은 배의 키뿐만 아니라, 우리 모두의 생명의 키도 그가 잡고 있으니 누구도 선장의 말에 이의를 제기할 수 없었다.

별수 없이 그 공포의 순간들을 10여 분간 더 맛보면서 계속 갈 수밖에 없었다. 그러나 상황은 더욱더 나빠지기만 했다. 갈수록 강도를 더해가는 빗줄기와 강풍은 만성이 되려고 하는 공포감을 한층 높여 죽음에 대한 두려움에 떨게 했고, 급기야 선장에 대한 원망까지 생겨나게 했다.

결국 선장도 더 이상은 버틸 수 없다고 생각했는지 배를 돌리기로 했다. 뱃머리를 180도 돌려 왔던 길로 되돌아가기 시작했다. 킴베를 떠난 지 30분 정도밖에 지나지 않았으니, 30분만 견디면 된다는 생각에 공포감도 많이 없어졌고 이제는 오히려 희망을 가질 수 있었다. 그런데 그렇게 30분을 넘게 달렸는데도 보여야 할 해안은 보이지 않았고, 사방은 컴컴한 것이 아직도 바다 한가운데에 있는 것 같았다.

어찌 된 일이냐고 선장에게 물어보니 자기도 무슨 영문인지 모르겠다는 허망한 대답만 돌아왔다. 일단은 나침판이 가리키는 대로 계속 더 가 보는 수밖에 없다고 했다. 희망이 순식간에 절망으로 바뀌었고 또 다른 공포가 몰려왔다. 배가 요동치는 바람에 저 나침판이 고장 난 것이 아닐까? 그렇지 않고서야 왜 아직도 킴베가 보이지 않는 것인가? 이제는 모두 조바심으로 목을 길게 빼고는 혹시나 육지가 보이지 않을까 하고 컴컴한 바다를 계속해서 뚫어지게 바라볼 뿐이었다.

배를 망망대해 한가운데에서 멈춰 놓을 수도 없으니 어쨌든 나침판을 믿고 계속 달리는 방법 외에는 별다른 수가 없었다. 배에는 무전 시설도 없어서 구조 요청을 할 수도 없었다. 다만 조난이 되어 구조대가 왔을 때 찾기 쉽도록 위치를 알려주는 신호탄은 준비되어 있었다. 그런데 구조대도 부를 수 없다면 신호탄은 있으나 마나 한 게 아닌가? 참으로 아이러니했다.

한참을 더 달리다 보니 다행히 조금씩 비가 그치면서 바람도 잠잠해지는 것 같았다. 배의 흔들림도 훨씬 덜 했고 사방도 조금씩 보이기 시작하니 이제는 살 수 있겠다는 희망과 함께, 죽을지도 모른다는 공포감에서 완전히 벗어날 수 있었다. 그러나 아무리 둘러보아도 육지는 보이지 않았고 여전히 망망대해의 한가운데에 있었다.

그렇게 답답한 심정으로 10여 분을 더 가니, 저 멀리 킴베의 바닷가가 어렴풋이 보이기 시작했다. 우리 입에서는 함성이 저절로 터져 나왔다. 모두 마치 죽었다가 다시 살아서 돌아온 느낌이었을 것이다. 그때야 우리는 선장에게 고마움을 표시할 수 있었다. 그는 끝까지 나침판만을 믿고 계속 배를 몰고 왔었다. 서베이어인 나로서는 나침판이 나의 생명선이나 다름없는데, 역시 바다에서도 그 나침판의 위력은 변함이 없었다.

그러나 아직도 이해가 가지 않는 것은, 갈 때는 30분밖에 걸리지 않았던 거리가 어떻게 돌아올 때는 1시간 이상이나 걸렸는지 알 수 없었다. 흐르는 강물도 아니고, 조류가 그때 바뀐 것도 아니었는데 말이다. 더군다나 킴베로 배를 돌렸을 때는 거의 전속력으로 달려왔는데 아무리 생각해도 의문이었다. 그때의 그 사건은 여전히 미스터리 중의 하나로 남아 있다.

한 달간 계속된 종족 전쟁

웨스트 뉴 브리테인 섬에는 수십 종족이 살고 있다. 그 중에서도 바닷가나 조그만 섬들에 흩어져 살면서 고기잡이와 더불어 농사도 지으며 살아가는 '해변족海邊族'들과, 산속에서 사냥하면서 화전으로 살아가는 '산족山族'들의 세력이 관할 지역도 넓고 인구 숫자도 제일 많다고 한다.

당시 PNG의 인구가 500여만 명이었는데 700여 종족이 있다고 하니, 종족당 원톡들이 평균 7000여 명 가까이 되는 셈이다. 그런데 킴베를 중심으로 퍼져 있는 해변족들은 10만 명이 넘는다고 했다. 그러니 PNG 전체에서도 숫자로는 손꼽는 종족 중 하나였다. 산족들은 이곳 실라부티 지역 주위에 살고 있는데 5만여 명 정도라고 했다. 그들 또한 이름 없는 작은 종족은 아니었다.

우기도 끝나고 건기가 시작되면서 본격적으로 원목 생산이 시작되었고 현지인 작업자들도 증가함에 따라, 회사에서는 그들을 위해 주말

밤마다 구내식당에서 영화를 상영해 주었다. 그러던 어느 날 영화 관람 중, 아주 사소한 일이 발단이 되어 해변족과 산족 간에 전면전이 벌어졌고, 한 달 가까이 캠프의 모든 작업이 중단되는 사태가 벌어졌다.

사건의 발단은 이러했다. 영화가 막 시작될 무렵 뒤쪽에 앉아 있던 친구가 앞쪽 친구에게 모자를 벗으라고 했다. 그냥 벗었으면 아무 일도 없었으련만, 그 친구는 그대로 벗으면 자기 체면이 구겨진다고 생각했는지 오히려 '네가 뭔데 건방지게 모자를 벗으라 마라야, 아직 영화가 시작되지도 않았는데' 하며 뒤쪽 친구에게 욕지거리를 한 모양이었다. 그러자 뒤쪽에 있던 친구가 모자를 벗겨서 던져 버렸다. 그러고는 우리 식대로 표현하자면 '야, 임마! 벗으라면 벗지, 무슨 잔말이 많아!' 하며 주먹을 날린 것이었다.

그런데 맞은 친구는 해변족 출신이었고 때린 친구는 산족이었다. 두 종족 간에는 평소에도 은근히 경쟁의식이 있었던 모양이었다. 산족들은 '저 바닷가 어부 출신들이 남의 동네에 와서 뭣도 모르고 설친다'며 불만이었고, 해변족들은 또 그들대로 '아무것도 모르는 산속 촌놈들이 자기들 동네라고 너무 텃세가 심한 것 아니냐' 하는 정도의 불만이 아니었나 싶다.

이에 한 방 먹은 해변족 친구는 금방 자기네 원톳들 몇 명을 데려와 자기를 때린 친구는 물론 그 주위에 있던 다른 산족 원톳들 몇 명도 흠씬 때리고는 영화관에서 아예 쫓아냈다.

그리고 다음날 오후까지 아무 일 없이 지나갔다. 그렇게 그 사건은 끝난 것 같았다. 그런데 일은 그날 저녁 터졌다. 수십 명의 산족이 해변족들의 숙소로 급습한 것이었다. 졸지에 기습을 당한 해변족들 10여 명은 킴베 쪽으로 도망갔다.

그런데 며칠 뒤 이번에는 킴베로 달아났던 해변족 10여 명이 자기네 원톡 백여 명의 정예군(?)을 끌고 왔다. 모두 손에 죽창과 쇠갈고리, 도끼 등으로 완전 무장하고 있었다. 때마침 이쪽의 산족들도 미리 연락을 받고 준비하고 있던 차였다. 끝내 캠프는 졸지에 치열한 전쟁터로 변해버렸다.

마치 영화의 한 장면 같았다. 여기저기서 함성과 고함이 들리고, 정글도, 죽창, 도끼 등으로 무장한 전사들이 쫓고 쫓기기를 여러 번이었다. 급기야 투석전까지 벌어졌다. 그들에게 총이 있었다면 총격전도 피할 수 없었을 것이다.

그래도 이들이 한국 사람들은 공격하지 않았고, 건물과 시설, 장비 등을 파괴하지 않았던 것은 정말 다행이었다. 평소에 한국 사람들에게 불만이 있었다면 이때야말로 그들에게 좋은 기회였을 것이었다.

우리 한국인 직원들은 마음을 졸이며 모두 사무실에 모여 문을 걸어 잠그고, 창문으로 그 살벌한 순간들을 지켜볼 수밖에 없었다. 싸움은 거의 한 달 동안 계속되었는데, 정예군들은 캠프뿐만 아니라 서로의 본거지에까지도 침입하여 집을 부숴버리거나 어선을 태우기도 했다. 결국 전장戰場은 실라부티에서 웨스트 뉴 브리테인 섬 전체로 확대됐다.

나중에 신문에 보도된 내용을 보면, 산족들의 집 20여 채가 불에 탔고, 킴베에 정박해 있던 해변족의 고기잡이 배 두 척은 불에 타서 크게 파손됐다고 한다. 이쯤 되니 현지 경찰만으로는 이 사태를 도저히 수습할 수가 없었다. 결국 본토에서 군인 소대 하나가 급파되어 한 달 만에 가까스로 진압할 수 있었다.

불행 중 다행으로 다친 사람은 몇십 명에 달했지만 죽은 사람은 한 명도 없었다. 이것은 캠프에서 벌어진 초기 전투에서 한 한국인 관리 직원의 용감한 행동이, 하마터면 최악으로 번졌을지도 모르는 상황을 사전에 방지했기 때문이 아니었나 생각된다.

캠프에서 전투가 벌어졌을 때, 해변족에 쫓기다가 넘어진 한 산족 친구에게 여러 명이 달려들어 뭇매를 가하는 장면을 본 직원이 있었다. 그런데 맞아서 널브러져 있는 그에게 한 해변족 친구가 근처에 있는 머리만 한 돌을 가지고 그에게 다가갔다. 처음부터 보고 있었던 그 직원은 위험을 직감하고, 사무실에서 뛰쳐나가 자동차 운전대를 잡고는 그들을 향해 경적을 울리며 질주했다. 마침 그 돌로 사정없이 내리찍으려 하는 긴박한 순간이었는데, 갑자기 경적 소리를 내며 자동차가 달려오자 그는 돌을 던져 버리고 물러났다. 직원은 엎어진 산족 친구를 급히 의무실로 데려와 그의 목숨을 살릴 수 있었다. 만약 그때 그에게 무슨 일이라도 일어났다면 사태는 걷잡을 수 없이 악화되었을 것이다. 생각만 해도 정말 아찔한 순간이었고 무엇보다 다행이었다. 표창을 받아야 마땅한 일이었는데, 별다른 소식이 없어 안타까웠다.

비상사태로 군부대까지 동원되고 나서야 사태가 진정되었고, 정부 관리들의 주재로 두 종족 간에 화해가 이루어졌는데, 회사 대표도 증인 참관 자격으로 참석했다. 자세한 내용은 알 수 없지만, 대략 다음과 같은 내용으로 합의했던 것으로 알려졌다.

• 산족은 해변족에게 500키나^{Kina}*를 변상하라.

- 해변족은 산족에게 300키나를 변상하라.

- 해변족은 산족에게 새끼 돼지 다섯 마리를 보내라.

- 산족은 해변족에게 새끼 염소 세 마리를 보내라.

현금 변상액은 물론 우리 회사 측에서 지원해 주기로 했다. 서로 악수하고 화해함으로써 그 전쟁은 한 달 만에 끝났다. 회사의 장비나 시설물에 대한 직접적인 피해는 없었지만, 한 달 동안 생산 작업을 전혀 하지 못했으니 그에 따른 재정적 손실은 엄청나게 컸다. 현지의 다른 한국인 직원들은 어떻게 생각했을지 모르지만, 종족 전쟁을 바로 옆에서 지켜본 나로서는 '이곳이 오래 머물 곳은 못 되는구나' 하는 마음이 굳어졌다.

---

* 당시 1Kina는 미화로 2달러였다.

파푸아뉴기니 식인종의 진실

인도네시아에서 정글 서베이를 하는 동안, 그곳에는 아직도 많은 원주민들이 현대 문명과는 매우 동떨어진 원시(?) 생활을 하고 있는 것을 볼 수 있었다.

그들은 자연에 순응하면서 또한 그 자연과 더불어 살아가고 있는 것 같았다. 인도네시아뿐만 아니라 말레이시아의 사바^{Sabah}나 사라왁^{Sarawak} 정글에는 아직도 적지 않은 원주민들이 깊은 산 속에서 '나 홀로' 생활을 하면서 살아가고 있다. 정부에서 집도 지어 주고 농사를 지을 수 있는 터까지 마련해 주면서 그들의 정착을 권유하고 있지만, 대부분의 원주민은 적응하지 못하고 몇 개월 만에 다시 산으로 돌아간다. 특히 사냥을 주업으로 하는 뻰안^{Penan}족들은 단 1개월도 정착 생활을 견디지 못한다.

그런데 내가 파푸아뉴기니에 간다고 하니 다들 거기에는 아직도 식인종이 살고 있으니 조심하라고 걱정해 주었다. 그래서 처음 정글 서베이를 할 때 그곳 현지 서베이어들에게 식인종 얘기를 물어보았다. 그들 말로는 아주 오래전에 그런 일이 있기는 했는데, 사람을 잡아먹으려고 죽이는 일은 없었다고 한다. 종족들 간의 영토 싸움이나 자기들의 세력을 과시하기 위한 싸움이 늘 일어났던 때였고, 그래서 당시의 일상은 요즘으로 치면 늘 전시 상태나 다름없었으니 서로 죽고 죽이는 일이야 비일비재했을 것이다.

그런데 인도네시아의 깔리만딴이나 말레이시아의 사라왁에는 식인종은 아니지만 실제로 '헤드 헌터Head Hunter족'이 있었다. 그들의 후예들은 아직도 그들 아버지나 할아버지가 자기 집 처마에 걸어두었던 적의 머리를 가보처럼 보관하면서 관광객들에게 보여 주기도 한다. 해골들을 끈으로 꿰어서 자기 집 기둥에 주렁주렁 매달아 놓고는 조상의 무용담을 관광객들에게 자랑한다. 그 당시에는 집에 걸어 놓은 적의 머릿수의 많고 적음에 따라서 권력과 힘이 주어졌다고 하니, 그 해골들의 숫자가 바로 권력의 상징이었다.

PNG는 지금도 그렇지만 당시에는 인도네시아나 말레이시아의 사바, 사라왁보다 더욱더 오지라고 할 수 있었다. 물론 당시에는 세 곳 모두가 대부분 개발되지 않은 원시림 그대로였기 때문에 어디가 더 오지라고 말할 수는 없지만, PNG의 위치가 한쪽에 치우쳐 있고 지형도 비교적 험하며 종족들도 흑인이다 보니 어느 정도의 선입견도 작용했던 것 같다.

그곳 정글에서도 간혹 사냥과 화전火田으로 살아가는 원주민들을 만날 수 있었는데, 마을을 형성하여 살기보다는 가족 단위로 서너 채의 초가집에 아버지 또는 아들 가족 아니면 동생 가족이 각각 살고 있었다. 초가집은 나무로 대강 틀을 짜고 벽과 지붕은 바나나 잎처럼 생긴 양치류Fern 잎으로 덮어서 바람이 잘 통하도록 했다.

그곳에 산간 마을이 형성되기에는 사람들도 많지 않았고, 또한 그들은 화전과 사냥을 주업으로 하며 살았으므로 따로 흩어져 사는 것이 더욱 편했을 것이다. 게다가 농사를 짓고 마을을 세우기에는 산이 너무 험하고 깊었기 때문에, 그 입지 조건이 제대로 갖춰지지 못했던 점도 한 원인인 것 같다.

그들은 각자 자기 소유라고 주장하는 넓은 땅을 관할하고 있었는데 그 땅의 경계는, '여기에서 저기 보이는 능선까지, 그리고 이쪽으로는 저기 보이는 시냇물이 갈라지는 곳까지가 경계선이다' 하는 식이었다. 그 안에 있는 땅은 물론 자기가 관할하는 땅이었다. 우리 식인 '평坪'으로 따지면 몇십만 평 이상이 됐다. 그런데 만약 자기 관할 지역에 다른 사람들이 허가 없이 들어오면 전쟁도 마다하지 않았다.

그곳에 사는 사람들은 남자나 여자나 가릴 것 없이 옷이라고는 단지 속옷인 팬티만 입고 있었다. 신발도 신지 않은 맨발로 산속을 드나들었다. 여자들은 처녀, 아낙네, 할머니 할 것 없이 누구든 팬티만 걸치고는 축 늘어진 가슴을 드러내 놓고 다녔다. 우리를 만난 처녀들은 집으로 들어가 숨었고, 아낙네나 할머니들은 아무렇지도 않게 인사했다. 아이들은 모두 벌거벗은 채 뛰놀고 있었다.

옷이라고 걸친 팬티도 우리가 알고 있는 보통 천으로 만든 옷이 아니다. 나무의 속껍질로 만든 것을 적당히 몸에 둘둘 말아서 주요 부위만 가릴 수 있게 했다. 이 옷을 만드는 나무껍질은 물에 뜨는 아주 가벼운 나무에서 채취하는데, 푸른색이 감도는 그 나무의 딱딱한 겉껍질을 벗겨 내면 그 밑에 약간 붉은색을 띤 속껍질이 나온다. 이를 0.5cm 정도의 두께로 벗겨 그 섬유질이 물에 불어서 어느 정도 부드러워질 때까지 냇물에 담가 놓는다.

그런 다음 물속에 있는 바윗덩이 위에 놓고 막대기나 돌로 두드리거나 짓이긴 뒤, 물에 빨고 또다시 두드리기를 되풀이한다. 이 과정을 섬유질이 완전히 부드러워질 때까지 반복한다. 그리고 이를 햇볕에 말리면 바로 그 옷감이 되는 것이다. 보통 두께는 1mm 내외, 넓이는 20~30cm 그리고 길이는 1~2m 정도다. 물론 구멍이 숭숭 뚫려 있어서 통풍도 잘 된다. 이 천은 또한 로딴으로 만든 배낭의 멜빵으로 사용할 만큼 부드럽고 질기다.

또한 이 사람들은 양치질이 무엇인지 모른다. 그 대신 비틀 넛이나 그와 비슷한 나무 열매를 풀잎과 섞어서 짓이긴 다음 입에 넣어 씹거나 이빨에 골고루 묻힌다. 그러면 입속은 물론 이빨이 온통 검붉게 되는데 충치 예방은 물론 입안도 상쾌해진다고 한다. 이 비틀 넛은 산속 사람들의 양치 대용뿐 아니라, PNG에 있는 사람들 대부분이 씹고 다녔는데 당시 정부의 수상首相까지도 이를 즐겨 씹었다고 한다. 그러나 이 때문에 그들이 말하거나 웃을 때 입을 벌리면, 하얀 이빨은 보이지 않고 이빨이 하나도 없는 것처럼 입안 전체가 시커멓게 보여서 깜짝 놀라곤 했다. 그래도 자주 보다 보니 순진한 아이들이 웃는 것처럼 보여 어느새 나도 따라 웃을 수밖에 없었다.

그리고 이들은 남자는 물론 여자들까지 어릴 때 얼굴과 온몸에 문신하는데, 이는 자기 종족을 표시하는 고유 문신이라고 한다. 지금은 여자의 온몸에 문신은 하지 않으리라 생각되지만, 그런 나라에서 오랫동안 내려온 전통들은 그렇게 쉽게 바뀌지는 않을 것이다.

이런 상황들을 직접 보고 들은 나는 PNG에 식인종이 있다는 말을 믿지 않기로 했다. 물론 PNG의 본토(New Guinea 섬)에 있는 웨스트 뉴 브리테인 섬보다 더 깊은 오지에는 내가 가 보지 않았으니 거기에 식인종이 있는지는 알 수 없지만 말이다. 그러나 식량을 구할 목적이라면 다른 짐승들이나 과일도 많은데, 왜 하필 사람을 잡아먹는다는 믿기 어려운 소문이 전해지는지 도무지 이해가 되지 않는다.

실제로 사람 고기를 먹은 종족이 말레이시아의 사라왁 어디엔가 있다는 얘기를 들은 적이 있다. 그들의 부모나 가족이 죽으면 모든 식구가 죽은 사람의 몸 일부분을 조금씩 나누어서 먹는다는데, 이것은 조상의 영혼을 내 몸속에 들어오게 함으로써 보호해 주십사 하는 일종의 의식이었다고 한다. 하지만 그것도 옛날 얘기이고, 지금은 물론 법으로도 금지되어 있다고 한다.

파푸아뉴기니와 인도네시아 사람들

PNG나 인도네시아에는 각각 수백 개가 넘는 종족들이 살고 있다. 물론 같은 종족인데도 두 나라의 경계선으로 갈려 다른 나라 사람으로 사는 경우도 많다.

인도네시아에는 PNG뿐만 아니라, 말레이시아의 사바나 사라왁과의 국경 지역에도 실제로 국경선이 없는 것이나 다름없다. 서로 같은 종족끼리 이웃 동네 나들이 다니듯 오간다. 물론 국가 간의 경계선이라고 해도 편의에 따라 인위적으로 그어 놓은 선에 불과할 뿐, 그 경계선을 넘었다고 해서 인종이나 세상이 완전히 달라지는 것도 아니다.

그러니 PNG 사람들이나 인도네시아 사람들이나 사실은 거기서 거기라고 말할 수밖에 없다. 굳이 구별하자면 뉴기니 섬에 사는 사람들은 피부가 까만 흑인 계열이다. 동남아시아에 살던 사람들이 수만 년 전에 이 섬으로 사냥하러 다니면서 이동하여 정착하기 시작했다고 하는데,

어째서 이곳 사람들의 피부만 까매졌는지는 알 수 없다. 그러나 이곳의 여성들이 아프리카 여성처럼 성년이 되어 가는 중에 배가 동그랗게 나오면서 엉덩이가 뒤로 빠지는 패턴을 보면 아프리카 쪽에서 왔는지도 모르겠다. 원래 인류의 기원은 아프리카에서 시작됐다고 하니, 이들의 조상도 아프리카에서 왔을 것이다.

PNG는 뉴기니 섬의 동쪽에 있고, 다른 서쪽의 반은 인도네시아령으로 '이리안 자야Irian Jaya'라고 불린다. 이리안 자야는 뉴기니 섬의 서쪽에 있지만, 인도네시아의 동쪽 끝에 있어서 인도네시아 사람들은 이곳 사람들을 오랑 띠무르Orang Timor, 즉 '동쪽 사람'이라고 부른다.* 대부분의 인도네시아 사람들이 몸이 왜소하고 피부도 황갈색인 데 비해, 이리안 자야 출신들은 덩치도 크고 피부색도 검다.

현재 PNG에 속한 영토는 일본이 제2차 세계대전에서 패한 후 독립할 때 얻은 땅인데, 일본이 이 지역을 점령하기 전까지 호주와 독일이 남쪽과 북쪽 일부분씩 각각 나누어서 그들의 보호령으로 통치하던 땅이었다. 그런데 전쟁이 끝나고 이 두 지역을 합쳐서 PNG라는 단일 국가로 독립시켜 주면서 영국 연방聯邦의 일원이 됐다. 하나였던 나라가 남과 북으로 나뉜 우리와는 달리, 두 지역은 일본이 항복하자 하나로 통합되어 한 나라가 되었다고 하니 우리로서는 부럽기 그지없다.

그런데 이 뉴기니 섬을 PNG와 인도네시아 두 나라 사이의 국경선으로 정할 때 있었다는 재미있는 이야기가 전해진다. 제2차 세계대전이 끝난 뒤, 이 섬의 동쪽은 PNG로 독립시키고 서쪽은 인도네시아로

---

* 현재 독립국이 된 '동티모르(East Timor)'와는 전혀 다른 지역이다.

귀속시키기로 최종 결정이 내려졌다. 이에 따라 연합군(호주)의 한 장교가 섬의 중간을 동서로 갈라서 경계선으로 정한 후, 이를 표시하려고 지도에 플라스틱 자를 대고 섬의 가운데쯤을 북에서 남으로 그어 내렸다. 그런데 자를 누르고 있던 왼손 집게손가락이 자 밖으로 튀어나온 줄 모르고 그대로 선을 그어 버린 것이다. 그러다 보니 그 경계선은 수직으로 잘 내려오다가 중간쯤에서 그 손가락 끝 모양처럼 PNG 쪽으로 움푹 파이게 됐다. 물론 우스갯소리겠지만, 우리가 해방되고 38도선을 지도에 그어서 남북의 경계로 삼은 것도 비슷한 배경이 아닐까 한다.

한편, 인도네시아에서 정글 서베이를 할 때는 사나운 짐승과 독충들, 그리고 가시 때문에 아주 귀찮고 짜증이 났었는데 이곳 PNG에서는 이런 기본적인 장애물 외에 또 하나의 고역이 추가됐다.

인도네시아 서베이어들은 산속에 뿐독을 칠 때 반드시 물가에 세우고, 아침마다 흐르는 물속에 볼일을 보고 물로 깨끗이 처리한다. 그러면 물속으로 떠내려간 변은 물고기들의 밥이 되어 누이 좋고, 매부 좋은 격이다. 그런데 PNG 서베이어들은 절대 물속에서 볼일을 보지 않았다. 물론 텐트는 물가 근처에 세우지만, 그들은 물속이 아닌 물가에서 볼일을 본다. 우리나라 사람들과 비슷하게, 하류에 있는 사람들이 이 물을 마실 텐데 어떻게 물속에다 일을 볼 수 있겠는가 생각하는 것이다.

그러나 문제는 일을 본 뒤에 벌어진다. 캠프에서 멀리 떨어진 곳에서 일을 보면 좋으련만, 눈치가 없거나 멀리 가기 귀찮아하는 친구들 때문에 며칠 지나면 그 양이 누적되어 캠프 주위에 온통 그 냄새가 진동한다. 물론 캠프 주위를 다닐 때도 늘 조심하면서 다녀야 했다. 잘못 디뎠다가는 불개미를 밟은 것 이상으로 재수 없는 날이 되는 것이다.

다행히 비가 오면 씻겨가서 하루 이틀은 상쾌한데, 그렇지 않으면 비가 올 때까지 그 고역을 치러야 한다. 일을 마친 뒤 캠프로 돌아와 목욕하고 쉬려 하면, 그 악취가 바람을 타고 솔솔 풍겨 와서 코를 자극했다. 마땅히 어디로 피할 곳도 없기에 그야말로 속수무책으로 후각이 마비될 때까지 기다리는 수밖에 없었다.

게다가 이들은 인도네시아 사람들과는 달리 아침에는 잘 목욕하지 않고 저녁에 목욕을 했다. 더군다나 아침에 볼일을 보고는 휴지나(물론 휴지 같은 것이 있을 리 없지만) 물로 처리하지도 않고, 주위에 있는 나뭇잎 등으로만 적당히 처리한 뒤 그대로 바지를 올려 버렸다. 옛날에 우리나라 농촌 사람들이 새끼줄이나 짚으로 뒤처리를 했던 것이나 별반 다를 게 없었다.

그 때문에 아침에 캠프를 출발하면서 그들 뒤를 따라가노라면 바짓단이 펄럭일 때마다 냄새가 풍겼다. 그래도 다행히 어느 정도 시간이 지나면 코 신경이 마비되어 아무렇지도 않았다. 그래서 그들도 그런대로 살아갈 수 있는 게 아닌가 생각된다.

이런 습성과 관련하여 떠오르는 다른 습성이 있다. 인도네시아 사람 중 특히 무슬람들은 음식을 먹을 때 절대 왼손으로 먹지 않는다. 그들은 다른 사람에게 악수할 때나 물건을 건네줄 때에도 절대로 왼손을 쓰지 않는다. 어쩔 수 없이 왼손을 써야만 할 때면, '왼손이야'라는 의미의 '끼리Kiri(왼손)야' 하면서 사전에 양해를 구한다. 이는 코란에 있는 '한 손에는 칼을, 또 한 손에는 코란을'에서 그 칼을 쥔 손이 왼손이라, 왼손

을 쓰면 상대방에게 칼을 쓴다거나 적의를 나타내는 뜻이 있기 때문에
그런 것 같다.

그런데 일반적으로는 그들이 일을 본 후 뒤끝을 처리할 때 꼭 왼손만
을 쓰기 때문에, 왼쪽 손이 불결해서일 거라고 생각하곤 한다. 나 역시
당시에는 왼손으로 뭘 집어 먹는 것이 약간은 꺼림칙한 기분이 들기도
했다. 늘 깨끗이 닦지만 한 번 박혀 버린 선입견 때문에 그 찜찜한 기분
을 떨쳐내지 못했다.

당연한 얘기지만 누구든지 어떤 일을 판단할 때는 '선입견'을 버려야
좀더 정확하게 판단할 수 있다. 이 선입견이 얼마나 강력하게 자신의 판
단에 영향을 미치는지는 내가 직접 겪은 웃지 못할 일화로도 짐작할 수
가 있다.

원목 구매를 위해 사바Sabah에서 주재원으로 근무할 때였다. 원목 선
적이 시작되면 그 선적이 끝날 때까지 며칠 동안 배에서 지낸다. 이는
검사한 원목들이 바꿔치기 되지 않고 제대로 실리는지, 그리고 원목이
실제로 몇 본이 선적되는지 등을 감시할 목적이었다. 당시 원목선의 선
장과 선원들은 모두 한국 사람들이었다.

나는 윈치Winch로 원목이 한 본, 두 본 배에 실리는 것을 확인하면서
배의 난간에 걸터앉아 책을 읽고 있었다. 배에서 빌려 본 중국 무협지
같은 종류였다. 그런데 한국인 선원 두 명이 지나가면서 "어, 이 녀석 봐
라. 얘가 한국 책을 읽고 있네" 하는 것이 아닌가. 당시 내 얼굴은 햇볕
에 타서 까맣게 그을리기도 했고, 키까지 작다 보니 영락없는 말레이시
아 사람으로 보였던 것이다. 그들은 내가 한글로 된 책을 읽고 있는 것
을 보고도 한국말을 알아들을 거라고는 생각하지 못했는지, 큰 소리로

“이 녀석 봐라” 하며 그 배를 용선傭船해 준 회사 사람에게 욕 비슷하게 하고 지나갔으니 이를 듣고 있던 나로서는 황당할 따름이었다.

그 선원들처럼 ‘이 녀석은 현지인이구나’ 하고 마음속으로 이미 결론을 내려놓고 그것이 굳어지면, 그다음에 오는 어떠한 상황도 일단 그 선입견에 대입시켜서 보게 되는 것이다.

종교에 대해 언급하자면, 이곳 PNG 사람들은 대부분이 크리스천들이다. 인도네시아 본토 사람들은 무슬람이 대부분이고, 깔리만딴은 반반인 것 같다. 물론 깔리만딴의 원주민들은 크리스천이 대부분이지만, 인도네시아 정부에서 정책적으로 본토(자바 섬)의 무슬람 사람들을 이주시키고 있어 지금은 거의 반반씩 섞여 있는 것 같다.

일부를 보고 종교 전체를 논할 것은 못 되지만, 그동안 내가 산속에서 그들과 부대끼면서 경험한 크리스천과 이슬람교도들의 경우만을 볼 때, 무슬람인은 대부분 조용하고 내성적인 면이 있지만, 크리스천인은 활발하고 외향적이다. 아마도 성경과 코란의 차이가 아닌가 싶다.

말라리아로 금연에 성공하다

PNG는 특히 말라리아와 고유의 풍토병으로 유명하다. 한국인 직원들은 몇 달 동안 변변한 숙소도 없이 현지인들이 해야 할 일까지 모두 도맡아 강행군하다 보니 결국 한 명, 두 명 탈이 나기 시작했다. 그들이 중동 지역에서 일할 때는 섭씨 50도를 오르내리는 불볕더위에 고생하기는 했지만, 그래도 말라리아는 물론 특이한 풍토병은 거의 없었다고 한다. 바이러스나 박테리아 같은 지독한 놈들도 사막의 열사 앞에서는 살아남을 재주가 없었나 보다. 우선 그들도 마셔야 할 물이 없고, 함께 비비면서 살아가야 할 모기와 같은 친구(중간 숙주)들도 없으니 삶의 터전이 원천 봉쇄된 셈이다.

이렇듯 사막에서는 죽을 만큼 더운 날씨 때문에 마치 사우나 속에서 땀을 흘리며 일하는 것과 같은 고역이지만, 각종 질병으로부터는 안전지대에 있었다. 반대로 열대의 정글 속은 사람들이 살아가는 데 불볕더

위와 같은 고역스러운 문제는 없지만 각종 질병에 노출되어 있다. 서로 일장일단一長一短이 있는 것이다. 그래서 세상만사가 평등하다는 게 아닌가 생각된다.

말라리아 병에는 수십 가지의 종류가 있다고 하는데, 그 중에서도 매우 심각한 바이러스들은 PNG에 다 모여 있다고 한다. 그래서 현지인들이 말라리아에 걸려 목숨을 잃는 경우는 아주 흔한 일이라, 이 병으로 죽었다는 것은 아예 뉴스거리조차도 되지 않았다.

그런데 말라리아는 그 균이 신체의 어느 부위에 침투하느냐에 따라서도 그 증세가 완전히 다르게 나타난다고 한다. 그러니 의사들도 그 환자가 정말 말라리아에 걸렸는지 아니면 다른 풍토병에 걸렸는지 정밀 검사를 하기 전에는 제대로 판단하지 못했다.

한국인 중에 말라리아 제1호는 페이 로더Pay Loader, Shovel를 운전하는 중장비 기사였다. 그는 어느 날 아침 갑자기 캠프 소장에게 친구 부르듯, "야, 임마. 너 이리와" 하다가 어느새 군대의 직속상관 대하듯이 태도가 깍듯이 돌변하고, 또 느닷없이 울음을 터트리다가 미친 듯이 웃어 대기도 했다. 몸은 겉으로는 멀쩡하니 어디 아픈 데라고는 전혀 없는 듯 보였다.

이를 지켜본 우리는 '저 친구가 귀국하고 싶어서 일부러 쇼 하는구나' 하고 생각하기도 했다. 그런데 그 증상은 점점 더 심해졌다. 갑자기 어린아이가 됐다가는 어느새 대통령이 되어 있고, 또 순간적으로 캠프 소장으로 변하는 등 그 변신(?)이 완전히 예측 불허, 자유자재였다. 현지 의사들도 좀처럼 그 원인을 밝혀내지 못했고 결국은 한국으로 호송됐다. 한국의 한 종합 병원에서 며칠간 정밀 진찰한 결과, 말라리아균이

250

뇌에 침투한 것을 발견하여 다행히 치료할 수 있었다고 한다.

그런데 어느 날 말라리아 그놈이 나를 찾아왔다. 균이 머리로 가지 않은 것은 천만다행이었지만, 몇 년 전 인도네시아의 정글에서 처음 걸렸던 그 말라리아와는 비교도 할 수 없이 센 놈이었다. 온몸에 기운이 없고 음식은 아예 입 근처에도 갖다 댈 수 없었다. 먹었다 하면 토해 버리거나 입맛 자체를 완전히 잃었다. 사흘 동안을 꼼짝 못하고 누워서 겨우 물만 마셨는데 그 물조차도 내키지 않아 그야말로 죽지 않으려고 억지로 마시는 수준이었다. 물론 평소에 즐겨 피우던 담배조차 그 맛을 전혀 느낄 수 없으니 한 대도 못 피우고 사흘을 보냈다. 옆에서 누가 담배를 피우면 고소하기만 했던 그 연기가 오히려 역겹게 느껴질 정도였다.

사흘이 지난 뒤에야 겨우 정신을 추슬러 일어날 수 있게 되었는데, 사흘을 꼬박 굶으니 그 몰골 또한 말이 아니었다. 외지에서 몸이 아프면 제일 먼저 떠오르는 것이 집에 있는 가족들임은 인지상정이다. 그런데 그때까지 회사에 제대로 적응도 못 한 채 종족들의 무시무시한 싸움도 겪은 데다, 몸까지 된통 앓다 보니 더는 그곳에 버틸 만한 의욕을 잃고 말았다.

때마침 큰 애가 돌을 막 지난 때였는데, 직장도 미처 마련하지 못한 상태에서 집에 가자니 그게 맘에 걸렸다. 처음 인도네시아에서 회사를 그만두고 한국에 돌아갈 때도 아무 대책 없이 무작정 귀국했는데 또다시 그렇게 가자니 집안 식구들, 특히 아내를 볼 면목이 없었다. 결혼하면서 잘 다니던 직장도 그만두게 하고 집에만 있으라고 큰소리치며 떠나 왔는데, 벌어 놓은 돈도 별로 없으면서 다시 귀국하면 이제는 아예 상습범(?)으로 취급받을지도 모를 일이었다.

그렇다고 이곳에서 더 버틸 수는 없었다. 새 직장 문제는 한국에 가면 어떻게든 되겠지 하는 생각으로 크게 마음먹고 사표를 썼다. 물론 집에는 알리지도 못했다. 아무 연락도 없이 갑자기 귀국한 남편을 보고, 상심하고 황당해할 아내에게 무언가 마음으로라도 보상해 주고 싶었기 때문이다. 그래서 결심한 것이 '이번 기회에 담배를 완전히 끊어버리자'였다. 그러면 내 건강에는 물론 좋을 테고 아내에게도 위로가 되리라 생각했다. 그래서 15년 가까이 피우던 담배를 과감하게 끊었다. 물론 그동안에도 수십 번 넘게 끊었다 다시 피기를 반복했지만, 이번만은 내가 지은 죄도 있고 또 그 일부만이라도 면죄 받으려면 확실하게 끊어야 했다. 그동안 담배를 끊으라는 말은 별로 없었지만, 내가 담배를 피우는 동안 그 고역이 얼마나 컸을지 담배를 끊은 지금에야 이해하여 반성하고 있다.

어쨌든 그 담배를 끊음으로써 결코 빈손으로 귀국하지는 않았다. 그리고 그때 이후로 25년이 지난 지금까지 담배를 피우지 않고 있다. 이 자리를 빌려 담배가 스트레스를 풀어준다고 믿는 애연가들께 한마디만 하고 싶다. 그 스트레스는 니코틴에 중독된 뇌가 보내는 신호라는 사실을 말이다. 가족도 좋고 내 건강에도 좋은 일이니 꼭 실천해 볼 것을 권하는 바다.

어찌 됐든 PNG에서의 우울한 추억들은 이 금연으로 묻어둘 수 있었고, 일찍 귀국한 것은 결과적으로 나에게는 전화위복轉禍爲福이 됐다.

가이아나 정글 서베이

그렇게 PNG에서 귀국한 후 1개월 정도 쉬면서 새로운 직장을 찾아 나섰다. 하지만 '앞으로 다시는 외국에 나가지 않겠노라'고 작심하고 서울이 아닌 전북 군산에 있는 한 합판 회사에 취직했다. 그런데 이 회사는 장기적으로 안정적인 원자재의 공급을 받기 위해, 말레이시아의 사바 Sabah 주에 베니어 Veneer* 생산 공장 건설을 추진하고 있었다.

나는 전혀 모르고 있었지만, 회사에서는 경력 사원으로 나를 뽑으면서 그곳에 파견할 계획이었던 것 같다. 10개월 정도 군산에 있는 합판 공장에서 합판 공정 등에 대한 기본을 배우고 나니, 곧바로 사바에 새로 짓는 베니어 공장에서 근무하라는 지시가 떨어졌다.

처음 입사할 당시 국내에서 받는 월급에 대해 별로 개의치 않았으나,

---

* 원목을 얇게 깎은 판(板)을 말한다. 베니어들을 합(合)치면 합판(合板)이 된다.

막상 생활하다 보니 빠듯하게 꾸려질 수밖에 없었다. 게다가 회사가 워낙 시골구석에 있어서 왠지 탈출하고 싶은 마음이 있었던 터라, 그 제안을 받고는 한 치의 망설임도 없이 사바의 동남쪽 끝에 있는 항구 도시인 타와우Tawau로 갔다. 그곳에서 7년 동안 근무하다가 1989년에 사라왁Sarawak에 파견됐다. 사바의 원목 자원이 줄어들기 시작하면서 새로운 원목 공급지로 사라왁이 두각을 나타내기 시작할 무렵이었다.

회사에서는 산판 개발과 합판 공장 건설을 위해 사라왁 현지의 한 유력한 산판 회사와 합작 투자를 결정했는데, 산판과 합판 양쪽을 경험했던 나를 적임자로 선정했다. 그래서 그곳에 파견되기 전에 일단 서울에 있는 본사로 발령받아 그 프로젝트를 진행하게 됐다.

그때까지 변두리로만 돌아다녔던 촌놈 나무꾼이 그때부터 약 1년 동안 종합상사 맨으로서 매일 넥타이를 매고 출퇴근했다. 그러나 1년 뒤 사라왁에서 근무하기 시작한 이후부터 지금까지는 넥타이 맨 날이 일년에 열 번도 안 되는 것 같다.

다시는 외국에 가지 않겠노라고 작심하고, 시골(?) 근무도 마다하지 않으며 그 회사를 선택한 것이, 아이러니하게도 오늘날까지 외국으로 돌아다니는 나의 팔자가 될 줄 누가 알았겠는가. 그래서 나는 예전에 나의 사주 풀이를 해준 4.19 묘지의 그 도사(?)야말로 정말 신통한 도사였음을, 그리고 그 '사주'도 정말 존재한다고 믿게 되었다.

1990년 중순경에는 사라왁에서 산판 사업과 합판 공장 건설을 한참 진행하다가, 남미의 브라질 북쪽에 있는 '가이아나Guyana'라는 곳의 산림 개발 가능성 여부를 조사하기 위해 한 달간 그곳에 파견됐다. 가이아나 정부가 한국 정부에 임지 개발을 위해 한국 회사를 추천해 달라고 의뢰했는데, 당시 국외 임지 개발 경험이 있는 우리 회사가 추천받은 것이었다. 이에 사라왁 산판 개발 합작 회사의 현지 파트너 회사에서 고용한 서베이 전문 컨설턴트인 스코틀랜드 출신 프로 서베이어가 나와 한 팀이 되어 함께 그곳 서베이 작업을 하기로 했다.

가이아나 정부에서 제안한 지역은 2백만ha의 크기로 산Hill과 습지Swamp가 섞여 있는 원시Virgin 정글이었다. 가이아나는 베네수엘라와 브라질 사이에 있으며, 영국의 지배를 받았던 나라인데 큰 산맥을 사이에 두고 아마존 강과 분리되어 있다. 그 산맥을 넘으면 바로 아마존 강이다.

우리는 말레이시아에서 런던을 거쳐 캐리비안Caribbean의 유명한 휴양지인 바베도스Barbados 섬에서 비행기를 갈아타고 가이아나로 가야 했다. 그리고 도중에 또 한 번 트리니다드 앤 토바고Trinidad & Tobago를 거쳐야 했다. 말레이시아 쿠알라 룸푸르Kuala Lumpur를 출발한 지 만 30시간 만에 목적지인 가이아나의 수도 조지 타운George Town에 도착했다. 공항에는 미리 연락을 받은 그곳 산림청 직원들이 우리를 기다리고 있었다.

그들과 지도를 펴 놓고 앞으로의 계획을 의논했다. 원래 이곳 정글에서 텐트를 치고 서베이할 생각으로 모든 서베이 장비는 현지에서 구매하여 조달할 계획이었다. 그런데 그들 얘기로는 우리가 조사할 지역에 집이 100여 채 정도 있는 비교적 큰 마을이 있어, 그 마을에서 숙소와 식사까지 제공해 준다고 했다. 덕분에 텐트는 물론 침구나 주방 기구 등도 구입할 필요가 없어졌고 지고 갈 짐도 훨씬 가벼워졌다.

정글에 들어가기 전 우리는 4인승 '세스나'기를 임대하여 우선 임지 전체를 항공 서베이Air Survey했다. 약 4시간에 걸쳐 전체 임지의 지형과 임목 상태 등을 조사했고, 지상 서베이^{Ground Survey}를 위한 표본 지역을 선정했다.

지상 서베이는 약 한 달 동안 실시했는데, 전체 임지를 표본 조사하려면 그 한 달로는 어림도 없었다. 그러나 전체 임지에 대한 항공 서베이로 대략적인 상황을 파악할 수 있었고, 그 임지를 대표할 만한 지역을 정하여 지상 서베이하는 만큼 전체 임지의 임목 축적이나 수종 그리고 지형 상태는 어느 정도 파악이 가능하리라 생각했다.

우선 현지 산림청 직원 다섯 명을 지원받아 조사를 시작했다. 처음 2주 동안은 습지^{Swamp} 지역을 서베이했고, 나머지 2주 동안에는 산^{Hill}을 서베이했다. 내가 근무했던 인도네시아나 PNG, 그리고 사라왁의 임지와는 달리 그곳의 정글은 평평한 구릉지 같았다. 10년 가까이 정글을 떠나 있었기에 걷는 것이 조금은 걱정되기도 했는데, 거의 평지 같은 곳이라 서베이하는 것이 전혀 부담되지 않았다.

그런데 문제는 습지 서베이였다. 습지 속을 걸을 때 습지 밖으로 나온 조그만 지상근 나무 뿌리를 밟지 않으면 수렁 속으로 발이 푹 빠져 버려서 거의 허벅지까지 잠겨 버리기 일쑤였다. 그 발을 다시 들어 올리려면 옆에서 누가 도와주거나 주위의 나무라도 붙잡아야 했다. 혼자서는 도저히 빼낼 재간이 없었다. 밟아야 할 나무뿌리도 계속 이어지지 않고 군데군데만 나와 있으니 도무지 속력을 낼 수도 없었다. 그래서 하루에 끝낼 수 있는 스트립^{Strip}의 길이가 겨우 1.5km 정도였다.

나와 함께한 영국인 프로 서베이어는 무려 190cm가 넘는 키에 몸은 아주 날씬했다. 그는 당시 나이가 50대 초반이었는데도 걸음걸이가 어찌나 경쾌하고 날렵한지 도저히 따라잡을 수 없을 정도였다. 물론 그는 정글 서베이가 생계 수단이었고 나는 10년 만에 다시 정글 서베이를 해 보는 것이었지만, 그와의 나이 차이가 10년도 더 나는데 둘 사이의 거리는 너무나 차이가 났다. 그 영국 프로는 우선 다리가 길어서 아무리 깊은 수렁 속으로 발이 빠져도 무릎 근처에서 멈추었고 허벅지 근처에는 미치지도 않았다. 그러나 나는 다리가 빠지면 몸 전체가 수렁 속으로 쑤욱 빠져 들어가는 느낌이었다.

그 습지에는 지금도 그 이름을 알 수 없는 아주 작은 벌레들이 있어 온몸을 물렸는데, 특히 약한 사타구니 쪽에 수십 마리의 집중적인 공격을 받았다. 그런데 알고 보니 이 벌레들은 무는 것이 아니라, 인도네시아 정글의 구뚜 바비(멧돼지 이)와 마찬가지로 아예 살 속으로 파고들어 자리를 잡고 살아가는 놈들이었다. 너무 작아서 육안으로는 잘 보이지도 않았지만, 밤만 되면 그 근처가 가려워 잠을 잘 수가 없었다.

할 수 없이 한국에 잠깐 들러 출장 보고를 마치고 며칠 동안 병원에 다녀야 했다. 꾸준히 주사를 맞고 약을 먹은 뒤에야 겨우 가라앉기 시작했다. 그런데 그 가려웠던 부위가 가려움이 사라지면서 전부 까만 점으로 변하더니, 그 점들이 1년이 다 되어도 없어질 조짐을 보이지 않았다. 그런데 1년이 지나면서 희미하게 옅어지기 시작하더니, 6개월도 더 지난 다음에야 완전히 없어졌다. 결국 1년 반이 지나고 나서야 완치가 된 것이다. 그때까지 겪었던 정글의 그 귀찮고 짜증 났던 놈들보다도 훨씬 더 지독한 놈이었다.

몽골의 후예들

지상 서베이Ground Survey를 위해 숙소로 정한 마을은 포트 카이투마Port Kaituma였는데, '카이 투마'는 아메리칸 인디언의 말이라고 한다. 아메리칸 인디언을 줄여서 '아메린디언Amerindian'이라고 하는데, '카이'는 물water을 뜻하고 '투마'의 뜻은 잘 생각나지 않지만 물이 많다는 의미였던 것 같다.

그 마을은 바다로부터 250여 킬로미터 떨어진 깊숙한 내륙 한가운데에 있었다. 그곳에는 1950년대에 건설된 경비행기용 활주로가 있어, 수도인 조지 타운에서 비행기로 직접 갈 수 있었다. 전해 들은 바로는 1940년대에 캐나다의 한 철광석 개발 회사가 그 일대를 개발하기 시작해서, 불과 20여 년 전까지만 해도 철광석을 생산하고 직접 바다로 운송해서 선적했던 내륙의 철광석 집산지였다고 한다. 광산에서 이곳까지 약 40여 킬로미터 거리에 철도를 깔아서 캐낸 철광석을 철길로 운반

했고, 이를 다시 바지선에 실어서 250여 킬로미터의 강물을 따라 운반한 뒤 본선^{Vessel}에 선적했다고 한다. 지금도 일주일에 한 번씩 마을 사람들을 위해 기차를 운행하고 있었다. 당시에는 화려했을 대규모 시설들은 폐허가 된 채, 그 마을 여기저기에 널려 있었다. 또한 지금은 아무도 살지 않는 빈집들이 꽤 많았다. 원래 수천 명의 상주인구가 있었는데, 지금은 다 떠나가고 수백 명만이 남아 있다고 한다.

원래 이 마을까지는 강물이 연결되지도 않았고, 이 마을에서 몇 킬로미터 떨어져 있었던 강도 수심이 그리 깊지 않았다고 한다. 그런데 철광 회사가 이곳을 개발하면서 옆으로 흐르는 강줄기를 끌어들이고, 강폭도 더 넓혀 수심도 깊게 하여 웬만한 배가 드나들 수 있도록 운하를 만들었다. 그래서 이곳을 Port, 즉 항구라고 부른다.

그런데 그 강물은 가이아나로 흘러가는 게 아니고, 바로 이웃 나라인 베네수엘라^{Venezuela} 영토로 흘러들어 간다. 그래서 그들은 강 하류 쪽에 다시 운하를 파서 가이아나 바다 쪽으로 물길을 돌렸다. 결국 그 강은 하류가 두 개로 갈라져서 강물의 반은 베네수엘라 쪽 바다로, 나머지 반은 가이아나의 바다로 흐르게 됐다. 강물이 모여서 바다로 가는 게 아니라, 둘로 쪼개져서 바다로 흐르게 되는 기이한 형상이 된 것이다. 요즘 같으면 환경론자들의 반대로 그 건설은 불가능했을 것이다. 게다가 그 프로젝트는 두 나라 사이에 커다란 분쟁이 되었을 법도 한 운하 건설이었다.

우리가 그곳에 도착했을 때 비행기 소리를 들은 많은 사람들이 활주로 주위에 몰려 있었는데, 대부분이 아이들이었다. 나는 그들을 보고 깜짝 놀랐다. '아니, 내가 지금 1970년대 한국의 산골 마을에 왔나?' 하고 착각할 지경이었다. 내가 기억하고 있는 1970년대 한국의 산골 아이들과 어쩌면 그렇게 똑같을 수 있는지 내 눈이 의심스러운 지경이었다. 여름 햇볕에 그을린 까무잡잡한 얼굴, 약간 튀어나온 광대뼈, 콧물을 흘리는 납작한 코 등 다른 점이라고는 약간 더 검은 이 아이들의 피부색뿐이었다.

그들은 아메리카 인디언들로서, 그들의 조상은 이 남미를 포함한 북미의 개척자들이었고, 이곳의 원주민이었다. 알래스카의 에스키모족, 북미의 인디언, 잉카족, 마야족 등이 모두 몽고족의 후손들로서 중앙아시아로부터 이동해 왔다고 한다. 그들은 시베리아를 넘어 알래스카로 이동하면서, 그 중 일부분은 그곳에 남아 에스키모인이 되었고, 계속 남진하여 미국 서부에서는 인디언으로 활동했다. 멕시코 등 중남미에서는 마야족으로 그리고 남미까지 왔는데, 페루에서는 잉카족으로 그리고 이곳 가이아나 주위에서는 아메린디언으로 남게 되었다는 것이다.

물론 그런 설은 100% 확실한 증거로 말할 수는 없지만 최근 DNA를 실험해 본 결과, 그들과 몽고족 간의 유전자가 상당 부분 같은 것으로 나타났다고 한다. 그래서인지 어린 아기들의 엉덩이에는 태어날 때 푸른 몽골 반점이 있다고 한다. 또한 그들이 사용했던 언어들이 '우랄 알타이어'의 문법과 흡사하며, 어미가 변하는 굴절어(교착어, 膠着語)의 특징이 있다고 한다.

가이아나의 면적은 우리나라 남북한을 합친 크기보다 약간 큰데, 인구는 70여만 명밖에 되지 않았다. 이들 중 90%가 영국이 이곳을 통치할 때 끌려왔던 노예들의 후예後裔다. 땅이 비옥하고 평야가 넓어 옛날부터 사탕수수를 많이 재배했는데, 영국계 회사들이 사탕수수를 재배하면서 노동력이 필요해지자 대부분 인도의 남부와 아프리카 원주민들을 데려왔다고 한다.

인구 구성을 보면 인도 출신이 약 50%, 아프리카 출신이 40%, 아메린디언들이 8% 그리고 기타가 2% 정도다. 그래서 두 핵심 그룹인 인도계와 아프리카계의 반목으로 정치가 늘 불안정하고, 인종 간의 폭동이 자주 일어나기도 한다. 반면 아메린디언, 즉 원래 이 땅의 주인들은 약 5~6만 명 정도밖에 안 된다. 그마저도 대부분은 산속에서만 지내고 있어서 도시에서는 그들의 존재조차도 잊고 있을 정도니, 그야말로 굴러온 돌이 박힌 돌을 완전히 뽑아내 버린 격이다.

철목보다 강한 그린 하트

우리는 가이아나 임지 서베이 결과에 따라 임지 개발을 결정한 뒤, 곧바로 산판 장비를 투입하고 합판 공장 건설을 준비하기 시작했다. 2년 뒤인 1992년 말부터 합판 생산이 시작됐고, 나는 그로부터 4년 뒤인 1996년에 그곳으로 부임하여 2000년, 다시 사라왁으로 돌아올 때까지 약 4년 동안 그곳에서 근무했다.

인도네시아나 말레이시아, 가이아나 그리고 아프리카의 적도 근처에서 자라는 열대 활엽수Tropical hard Wood들은 그 종류가 많기도 하고, 또한 그 특성들이 그 나무의 종류만큼 서로 다르다. 각 대륙에 속해 있는 열대 지역의 기후나 기온은 별다른 큰 차이가 없지만, 같은 수종일지라도 서로 다른 대륙에서 자라면 그 나무의 비중이나 색깔 등이 서로 완전히 다른 것을 볼 수 있다. 이는 지역마다 토양이 서로 다르기 때문이 아닌가 생각한다. 그 수많은 나무 중에서 재질이 가장 강하고, 공기 속에서는 물론이고 바닷물 속에서도 수백 년 동안 썩지 않고 견디는 나무들이 있는데, 각 대륙을 대표할 수 있는 강질 나무들은 다음과 같다.

아시아의 인도네시아나 말레이시아에는 일명 '철목鐵木, Iron Wood'이라 불리는 '벌리안Belian, Ulin'이 있고, 아프리카에는 '에키Ekki'라는 대표적인 강질 나무가 있다. 아메리카를 대표하는 최강의 나무는 '그린 하트Green Heart'다. 이는 나무의 중심부인 심재心材가 짙은 초록색이기 때문에 붙은 이름이다.

아프리카의 에키는 철도 침목枕木이나 건축자재 그리고 해상 구조물로 쓰이고 있다. 동남아시아의 울린은 도끼로 쪼아서 지붕에 얹어 기와 대용으로도 쓰이고 해상 구조물이나 건축물 등에 쓰이는데, 바닷물 속에서도 100년은 거뜬하다고 한다. 그런데 아메리카의 그린 하트는 바닷물 속에서 300년이 지나도 전혀 문제가 없다고 하니 놀랍기만 하다.

영국이나 미국의 해상 구조물에는 동남아시아의 철목은 거의 쓰이지 않고, 대부분 그린 하트가 사용된다. 그만큼 더 오래 견디기 때문이다. 미국의 마이애미Miami 부두 선착장Marina Park이나 영국의 해변가에는 방파제나 둑 또는 보트들 정박을 위해 여기저기 원목 기둥들이 박혀 있는 모습을 볼 수 있는데, 이는 쇠나 콘크리트 대신에 그린 하트 나무를 제재하여 쓰거나, 원목 그 자체를 사용한 것이다.

그런데 지금은 가이아나 정부에서 이 나무를 보호하기 위해 원목 상태의 수출을 금지하고 있다. 물론 제재製材하여 수출하는 데는 아직 제약이 없다. 수출 물량도 통제될 뿐만 아니라 노동력이 창출되기 때문이다. 그래서 대부분 그린 하트를 제재하여 건물의 기둥과 벽은 물론 마룻바닥 등 건축 자재로 많이 쓴다. 나무의 색도 특이한데, 얼핏 보면 마

치 검은색처럼 보인다. 원래 아주 진한 초록색Dark Green이거나 진한 빨
간색Dark red인데, 밝은 햇빛 아래에서 봐야 초록색이나 빨간색이 선명
하게 보인다. 여러모로 사람을 놀라게 하는 재주가 있는 나무라고 생각
했다.

'존스타운'이 이곳에

가이아나의 정글을 조그만 비행기로 처음 항공 서베이할 때, 조종사가
폐허가 된 어느 조그만 마을 위를 특별히 한 바퀴 선회하면서 그 마을
의 내력에 대해 설명해 주었다. 10여 년 전만 해도 미국인 천여 명이 살
았던 마을이었는데, 그들 대부분이 독약을 먹고 자살했다는 끔찍한 이
야기였다.

비행기에서 내려다보이는 그 마을은 이제는 잡초만이 우거져 있었
다. 여기저기에 건물의 기둥과 벽이었음을 짐작게 하는 형체들이 온통
넝쿨에 덮여 있어 당시의 흔적만을 볼 수 있을 뿐이었다. 그 마을의 이
름은 '존스타운Jonestown'이었다. 1970년대 말 온 세계에 충격을 주었던
사교집단邪敎集團 자살 사건이 바로 이 마을에서 일어났던 것이다.

1978년 11월, 대부분이 미국인인 911명의 남녀노소가 가이아나
의 정글 속에서 독약을 먹고 집단 자살한 사건이 있었다. 심지어 그 중

274명의 아이들은 부모들이 강제로 독약을 먹여 죽은 끔찍하고 엽기적인 사건이었다.

1977년 그 사람들은 '인민 사원Peoples Temple'이라는 사이비 종교의 교주 제임스 워런 존스James Warren Jones에 이끌려 미국에서 이주했다. 현대 문명과는 완전히 격리된 깊은 정글 속인 이곳을 '약속의 땅', 즉 낙원樂園으로 믿고 이주해 온 그들은 주로 농사를 지으면서 집단생활을 했다. 그곳은 교주인 존스가 1974년에 가이아나 정부로부터 장기 임차해 두었던 약 170만 제곱미터의 원시 정글이었다.

존스는 차별 없는 공동체를 꿈꾼다며 사람들을 속여, 재산을 탈취하고 변태적인 성추행까지 일삼으면서 자신을 '메시아'라고 칭했다. 그러나 사람들이 이곳에서 집단생활을 하는 동안 그들의 부모나 친지들이 직접 방문하여 그 실상(무기, 마약, 섹스 등의 문제)을 미국 본토의 신문과 방송에 계속 폭로했기 때문에 곧 정부 차원의 조사가 이루어질 예정이었다.

결국 1978년 미 하원 의원 리오 라이언Leo Ryan이 신도 학대 사건 신고를 접수하고 현장을 방문했다. 많은 신도가 그곳을 벗어나려고 탄원했는데, 함께 데리고 나오던 중 경비를 담당한 신도가 갑자기 기관총을 난사해서 리오 의원과 세 명의 동행 취재기자, 그리고 한 명의 신도가 현장에서 사살됐다.

이에 가이아나 정부가 군인을 투입하려 하자, 교주인 존스는 거기 있는 모든 사람에게 '죽음은 아무것도 아니다. 단지 다른 차원으로 옮겨 갈 뿐이다'라며 자살할 것을 명령했다. 이에 모든 신도가 별다른 저항도 없이, 교주로부터 차례로 독약을 받아 마시고 자살했다고 알려진다. 교주인 존스 자신은 권총으로 자살한 것으로 추정됐다. 이때 그곳에 함께 살았던 사람 중 수십 명은 몰래 빠져 나와서 목숨을 건졌다고 한다. 약속의 땅은 그렇게 1년도 안 돼서 죽음의 땅으로 몰락하고 말았다.

그 마을은 우리의 임지^{林地} 안에 있었고, 임도에서 불과 500m도 떨어지지 않은 곳이었다. 그래서 쉽게 접근할 수가 있었는데, 마을 입구에 들어서는 순간 그 이야기 때문인지 등골이 오싹했다.

마을 입구에서 우선 제일 먼저 눈에 띄는 건물이 워크숍^{Work Shop}이었다. 지붕은 이미 없어져 버렸고 벽마저도 그나마 반쪽만 겨우 남아 있었는데, 바닥은 콘크리트가 아직도 탄탄했다. 또한 여기저기에 농기구와 트랙터의 바퀴, 차 부속품들이 잔뜩 녹이 슨 상태로 나 뒹굴고 있었다. 그 사건 이후 12년이 지나도록 아무도 찾아오지 않았고, 그대로 버려져 있었기 때문에 그곳은 완전히 폐허로 변해 버렸다. 당시 사람들이 살았던 집들도 거의 형체를 알아볼 수 없을 정도로 허물어져 내려앉고, 잡초에 덮인 채로 여기저기 널려 있었다. 그들이 농사를 지었을 밭이나 논에도 사람 키보다도 더 높게 자란 잡초들만이 무성했다.

가이아나의 수도인 조지타운^{Georgetown}에 가면 당시의 처참한 장면들을 사진으로 볼 수 있다. 종교의 힘인지, 최면술이었는지 모르겠지만 나로서는 교주뿐만 아니라 그 사람들도 도저히 이해할 수가 없었다.

산업자원부 장관상 수상

1997년 말, 가이아나에 근무한 지 1년을 갓 넘겼을 때였다. 그곳의 사업이 막 본궤도에 오를 때였는데, 아시아의 외환 위기가 시작되면서 특히 건설 경기의 추락으로 모든 원자재는 물론 각종 목재류 가격이 절반 이상 떨어졌다. 경기 침체로 가장 먼저 직격탄을 맞는 곳이 건설 경기일 텐데, 건설 사업이 호경기냐 불경기냐에 따라 목재 경기 또한 큰 영향을 받기 때문에 꽤 심각한 상황이었다.

이렇게 어려운 시기에, 서울 본사에서 나를 국외 자원 개발의 공로자로 산업자원부에 추천하여 장관상을 받게 됐다는 연락이 왔다. 수상식 때는 다른 직원이 대신 참가하여 상장과 부상을 받았다. 물론 정부 입장에서 큰 의미를 부여하는 상은 아니겠지만, 나로서는 20년을 넘게 오직 목재계의 최일선 전방에서만 일해 왔던 보람을 느낄 수 있는 값진 계기가 되었다.

그 후로도 물론 지금까지 목재계에서 계속 일하고 있으니, 벌써 30년 이상 열대 정글의 산림 현장에 있는 셈이다. 지금 나는 아프리카의 '라이베리아Liberia' 정글에 와 있다. 마지막 일화로 이곳 라이베리아의 상황을 간략하게 소개하면서 나의 이야기를 마치겠다.

라이베리아 정글 서베이

2006년 5월, 난생처음으로 아프리카의 정글인 라이베리아^{Liberia} 정글을 헬리콥터로 항공 서베이^{Air Survey}했다.

이곳은 현재 UN이 통치하고 있기 때문에 헬기를 이용하는 어떠한 비행도 현지 정부는 물론, 그곳에 주둔하고 있는 UN의 허가를 받아야만 가능했다. 정부의 허가는 쉽게 떨어졌지만, UN의 허가를 받으려면 그 절차가 복잡하기도 하거니와 까다롭기가 보통이 아니었다. 신청한 뒤에도 몇 개월 이상을 무작정 기다려야만 했다. 그나마 이곳 정부의 강력한 추천이 없었다면 1년 이상 기다렸을지도 모른다.

허가도 문제였지만, 또다른 문제도 있었다. 이곳에는 UN 군용으로는 수십 대의 헬기가 공항에 항상 대기하고 있는 데 반해, 정부용이나 상업용 헬기는 단 한 대도 없었다. 결국 우리는 옆 나라인 '시에라 리온^{Sierra Leone}'의 한 항공 회사에서 임대하여 이용하는 수밖에 없었다.

　그렇게 하니 그 나라 수도인 프리 타운Free town에서 몬로비아Morovia까지 오는 데만도 2시간 가까이 걸렸다. 오고 가는 왕복 4시간까지 합쳐서 사용 시간을 모두 지불하기로 하고 이틀 동안 쓰기로 했다. 그런데 도착한 헬기를 보니 30년도 넘은 러시아제였다. 조종사와 부조종사 그리고 정비사까지 세 명 모두 러시아 사람들이었고, 늘 모두 함께 비행해야 했다. 물론 이들의 체재비와 식비 일체도 따로 지급하는 조건이었다.

　그 헬기는 20여 명도 더 탈 수 있는 엄청나게 큰 헬기였다. 보통 서베이용 헬기는 캡틴 한 명과 승객 네 명으로 5인승이 보통이었다. 그러나 이 헬기는 덩치는 엄청나게 컸지만 작은 헬기보다 훨씬 빨리 날 수 있었으며, 한 번 주유해서 날 수 있는 비행시간도 일반 헬기의 두 배 가까운 5시간 이상이었다.

　이틀 동안 총 10시간을 비행하여 라이베리아의 전 임지를 대략 파악했다. 정부가 정했던 몇 군데의 국립공원과 이웃 나라들과의 접경 부근, 그리고 내륙 쪽에 있는 정글들은 아직도 처녀림 상태로 잘 보전되어 있었다. 지난 30여 년간 여러 번의 내전 등으로 임지 개발이 중단되어 아직도 약 2백여만ha가 처녀림 상태를 유지하고 있는 것 같았다.

　임목 상태를 정확히 조사하기 위해 몇 군데 샘플 지역을 정하고 그곳에 대해 지상 서베이Ground Survey를 실시했다. 원시 정글의 임목 축적은 생각 이상으로 상태가 좋았다. 인도네시아나 사바의 원시 정글과 비슷한 축적을 갖고 있었으며, 수종 자체만으로 볼 때는 오히려 훨씬 경제 가치가 높은 '무늬목'들이 많았다. 현실적으로는 합판목 위주의 소프트Soft한 원목보다 여러 용도로 쓸 수 있는 제재용의 하드hard목이 훨씬 더 값어치가 나간다.

이곳 정글 속을 서베이하면서 산속에 사는 그들의 집들을 처음 보았을 때 깜짝 놀랐다. 한국의 옛날 초가집과 그 모양이 너무나 비슷했기 때문이다. 모든 벽은 진흙을 발라서 쌓았고, 다만 수숫대 대신에 대나무를 엮어서 틀을 만들고 진흙을 발랐다. 지붕은 이곳에서 자생하는 팜 나무Palm Tree, Oil Palm의 나뭇잎을 통째로 말려서 여러 겹으로 두텁게 덮었는데, 볏짚으로 이엉을 얹은 초가지붕과 거의 똑같은 모양이었다. 정말 오랜만에 옛날 한국 농촌의 초가집들을 보는 듯해서 묘한 기분이었다.

당시 이곳 라이베리아에서는 일부 도시뿐만이 아니라 전국적으로 내전이 일어났다고 한다. 이 깊은 정글 속의 시골 마을도 내전을 피해 갈 수는 없었다. 이 내전으로 20~30만 명이 목숨을 잃었을 것으로 추정하고 있다. 불에 타서 까맣게 뼈대만 남은 집들이나, 반군들이 부수고 지나간 집들은 완전히 파괴되거나 반파된 상태 그대로 방치된 채 덩그러니 여기저기 널려 있었다. 그 집의 주인들은 대부분 내전 중에 목숨을 잃었거나, 아니면 다른 도시 또는 외국으로 아주 떠나 버렸다는 것이다. 아직도 텅 빈 집들은 그 주인이 돌아오기를 기다리고 있는 것만 같았다.

1990년 내전이 일어나기 전에, 이곳에는 한국인 교민이 200여 명 정도 살고 있었다고 한다. 당시 건설 회사 또는 원양어선을 따라나왔다가 정착한 사람들이 주류를 이뤘는데, 이들 이외에도 미국 비자를 얻기 위해 임시 거주했던 사람들도 상당수 있었다고 한다. 그러나 내전으로 그들의 새로운 삶의 터전은 풍비박산이 났고, 대부분은 그때 이곳을 떠난 뒤로 아직 돌아오지 않고 있다고 한다. 지금은 10여 명의 교민만이 남아 있는데, 이 중에는 내전 당시에 피신을 가지 않고 전장의 한가운데에서 수많은 사람이 서로 죽이고 죽어 가는 현장을 직접 체험하며 그들의 가족과 자산을 몸으로 지킨 사람들도 있었다.

서부 아프리카에 있는 이곳은 면적이 남한보다 약간 큰 약 11만 km²이다. 인구는 3백여만 명이고 현재 1인당 GDP는 미화로 100달러 정도로 세계 최빈국이다. 실업자의 공식 집계는 85%다.

1830년 미국이 노예를 해방할 당시, 이들의 귀향을 위해 미국 정부 소속의 한 단체가 300달러를 주고 이 땅을 샀다고 한다. 그때 미국의 몬로 대통령은 해방된 노예들이 이곳에 정착할 수 있도록 적극 도왔고, 드디어 1847년에 아프리카 최초의 공화국이 탄생했다. 그때 몬로 대통령을 기리기 위해 수도 이름을 '몬로비아Monrovia'라고 지었다고 한다. 그리고 지금까지 150년 동안 단 한 번도 외국의 지배를 받지 않은 아프리카의 유일한 나라가 됐다.

그들은 1950년 우리나라에 6·25전쟁이 일어났을 때 고무 50톤을 원조하여, 타이어와 고무신을 제조할 수 있도록 도와주었다. 이 때문에 지금도 한국과 라이베리아는 비자 없이도 서로 방문할 수 있다. 지금은 세계에서 가장 못 사는 나라 중 하나지만, 내전이 일어나기 전인 1970년대 중반에는 총 수출액이 세계 5위였다. 철광석, 금, 다이아몬드, 고무 그리고 목재류 등 원자재가 주 수출 품목이었던 당시에는 아프리카 제일의 부자 나라였고, 일본을 제외한 모든 아시아 국가들보다도 훨씬 더 잘 살았다고 한다.

그러나 권력 싸움으로 빚어진 내전으로 너나 할 것 없이 모두 한꺼번에 잃어버리고 말았다. 전체 인구의 5% 내외에 불과했던 미국에서 건너온 국외파가 권력을 잡았고, 이에 반발한 국내파들이 반란을 일으키면서 1970년대와 1990년대, 그리고 2000년대 초까지 엎치락뒤치락하며 세 차례에 걸쳐 내전이 일어났다. 이로써 사람들의 생명은 물론, 전기, 물 등 국가의 기간 시설과 공장 등 산업 시설, 공공건물 등이 거의 100% 가까이 불에 타거나 파괴됐다. 결국 2003년 8월 15000여 명의 UN군이 진주하여 치안을 전담했고, 2005년 말 UN 감시하에 대통령 선거를 하여 아프리카 최초의 여자 대통령이 선출됐다.

이곳의 산림 자원은 1950년대부터 영국과 이탈리아 목재 회사들이 개발하기 시작했다. 그 후 1970년대부터는 말레이시아, 캐나다 회사들이 뒤를 이어 개발에 나섰다. 미국의 통일교에서도 이곳 산림 개발에 참여하여 다수의 한국 사람들이 산판 사업에 종사했는데, 내전이 일어나 모두 철수했다. 결국 수차례의 내전 탓에 거의 모든 외국 자본들이 철수했으며, 30년 넘게 산림은 물론 모든 광산 등의 개발이 중지되었는데, 지금은 아이러니하게도 아프리카에서 제일 풍부한 산림 자원 보유국이 됐다.

현재 이 나라는 산림과 철광석, 금, 다이아몬드 등의 개발에 국가의 미래를 걸고 있다. 그뿐 아니라 이곳 해안^{Off Shore}에 석유가 대량 매장되어 있다는 보고가 있었고, 실제로 옆 나라들인 아이보리 코스트^{Ivory Coast, Cote D'ivoire}, 시에라 리온^{Sierra Leone}, 그리고 가나^{Ghan} 해안에서 최근 각각 10억 배럴 이상의 매장량이 확인되기도 했다. 게다가 석유 생산국인 나이지리아도 바로 이웃 해안으로 연결되어 있어 기대가 높아지고 있다.

최근의 한 영국계 석유 개발 회사는 이곳 해안에서 1년간의 자체 조사 끝에 석유 매장을 비공식 확인했다고 밝혔다. 또한 미국의 지질 연구 컨설팅 회사 한 곳은 이곳 서부 아프리카 해안의 석유 매장량이 걸프Gulf만 전체 매장량보다 많다는 희망적인 보고를 내기도 했다.

어떻게 보면 이곳은 기회의 땅이다. 모든 것을 새로 시작해야 하는 이곳은 도전을 해보고 싶은 사람들에게는 더할 나위 없는 기회의 땅이 아닐 수 없다. 물론 앞서 언급한 '약속의 땅'과는 절대 같지 않음을 내가 보장하겠다.

졸필을 끝까지 읽어 주시고 격려해 주신 여러 동문께 진심으로 감사드린다. 이 글은 아내의 강력한 권유로 집필하기 시작해서, 고등학교 동기들이 홈페이지를 할애해 준 덕분에 무사히 끝마칠 수 있었다.

특히 이창덕 동문의 도움으로 좀 더 매끄럽고 완전한 글이 되었기에 무척 고맙게 생각한다. 이 외에도 많은 도움을 준 모두에게 감사하는 마음을 전한다.

동문 중에는 30여 년을 자기 일에만 전념해 온, 그리고 그 분야에서는 자타가 인정하는 독보적인 위치에까지 오른 동문도 많을 것이다. 물론 어느 한 분야뿐만이 아닌 여러 가지 일을 하면서 각 분야의 경험을 쌓은 다재다능한 동문도 많으리라 생각한다.

나의 이번 작품을 본보기 삼아 앞으로는 이 수많은 동문의 독특하고 재미있는 경험들과 살아온 지혜들이 차례로 세상에 나왔으면 한다. 그 소중한 이야기들이 세상 사람들에게 웃음과 감동을 주어 다 함께 그 희로애락을 공유할 수 있기를 바란다.

타산지석他山之石이라는 말이 있듯이, 자신은 별거 아니라고 생각하는 사소한 부분도 다른 누군가에게는 희망을 안겨 줄 수도 있고 커다란 위안이 될 수도 있다. 부디 우리 자신의 이야기가 무의미하게 묻히지 않았으면 하는 바람이다.

끝으로 모두의 건강과 행운이 늘 함께하기를 바라며 글을 마친다.

임진년 9월

라이베리아Liberia에서

한 동 천

1. 정글 서베이

원목 생산을 하려면 산림청에서 벌채(벌목) 허가를 받아야 한다. 벌채 허가는 매년 발급되었는데, 인도네시아에서는 벌채 허가 신청서에 벌채 예정지에 대한 100% 임목 조사 결과를 첨부해야만 했다.

매년 벌채 예정지와 생산 계획은 5~10년간의 중·생산 계획에 따라 미리 정해진다. 당시 말리나오 캠프의 규모는 산판 업자로는 중간 정도의 규모였는데, 연간 벌채량이 100000m³ 정도였다. 이를 생산하기 위해서 매년 약 3000ha 정도의 새 임지가 필요했다.

100% 임목 조사를 하기 위해서는 조사 대상지를 가로, 세로 1km씩 바둑판처럼 나눈다. 사방 1km, 즉 1km²는 정확하게 100ha인데, 이것을 '뼈딱Petak'이라고 부른다. 각 뼈딱에는 고유 번호가 붙으며, 임목 축적 등 임지의 모든 데이터는 이 뼈딱별로 기록, 관리된다.

연간 3000ha를 벌채하려면 30개의 뼈딱이 필요하다. 원래 100% 임목 조사란 조사 대상 구역 내에 있는 나무를 전부 조사하는 것이지만, 정글 속의 모든 나무를 전부 조사하려면 시간은 물론이거니와 경제적으로 불가능하다. 따라서 경제성이 있는 나무, 즉 판매 가능한 수종으로 지름이 60cm 이상 되는 나무들만을 조사한다. 물론 벌채 허가도 지름이 60cm 이상이 되어야만 받을 수 있다.

원목 생산 계획을 구체적으로 짜기 위해서는 나무가 어디에 얼마나 있는지, 그곳의 지형 상태는 어떠한지, 그곳까지 임도 건설은 가능한지 등의 기본 자료가 있어야 가능하다. 한마디로 서베이 작업은 이러한 기본 자료를 얻기 위한 작업이다.

나무가 어디에 얼마나 있는가를 조사하는 것이 '임목 축적 조사Tree Enumeration'이고, 이 나무들을 개발하기 위해 어디로 어떻게 임도를 건설해야 가장 경제적인가를 알아내는 것이 바로 '임도 예정선 조사Road Alignment Survey'다. 이 두 가지 조사가 아주 기본적이고도 가장 중요한 서베이 작업이다.

일반적으로 임목 축적을 알아보기 위해서는 대상 지역을 100% 전부 조사하는 방법과 그 임지 전체 면적의 1%, 5%, 또는 10% 등 일부만을 표본 샘플로 선정하여 조사하는 방법이 있다. 표본 샘플로 조사할 때 그 표본 샘플을 어떤 식으로 선정하여 조사하느냐에 따라 Strip Sample Survey, 또는 Plot Sample Survey 등이 있다.

요즈음 사라왁 등 대부분 국가의 산림청에서는 10% Strip Sample Survey에 의한 자료를 요구하고 있다. 100% 조사는 시간과 돈이 많이 들어가기 때문이다. 그러나 라이베리아의 산림청은 인도네시아처럼 전 임지의 100% 임목 축적 조사 보고서를 요청하고 있다.

헬리콥터나, 경비행기를 이용하는 Air Survey는 짧은 시간에 임지 전체의 개략적인 임목 축적은 물론 그 지형과 임도 예정선의 기본 방향 설정 등이 가능하다. 그러나 80% 이상을 신뢰할 수 있는 정확한 임목 축적과 수종 분포, 그리고 특히 임도 예정선의 최종 확정을 위해서는 Ground Survey에 의존할 수밖에 없다.

지금은 인공위성^{Satellite}을 이용하여 지상 30cm의 사물도 관찰할 수 있고, 임목의 축적은 물론 등고선도 2m 간격으로 지도 상에 정확하게 그려낼 수 있다. 그러나 아직까지 최종적인 확정 작업은 Ground에서 직접 서베이 작업을 해야만 한다.

임목 축적 조사가 비교적 단순한 작업이라면, 임도 예정선 조사는 많은 경험과 기술을 요하는 작업이다. 임도 예정선 서베이는 지도 상에 설정된 임도 예정선을 실제로 현장 답사하면서, 경사도나 굴곡 또는 암반 그리고 교량 건설 가능성 여부 등 도로 건설의 가능성 여부와 경제성을 따져서 최적의 임도 예정선을 확정하는 작업을 말한다. 이 두 가지 조사 모두 당시에는 아직 개발이 안 된 임지에 대한 조사였기에, 서베이 작업은 늘 원시 정글에서 이루어졌다. 각 조사에 대한 자세한 설명은 다음 장에서 계속하겠다.

2. 임목 축적 조사

임목 축적 조사Tree Enumeration라는 것은 쉽게 말해서 그 임지에 무슨 나무가 얼마나 있는지를 조사하는 것이다. 또한 수종별 분포는 물론 지름별 분포 그리고 어디에 나무들이 있는지 그 위치까지도 조사하여, 이를 토대로 임목 지도가 작성된다. 이는 산림청에 제출하기 위한 목적뿐 아니라, 실제 생산 작업의 원활한 관리와 경제적인 작업을 위해서도 필수적이다.

보통 여덟 명이 한 팀이 되어 조사하는데, 당시 회사에서는 매년 최소 3000ha를 조사해야 했기 때문에 네 팀을 상시 운용했다. 한 팀이 100ha(한 개의 뼈딱)를 조사하는 데는 캠프의 이동 시간 및 설치, 휴식 등의 시간을 포함하여 평균 15일 정도가 소요됐다. 따라서 3000ha를 조사하려면 한 팀이 450일, 즉 실제 정글 속에서 보내야 하는 기간만 1년 4개월이 필요하다. 그러나 우기와 식량 보급, 재충전을 위한 휴식 등을 감안하면 그 두 배의 시간이 필요하므로 최소한 네 팀이 있어야 한다.

서베이 결과를 산림청에 제출할 때는, 임목 축적 현황은 물론 산맥과 강, 그리고 나무의 위치 등 각종 지형의 특성을 1 : 4000 지도에 함께 표시하여 제출해야 하는데, 이를 작성하기 위해서 현장Field에서는 1 : 2000 지도를 만든다.

뼈딱별 구획은 우선 50000 : 1 지도 위에 설정된다. 이 지도 상에 구획된 뼈딱들은 실제로 Ground에서 똑같이 만들어지고, 각 뼈딱별로 임목 축적 조사가 이루어진다. 지도 상에서 뼈딱을 구획하는 방법은, 우선 벌채 예정지 내의 기준이 되는 기점基点(보통 두 개의 큰 강이 만나는 지점)을 선정한 다음 그 기점을 기준으로 동서로 기준선基準線을 설정한다. 이 기준선 상 매 1km 지점마다 정남, 정북 쪽으로 수직선들을 설정한 뒤에, 기준점에서부터 사방 1km의 정사각형 바둑판을 만든다. 이 바둑판을 벌채(개발)하고자 하는 전 임지 위에 설정한다. 3000ha를 개발하려면 약 30개의 뼈딱이 설정되는 것이다.

기준점을 주로 두 강이 만나는 지점으로 하는 것은, 아무런 표시도 없는 정글 속에서는 그런 지점을 찾기가 쉽기 때문이다. 만약 기준점을 잘못 잡아 서베이하면 엉뚱한 곳을 서베이하게 되어 모든 작업이 헛일이 된다. 요즈음 서베이어들은 기준점을 찾는 데 GPS를 이용하여, 지도 상의 기준점을 현장에서 정확하게 확인할 수 있다.

임목 조사팀(서베이 팀)이 처음 할 일은 지도 상에 표시된 기준점을 실제 답사하여 찾아낸 다음 페인트로 표시하고, 이 기준점을 중심으로 지도 상에 설정된 기준선과 뼈딱별 경계선을 측량하여 '린띠스'한 다음 그 린띠스 상에 붉은색 페인트로 표시한다. 이때 동, 서로 된 모든 경계선 상에는 매 20m마다 번호를 붙여 표시한다. 즉 매 1km의 뼈딱별로 상, 하 두 경계선(뼈딱의 남과 북쪽의 경계선)에는 각각 49개의 표시점들이 있게 된다.

이 표시점은 나중에 임목 조사 시 기준점이 된다. 이 표시점에는 일련번호와 함께 자신의 뼈딱 번호도 함께 표시된다. 사방 1km씩 한 개의 뼈딱 경계선이 전부 린띠스가 되고 페인트로 표시되면 그 뼈딱은 설정이 완료되고, 그 안에서 임목 조사 작업이 실시된다.

조사 팀원 여덟 명 중 팀 리더는 기록 및 팀의 통솔을 맡는다. 조리 담당 Tukang Masak(뚜깡 마삭)이 한 명 있고, 두 명은 Compass Man으로 서베이 작업 시 방향을 잡고 길을 열어 주는 역할이다. 다른 두 명은 임목 조사 담당자 Cruiser로 수종 식별은 물론 나무의 지름 및 높이를 정확히 측정할 수 있는 서베이어들이다. 이들은 조사 지역 내를 이리저리 다니면서 나무를 찾아내야 하기 때문에 Cruiser란 이름이 붙은 것 같다. 나머지 두 명 중 한 명은 Tape Man으로 서베이 거리를 측정하는데, 거리를 측정할 때 경사각도계 Level를 써서 수평거리를 재기 때문에 Level Man이라고도 한다. 나머지 한 명은 작업을 원활하게 하기 위한 Rintis open line(린띠스) Man이다.

3. 임목 축적 조사의 작업 방법

뼈딱의 경계선이 만들어지면, 뼈딱의 남쪽에 설정된 경계선, 즉 동, 서로 뻗은 경계선의 서쪽 끝 모서리에서 동쪽으로 처음 20m 되는 지점이 출발점이다. 이 지점은 뼈딱의 경계선을 만들 때 미리 표시해 놓았던 곳이다.

이곳에서 Compass Man이 정북 쪽을 향해 간단하게 린띠스(중앙선이 됨)를 만들면서 맨 앞에서 리드해 나간다. 또 다른 한 명의 Compass Man은 이 지점에서 다시 동쪽으로 20m 되는 지점(이 지점도 이미 표시가 되어 있음)에서 동시에 정북 쪽을 향해 중앙의 Compass Man과 나란히 린띠스^{Side}(경계선이 됨)를 하면서 나아간다. 이 두 린띠스 사이는 항상 20m를 유지해야 한다. 즉 항상 평행선이 되도록 한다.

중앙선에서 서쪽으로 20m 떨어진 곳은 그 뼈딱의 남북으로 뻗은 경계선이 이미 린띠스되어 있으므로 중앙선을 중심으로 좌우로 20m씩 경계선^{Rintis}이 있게 되는 셈이다. 중앙의 Compass Man이 정북 쪽으로 대충 린띠스하면서 방향을 잡고 나아가면, 전문 Rintis Man이 바로 뒤를 따라가면서 이 중앙선 상의 가시덩굴 등 진로를 방해하거나 시야를 가리는 작은 나무나 풀들을 베어서, 뒤따라오는 Level Man^{Tape Man}과 Recorder^{Team Leader}가 원활하게 작업 할 수 있도록 해 준다.

이 Rintis Man은 허리에 줄자^{Tape}를 묶어서 뒤로 길게 늘어뜨려 끌고 간다. 그 뒤로 Level Man이 따라가면서 20m 전진할 때마다 앞서 가는 Rintis Man에게 소리를 쳐서 그곳에 표시하게 한다. 표시는 작은 나무 막대기를 꽂아 두거나 그곳에 있는 나무의 껍질을 살짝 벗겨 내서 그 위치를 표시한 다. 뒤따라오는 Level Man은 다시 또 그 자리에서 20m를 잰다. 이 지점을 '스테이션Station'이라고 하는데, 스테이션마다 일련번호를 붙여 나간다. 즉 'Station No. 1'은 출발점에서 20m 되는 지점이며, 'No. 50'은 출발점에서 1km 떨어져 있는 지점, 즉 그 뼈딱의 북쪽 경계선 위에 있게 된다.

여기서 주의할 것은 20m 거리는 경사 거리(Ground 상의 실제 거리)가 아닌 수평 거리(지도 상의 거리)다. 즉, 평지에서 스테이션 간의 거리는 정확하게 20m지만, 평지가 아닐 경우 스테이션 간의 실제 거리(경사 거리)는 20m보다 더 멀게 된다. 물론 경사 각도가 클수록 더 멀어진다.

수평 거리에 대한 경사 거리는 Cosign 값으로 쉽게 환산할 수 있다. 예를 들어 경사도가 45도일 경우 경사 거리가 28.3m[20m×1.4142(Cosign 45도)] 되는 지점이 수평 거리로는 정확히 20m가 되는 지점이다.

줄자에는 경사도 10도, 20도, 30도 40도 등에 대한 경사 거리를(수평 거리 20m에 대한) 리본 등으로 각각 표시해 놓았다. Clinometer Level 뒷면에는 Cosign 값과 Sign 값이, Compass 뒷면에는 Tangent 및 Cotangent 값의 도표가 있다.

Level Man은 현재의 스테이션에서 Rintis Man이 가고 있는 그다음 스테이션 부근까지의 경사도를 재빨리 측정하여(경사계인 Clinometer로 측정함), 그에 맞는 경사 거리를 줄자에 표시된 리본 중에서 선택한 뒤 Rintis Man이 그만큼 갔을 때 신호를 보내, 다음 스테이션을 정한다. 즉 두 스테이션 간의 수평거리는 20m가 된다.*

Level Man의 바로 뒤쪽으로 팀 리더(기록)와 두 명의 임목 조사원Cruiser 이 중앙선을 기준으로 좌우로 그와 나란히 보조를 맞추면서 나간다. 좌우의 크루저들은 린띠스로 이미 경계가 표시된 각기 20m 넓이의 자기 지역 내를 돌아다니면서 임목을 조사한다.

팀 리더는 페이지마다 25칸의 가로 줄이 있고, 각 칸의 간격이 1cm인 서베이용 노트북Field Notebook**을 사용하는데, 그 중앙에 세로로 선을 그어 반으로 가르고, 그 중앙선 좌우 각각 1cm 넓이로 줄을 그어 구획해 놓는다. 즉, 각 페이지에는 칸마다 두 개의 정사각형이 만들어져 총 50개의 정사각형이 만들어지는 셈이다.

각 칸은 밑에서부터 일련번호를 붙이는데 두 페이지까지 계속 붙인다. 한 페이지가 25칸이므로, 50번까지 표시된다. 이는 현장에 있는 50개의 스테이션 번호와 일치되도록 하기 위함이다.

즉 스테이션 간의 실제 거리와 중앙선 좌우의 조사 거리가 각각 20m인데, 노트에는 각각 1cm로 축소하여 기록하게 되므로 이 노트는 축적이 2000분의 1이 되는 셈이다. 그 노트 한 칸에 있는 두 개의 정사각형인 $2cm^2$ 속에는, 한 스테이션의 좌우 20m, 즉 $800m^2$의 실제 상황이 표시된다.

좌우 크루저가 불러 주는 나무의 번호와 그 위치, 그리고 냇물, 강이나 능선, 암반의 위치, 경사의 정도까지 모든 지형의 특성이 스케치되면 노트의 같은 스테이션 위치에 기록된다. 크루저들은 자기 쪽 $400m^2$ 안에 있는 나무를 체크하여, 나무 번호(팀 리더에게 불러준 번호), 수종, 지름 그리고 높

---

* 정글 속에서는 가시거리가 20m 정도밖에 안 되기 때문에 모든 서베이의 기준 거리를 20m로 하고 있다. 길이의 단위 중 1Chain(체인)이 20m인데, 무엇을 기준으로 했는지는 잘 모르겠다.

** 이 필드 노트북은 길이는 약간 길지만, 폭은 10cm도 안 되어 서베이하면서 뒷주머니에 넣거나, 또 비가 올 때는 비닐로 싸서 가슴속에 쉽게 품을 수 있는 크기의 노트북이다.

이는 물론 그 나무의 위치 등을 노트에 기록한 뒤, 그 번호표를 나무에 실제로 부착한다.

번호표는 함석(양철, 인니 말로 Seng이라고 함)을 7cm × 4cm 크기로 잘라서 만드는데, 못으로 박아서 나무에 부착했으며 그 번호표에는 고유의 뻐딱번호도 함께 표시되어 있다. 이 번호표는 나중에 실제 나무를 벌채할 때 회수되어 그곳에서 어떤 나무들이 벌채되었고 아직 그곳에 어떤 나무들이 얼마나 남아 있는지를 파악할 수 있어서, 나중에 2차 개발을 할 때 참고 자료가 될 수 있었다.

요즈음에는 이렇게 함석으로 된 번호판을 사용하지 않는다. 이 양철 번호판은 플라스틱으로 된 바코드Bar-Code로 바뀌었고, 못질도 건 스테이플러Gun-Stapler가 대신하고 있다. 바코드는 원목이 벌채되어 선적되기까지 각 과정마다 스캔되어 컴퓨터에 입력됨으로써, 생산 현황은 물론 원목의 흐름을 각 공정마다 한눈에 파악할 수 있다. 또한 이를 정부의 로열티Royalty 등의 징수에도 이용함으로써 각종 부정의 소지도 줄일 수 있었다.

이렇게 1km를 정북 쪽으로 가면 뻐딱의 북쪽 경계선에 닿게 되는데, 붉은색 페인트로 표시된 이 경계선을 만날 때쯤이면 점심때가 거의 다 된다. 근처의 개울가를 찾아서 점심식사를 한 다음, 다시 정남 쪽으로 되돌아올 때는 이 뻐딱의 북서쪽 모서리에서 동쪽으로 60m 되는 지점(처음 경계선을 만들 때 이미 표시해 놓았음)이 새로운 중앙선의 출발점이 된다.

이러한 지점들은 경계선을 만들 때 미리 표시해 놓았기 때문에 설령 Compass Man이 잘못하여 중앙선의 중심에서 벗어났더라도, 되돌아올 때 수정되어 큰 오차를 방지할 수 있다. 물론 팀 리더는 서베이하는 중에 계속해서 자기 Compass로 중앙선이 제 방향으로 가고 있는지 체크한다. 남쪽으로 1km를 내려오면 남쪽의 경계선을 만나게 되고, 총 길이 2km에 넓이 40m, 즉 8ha에 대해 100% 임목 조사와 지형 조사까지 마치게 된다.

당연한 이야기지만 이 조사의 정확성은 서베이어들의 성실성 여하에 따라 크게 좌우된다. 그래서 한국인 서베이어 감독이 필요했던 것이다. 꾀를 부려 저쪽에 떨어져 있는 나무에 번호표를 붙이지도 않고 정글에 버리고는 번호만 불러 주거나, 적당히 우회하여 스테이션을 정확하게 표시하지도 않는 등 요령을 피우려 들면 한이 없다.

그렇게 그날의 작업량을 끝내고 뿐독으로 돌아오면, 팀 리더는 그날 기록해 온 4페이지(8ha)를 노트북에서 떼어내서 짝을 맞추어 붙인다. 이를 붙이면 폭(동서)이 80m, 길이(남북)는 1km짜리 지도가 된다. 이때 각 페이지마다 표시된 같은 강과 능선들을 서로 이어 주고, 또한 미진한 부분은 같이 서베이했던 팀원들의 의견을 들어서 보완하고 나면, 그날 서베이한 8ha에 대한 완벽한 1 : 2000의 지도가 만들어지는 것이다.

능선과 강은 서로 반드시 이어지게 되어 있으므로 쉽게 연결할 수 있다. 또한 주산맥이나 강의 너비, 또 물이 흐르는 방향 등도 모두 표시하기 때문에 이 지도의 정확성은 90% 이상이다. 이 연결 작업은 보통 한 시간 정도 걸리는데, 이렇게 12~13일간 작업을 하면 한 팀이 100ha, 즉 한 개 뼈딱의 조사를 마치는 것이다.

이 1 : 2000 지도는 베이스캠프에서 1 : 4000 지도로 축소되어 산림청에 제출되는데, 여기에도 조사된 모든 자료가 포함되어 있어서, 원목 생산 작업에 없어서는 안 될 기본 자료로 활용된다.

4. 임목 축적과 원목 재적의 계산

❶ 임목*의 축적 계산 방법

● 임목의 평균 지름 측정 방법

크루저Cruiser의 노트에는 조사된 나무의 수종과 지름, 높이 등이 기록되어 있기 때문에 이를 이용하여 수종별, 크기별로 임목 축적蓄積을 계산할 수 있다.

우리가 일반적으로 쓰는 임목 축적이란 서 있는 나무林木의 재적을 말하는데, 실제로 그 나무의 밑동이나 가지 등을 제외하고 상품으로 쓸 수 있는 통나무原木만을 가상假想하여 그 재적材積을 구하는 것이다. 통나무의 재적은 통나무 중간의 단면적, 즉 평균 단면적에 길이를 곱하면 된다. 평균 단면적은 통나무의 평균 지름을 알면 쉽게 구할 수 있다.

임목의 평균 지름을 얻기 위해서는 땅에서부터 사람 가슴 높이인 곳(땅에서 1.2m 되는 곳)의 지름을 재면 구할 수 있다. 이 지름을 흉고지름胸高直徑, Diameter of Breast Height, DBH이라고 한다. 이때 '지름자Diameter Tape'로 나무의 둘레를 재면 바로 그 지름을 읽을 수 있다.

---

* 임목(林木)은 서 있는 나무(Standing Tree)를 말하며, 입목(立木)이라고도 한다. 원목(原木, Round Log)은 서 있는 나무를 베어서 가지 등을 쳐낸 뒤 잘라 놓은 통나무를 말한다.

나무의 둘레^{Girth}는 지름^{Diameter}에 파이^π를 곱하면 구할 수 있는데, 역으로 나무 둘레를 파이로 나눠 주면 지름을 구할 수 있다.* 이를 이용한 줄자가 바로 지름자다. 즉, 지름자의 1cm는 실제로 3.14159……cm다.

열대림^{Tropical hardwood}(남양재)은 나무껍질^{樹皮, Bark}이 보통 2~3cm나 된다. 물론 수종에 따라 천차만별이라 어떤 나무는 껍질이 비늘같이 얇은 것도 있고 또 어떤 나무는 5cm가 넘기도 한다. 그래서 수피를 포함한 지름^{Diameter on Over Bark}과 수피를 뺀 순 목질^{木質} 부분만의 지름^{Diameter on Under Bark}은 수피 두께의 두 배인 평균 4~6cm 차이가 난다. 그래서 이를 임목(원목) 재적 계산에 적용하면 많은 차이가 나기 때문에 반드시 구분해 주어야 한다.

우리가 정글에서 서베이할 때의 지름은 수피를 포함한 지름이며, 임목 재적표^{林木 材積表, Tree Volume Table}는 이를 토대로 수종과 그 나무의 지름에 따른 수피의 두께를 고려하여 이를 제외한 순수 목질부의 지름으로 환산된 재적표다. 서 있는 나무의 평균 지름을 구하기 위해서는 그 나무의 중간 부분까지 올라가서 재지 않고서는 알 수가 없지만, 서베이할 때 측정한 흉고지름을 이용해서 구할 수 있다.

보통 나무는 원추형처럼 생겨서 밑부분이 크고 윗부분으로 갈수록 작아진다. 물론 모든 나무가 똑같은 형태로 작아지는 것이 아니고, 수종에 따라, 또는 같은 수종의 나무라도 그 나무의 수령^{樹齡}(나이)이나 나무의 크기 또는 높이에 따라서 그 작아지는 형태나 비율이 각각 다르다. 어떤 나무는 거의 원통형처럼 자라서 나무 밑에서 위쪽 끝까지 크기가 그렇게 차이

---

* Diameter = Girth/π

가 나지 않지만, 어떤 나무는 원추형처럼 밑부분의 크기와 윗부분의 크기가 상당히 많은 차이가 난다.

나무의 높이가 1m 높아질 때마다 지름이 달라지는 비율을 '테이퍼 레이트Taper Rate'라고 하는데, 수종과 나무의 크기(지름)에 따라 테이퍼 레이트를 조사해서 계산해 놓은 테이블Table이 있다. 나무의 수종과 지름(흉고지름) 그리고 높이를 이 테이블에 대입하면 그 나무의 평균 지름을 읽을 수가 있다. 물론 100% 정확하지는 않지만 신빙성이 있는 테이블이다.

● 임목의 높이(길이) 측정 방법

나무의 높이는 맨 위쪽 가지 끝까지 재는 것이 아니고, 상품 가치가 있는 나무의 몸통 부분만을 측정하여 그 길이만을 잰다. 즉, 나무 아래쪽의 지상근地上根, Buttress(인도네시아 말로 Banir 바니르)이 끝나는 곳부터 위쪽으로는 나무가 가늘어지기 시작하거나 가지가 뻗어 있는 그 밑부분까지만을 잰다. 실제로 통나무로서 쓸 수 있는 곳까지의 길이(높이)만을 측정하는 것이다.

이때 서 있는 나무의 높이를 재기 위해서는 굳이 나무에 올라갈 필요 없이, 중학교 때 수학 과정에서 배우는 'Tangent'의 원리를 이용한다. 20m 줄자와 경사각을 잴 수 있는 경사계Clinometer만 있으면 쉽게 구할 수 있다.

우선, 측정하고자 하는 나무로부터 수평 거리로 정확히 20m(또는 10m) 떨어진 지점(P)을 정한다. 이 'P' 지점은 측정하고자 하는 나무 전체를 볼 수 있는 곳이어야 한다. 이곳(P)에서 그 나무의 통나무로 쓰일 수 있는 위쪽 끝(A)과 아래쪽 끝(B) 지점을 정한다. 이 두 지점 간의 길이는 구하고자 하는 그 나무의 높이가 된다. 만약에 이 두 지점이 측정하는 눈의 위치보다 모두 위쪽에 있거나 모두 아래쪽에 있을 때는(이때는 A와 B가 바뀌지만), 그 길이를 다음과 같이 측정할 수 있다.

위쪽 지점(A)까지의 경사각이 'a'라면, 지상(서베이어의 눈높이)에서 그곳까지의 높이는 20m × Tangent a가 된다. 만약 a가 45도라면 눈높이에서 그곳까지의 높이는 20m(만약 P가 10m 지점이면 10m)가 되는 것이다. 그러나 상품 가치가 없는 B 부분 아래쪽은 빼 주어야 실제 필요한 높이(길이)를 구할 수 있는데, 아래쪽 B 지점까지의 경사각이 'b'라면, 20m × Tangent b의 값은 눈높이에서 B까지, 즉 상품 가치가 없는 높이(길이)를 말한다. 그래서 실제 구하고자 하는 임목(원목)의 높이(길이)는 먼저 구한 값에서 이를 빼 주면 된다.

만약 측정하고자 하는 A, B 두 부분이 눈높이의 위쪽과 아래쪽에 각각 따로 위치할 때는 20m에 대한 Tangent a의 값과 Tangent b의 값을 합한 값이 구하고자 하는 임목의 높이가 된다. 이렇게 서 있는 나무의 평균 지름과 높이를 모두 측정할 수 있다.

임목 재적 계산표林木材積計算表, Tree Volume Table는 테이퍼 레이트 테이블과 원목 재적표Round Log Volume Table를 한데 묶어서 나온 테이블인데, 서 있는 나무의 수종과 DBH 그리고 높이를 대입하면, 임목 재적Volume을 소수점 이하 네 자리까지 알려 준다. 참으로 유용한 재적 계산표다. 이를 활용해 서 있는 나무의 재적을 계산할 수가 있으며, 전 임지의 임목 축적을 추정할 수 있다.

하지만 실제로 서베이할 때에는 모든 나무를 일일이 지름자와 경사계를 사용하여 지름과 높이를 잴 수 없다. 총 3000ha에서 경제적 가치가 있는 나무들만 조사한다 해도 대략 25000~40000본의 나무가 있는데, 앞서 설명한 방법으로 그 나무들의 지름과 높이를 일일이 쟀다가는 엄청난 시간 과 인원이 필요할 것이다.

그래서 현지인 서베이어들은 물론 한국인 서베이어들도 사전에 목측目 測, Eye-Measurement 훈련을 한다. 산에 들어가 나무 하나하나에 대해 실제로 위에서 설명한 방법으로 높이와 DBH를 실측하고, 목측을 하면서 훈련하 는 것이다. 목측의 정확도가 80% 이상 될 때까지 계속 훈련하고, 최종 테 스트를 통과해야 크루저급 이상의 서베이어로 선발될 수 있다. 서베이어 중에 베테랑급들은 한눈에 수종은 물론 DBH와 높이를 아는데, 그 정확 도가 90% 이상이니 반드시 필요한 훈련이라 하겠다.

❷ 원목의 재적 계산 방법

원목原木의 재적Volume은 임목의 재적 계산 방법과 똑같이 평균 지름에 의 한 평균 단면적을 구해서 그 길이를 곱하면 바로 구할 수 있다. 그러나 원 목은 임목과 달리 지름을 어느 곳이든 실제로 잴 수 있다.

이때 평균 지름이라 함은 보통 원목 중간 지점의 지름이거나 또는 원목 양쪽 단면의 두 지름의 평균치를 말한다. 즉 전자는 나무 중간의 '중앙의 단면적'을 구해서 길이를 곱하여 재적을 구하는 중앙 단면적 방식인데, 이 를 '호퍼Hoper의 방식'이라 한다. 후자는 '양쪽 끝 단면적의 평균 면적'을 구 해서 길이를 곱하는 평균 단면적 방식으로 '브레레톤Brereton' 방식이라고 한다.

이 두 가지 방법은 현재 남양재 원목의 대표적인 재적 계산 방법으로 널 리 쓰이고 있다. 그러나 실제로 천차만별 제멋대로 생긴 원목의 진짜 평균 지름이 상기의 두 평균 지름과 꼭 같다고 할 수는 없다.

두 방법으로 잰 평균 지름은 같은 원목이라 해도, 각각 다르게 나오기 때문에, 원목 시장에서는 어떤 방법으로 쟀느냐에 따라 재적당 값이 달리 매겨진다. 원목의 생김새나 수종에 따라서 다르지만, 보통 중앙 단면적으로 계산한 재적이 평균 단면적으로 계산한 재적보다 수치상으로 적게 나온다. 참고로 미국산 미송美松 원목의 재적은, 원목 말구末口(원목의 위쪽 끝 부분. 아래쪽은 원구原口라고 함) 쪽의 지름을 제곱해서(원이 아닌, 그 안쪽 정사각형의 면적) 원목의 길이를 곱한 값으로 재적을 구한다.

즉 통나무 재적이 아니라 그 통나무를 제재製材하여 각목角木으로 생산될 각목의 재적을 말하는데, 제재할 때 떨어져 나가는 부분은 원목 재적으로 인정하지 않는 것이다. 물론 그만큼 원목 가격이나 배의 운임에 반영되고 있으니, 사는 사람 입장이나 파는 사람 입장에서 볼 때 서로 누구에게 유리하다고 할 수 없는 같은 입장이라고 할 수 있다.

원목의 지름과 길이를 구할 때 호퍼 식이나 브레레톤 식을 같이 쓰더라도, 실제로 자로 잴 때 어떻게 재느냐에 따라서 그 결과는 아주 다르게 나온다. 심지어 나라마다 '그레이딩 룰Grading Rule'과 '스케일링 룰Scaling Rule'이 따로 있지만, 같은 원목을 같은 그레이딩 룰로 재더라도 누가 재느냐에 따라 그 수치가 다르게 나올 수 있다.

5. 임도 예정선 조사

산판 개발의 성패를 좌우하는 중요한 요소 중의 하나가 임도林道다. 어쩌면 제일 중요하다고 할 수 있는 이 임도는 벌채된 원목을 베이스캠프나 선적 항구까지 트럭 또는 트레일러Logging truck/trailer 등으로 실어 나르기 위해 건설된 도로를 말한다. 임도는 그 용도에 따라 보통 세 가지로 구분하여 건설된다. 주임도Main Road, 부임도Secondary/Spur Road 그리고 지선 도로Feeder Road 등이다.

주임도는 그 임지의 개발이 완전히 종료될 때까지 계속 사용되는 도로로 임지 전체를 커버하는 주 동맥이다. 경사도와 도로의 굴곡을 최대한 낮추고, 가능한 최단거리로 전체 임지를 커버하도록 설계한다. 또한 우기에도 운반 작업Trucking이 이루어질 수 있도록 전천후 도로에 가깝게 도로 표면Surface을 다져주는 것은 물론 돌이나 자갈 등도 깔아 준다.

부임도는 임지 내에 2~3년 정도면 개발이 끝나는 지역을 위해 건설되는 도로다. 비교적 큰 강이나 산맥으로 둘러싸인 지역을 따로 구획하여(이를 Coupe라고 함), 그 지역을 개발하기 위해 건설된다. 결국 그 지역의 개발이 끝나면 도로의 수명도 끝나 건설 비용을 많이 들일 필요가 없으므로 주임도보다는 폭도 약간 좁고, 경사도도 약간 높아진다.

지선 도로는 몇 개월 또는 1년 이내로 개발이 끝날 수 있는 지역에 건설

되는 도로다. 벌목해서^{Felling} 불도저로 끌어오는^{集材, Skidding/Yarding} 거리가 길어지면 생산성이 떨어지는데, 이럴 경우는 도로를 만들어 트럭으로 운반하는 것^{Trucking}이 불도저로 끌고 오는 것보다 훨씬 빠르고 비용도 적게 든다. 물론 임지의 지형 상태나 임목 축적 등에 따라 다소 유동적이기는 하지만, 보통 집재 거리가 500m를 넘으면 임도를 건설하여 운반하는 것이 더 경제적이다.

주임도는 보통 그 임지 전체를 커버할 수 있도록 건설되어야 하는 관계로 물론 그 임지의 크기에 따라 길이가 다르다. 만약 임지가 큰 강이나 높은 산맥으로 분리되어 도로를 연결할 수 없을 때는 제2의 주임도를 따로 건설하고, 제2의 베이스캠프도 건설해서 별도로 개발해야 하는데, 그만큼 추가적인 비용이 들 수 있다. 부임도의 경우 그 길이는 20~30km, 지선 도로인 경우 5km 내외가 보통이다.

모든 임도의 예정선 구획은 임목 축적과 지형 등을 고려하여 사무실에서 50000 분의 1 지도 상에 설계된다. 지도 상에 설계된 임도 예정선에 대해 실제로 현장을 답사하여 건설 가능성 여부를 조사하는 작업이 임도 서베이다. 그래서 서베이어 중 경험도 많고 성실하며, 머리도 어느 정도 좋은 베테랑들로 구성된 한 팀이 이 서베이를 전담한다.

보통 일곱 명으로 한 팀을 구성하는데, 이들은 예정선 자체는 물론 그 주위의 여러 지역을 폭넓게 여러 차례 답사하여 도로 건설에 문제가 없는지, 그리고 그 예정선보다 더 좋은 임도를 건설할 수 있는지 등을 조사한다.

주임도와 부임도 그리고 지선 도로는 각각의 용도에 맞게 그 기준들이 서로 다른데, 이 기준에 맞게 건설될 수 있는가 등이 우선 고려되어야 한다. 예정선이 능선을 넘을 때는 능선 상에 말 안장처럼 움푹 들어간 곳 Saddle(모든 냇물이나 강의 시발점이 되는 곳)을 타고 넘어가야 도로의 경사도가 낮아진다.

비교적 큰 강이나 높은 산을 통과해야 하는 임도 예정선인 경우, 미리 강의 교량 설치 예정 지점과 산맥의 가장 낮은 Saddle을 사전에 서베이하여 예정선을 설정한다. 만약 강폭이 너무 넓거나 Saddle이 너무 높아 통과하기 어렵다면 예정선을 다른 곳으로 돌려야 한다. 또한 큰 암반이나 습지 Swamp 등을 만나도 예정선을 변경해 주어야 한다. 건설 비용이 너무 많이 들기 때문이다.

예정선이 확정되면 린띠스를 하고, 나침판Compass과 경사계Clinometer로 방향과 경사도 그리고 거리 등을 측량하여 기록한다. 이 기록Data을 가지고 지도 상에 플로팅Floating 작업을 하면, 예정선이 제대로 올바른 방향으로 가고 있는지, 경사도 등도 요구 조건을 충분히 갖추고 있는지 등을 확인할 수가 있다.* 확정된 예정선은 린띠스를 넓게 확실히 해 주고, 페인트로 표시하여 임도 건설 팀이 쉽게 알아볼 수 있도록 한다.

임도의 경사도는 원목을 싣고 나올 때의 오르막Up 경사도Adverse Degree가 원목을 싣기 위해 빈 차로 생산 현장으로 들어가는 경사도Favorable Degree보다 더 중요하다. 트레일러의 경우 경사도가 17%, 트럭의 경우는 20% 이상 되면 짐을 싣고 올라가기가 벅차다.** 그래서 보통 Adverse의 오르막 경사도를 주임도는 14%, 부임도는 17%, 지선도로는 20%를 최대 경사도로 기

---

* 요즘은 임도를 건설할 때 깎아내야 할 토사량과, 매워 줘야 할 토사량 등도 모두 계산해 주는 소프트웨어가 있어서 장비 내역, 건설 기간 등을 쉽게 예측할 수 있다.
** 참고로 트레일러는 50~60m³(30~35톤), 트럭의 경우는 30~35m³(15~20톤)를 적재할 수 있다.

준(트레일러)을 삼는다. 트럭^{Logging Truck}은 이 기준에서 +3% 정도 여유가 있다. 물론 내리막^{Down} 경사도도 안전을 위해 너무 가파른 내리막길은 피한다. 임도의 폭은 주임도는 8~10m, 부임도는 6~8m 그리고 지선 도로는 6m 내외가 기준(트레일러)이다. 트럭은 -1~2m 여유가 있다.

주임도 예정선의 서베이 작업은 보통 생산 작업이 시작되기 1년 전에는 시작되어야 하고, 실제로 임도 건설은 늦어도 6개월에서 1년 전에는 완료되어야 한다. 새로 건설된 임도는 흙이 아직 굳지 않아 당장 이용할 수도 없으므로 어느 정도 시간을 두면서 그동안 자동차도 다니고, 비에 어느 정도 노면도 다져지면 보수 작업 등을 한 뒤에 사용해야 무리가 없다.

도로를 건설할 때는 도로 위에 빗물이 고이지 않도록 도로 가운데를 도톰하게 올려 주고, 길 양옆에는 물길을 만들어 빗물이 잘 빠지도록 한다. 또한 경사진 곳이나 움푹 파인 곳 등에는 자갈이나 돌멩이를 깔아 비가 와도 미끄러지지 않게 하거나, 물이 고여 도로가 더 파이지 않도록 방지해 준다.

이때 최소한의 비용으로 어떻게 빨리 전천후 도로를 만들어 주느냐에 따라 산판 사업의 성패가 달려 있다 해도 과언이 아니다.

6. 일장일단이 있는 두 가지 임도 건설 방법

산판 사업에서 임도의 중요성은 이미 언급한 바 있다. 그런데 미국이나 캐나다 등에 있는 선진 회사와 한국, 말레이시아, 인니 등 신흥 개발도상국에 있는 회사의 임도 건설 방법은 확연한 차이가 있었다. 하지만 어느 방법이 더 효과적이고 경제적인지 따질 수 없을 만큼 서로 일장일단이 있다.

굳이 분류하자면 서양식은 돈과 시간이 많이 들더라도 전천후로 건설하여 우기나 건기에도 계속 원목 생산을 할 수 있도록 임도에 과감하게 투자하는 것이다. 반면 동양식은 임도가 완벽하지는 않지만 저렴하게 빨리 건설하여, 초기 투자를 줄이면서 이에 따라 투자한 자본도 일찍 뽑아 재투자한다는 생각이다.

어쨌든 사업을 오랫동안 안정적으로 확실하게 운영하려면 비록 초기에 자본이 많이 들고 시간이 좀 지체되더라도 서양식으로 임도를 건설해야 하는 것이 옳다고 생각한다. 그러나 지금처럼 환경 문제나 자원의 국가주의Nationalism 등에 의한 장기적인 사업 보장이 불확실한 상황에서는 동양식의 치고 빠지는 단타 위주의 방식도 설득력이 있다.

물론 어떻게 임도 건설을 할 것인가는 임지의 지형 상태나 임목 축적이 가장 중요한 고려 사항이지만, 기본적인 방향을 어떻게 잡을지는 최고 경영자가 결정해야 할 사항이다. 같은 조건의 임지라도 임도 건설을 어떤 방법으로 설정하느냐에 따라서 그 결과에는 상당한 차이가 있을 수 있다. 이 서로 다른 임도 건설 방법의 차이점과 효과를 살펴보면 다음과 같다.

'서양식'이란 임도를 건설할 때 가능하면 강이나 냇물을 따라서 임도를 건설하는 방법을 말한다. 강을 따라 임도를 건설하면 도로의 경사가 상대적으로 완만해진다. 그러나 강에서 갈라져 나온 많은 강 지류들을 모두 건너가야 하므로 그때마다 교량이나 암거^{暗渠, Culvert}를 건설해야 한다. 암거는 아주 작은 도랑을 건너기 위해 교량 대신 파이프나 구멍이 난 원목^{Hollow Log} 등을 도로 밑에 깔아서 물이 지나가도록 해 주는 아주 작은 교량을 말한다. 이렇게 교량을 건설하려면 많은 시간과 비용이 필요하다.

게다가 강 주위에는 암벽이 산의 능선 쪽보다 상대적으로 많은데 이들 단단한 암벽은 다이너마이트 등으로 폭파해 주어야 한다. 물론 이를 위한 전문 인력과 비용도 만만치 않다. 또한 강을 따라간다는 의미는 절벽을 끼고 그 옆을 타고 가는 것이기 때문에, 도로 한쪽은 깎아낸 절벽이고 다른 한쪽은 벼랑인 경우가 많다. 비가 오면 절벽 위에서 산사태로 흙이 무너져 내리거나 벼랑 아래쪽으로 도로가 유실되는 등, 이 때문에 도로가 막히는 경우가 비일비재하다. 이를 방지하기 위해서는 절벽 위쪽에서부터 계단식으로 몇 계단을 깎아내린 다음 그 아래쪽에 도로를 건설해야 한다. 이를 '테라스^{Terrace}' 작업이라고 하는데, 이런 이중, 삼중 작업으로 시간과 비용이 많이 들게 된다. 건설 비용뿐만 아니라, 임도의 사후 관리 비용 또한 동양식에 비해 상대적으로 많이 든다.

그러나 경사도가 완만하여, 도로 표면에 자갈이나 돌 등을 깔아서 포장해 주면 전천후 도로가 된다. 또한 이렇게 완만한 도로에서는 원목 운반용으로 Logging Trailer를 사용할 수 있어서, 한 번에 많은 원목을 실어 나를 수 있다. 경사가 급한 도로에서는 Trailer를 쓸 수가 없고 Logging Truck을 쓸 수밖에 없는데, Truck을 사용할 때 원목의 길이는 Truck의 길이에 맞게 짧게 잘라 주어야 하고(이는 원목 Quality에 영향을 줌), Trailer처럼 한 번에 많은 양도 실을 수 없다. 따라서 원목의 운반 비용(Trucking 비용)이 크게 차이가 난다.

반면에 '동양식'이란 능선을 따라서 건설하는 것을 말한다. 능선을 타고 임도를 건설하면 테라스 건설이 줄고, 강이나 냇물의 지류도 만날 일이 별로 없으니 교량이나 암거 건설 또한 훨씬 줄어든다. 이에 따라 임도의 건설 속도도 강을 따라 건설하는 것보다 두 배 이상 더 빠르다. 결국 임도 건설 비용이 강을 따라 건설하는 것의 절반밖에 들지 않는다. 게다가 암반 제거 비용이나 교량 건설 비용 등도 절감할 수 있으니, 그 비용 차이는 엄청나다.

물론 능선만을 따라서 임도를 건설할 수는 없다. 능선이 평평하게 계속 뻗어 있는 경우는 거의 없기 때문이다. 능선을 따라가다가 능선이 급경사로 올라가면 산허리를 잘라서 가야 하고, 반대로 능선이 떨어지면 미리 그 산허리로 내려서 임도가 급경사가 되지 않도록 해 주어야 한다.

능선을 따라 건설된 임도는 산 정상에 있으므로, 골짜기에 건설된 임도보다 햇볕을 더 많이, 더 오랫동안 받을 수 있어 비가 와도 도로 표면이 빨리 건조되는 유리한 점도 있다. 문제는 능선을 타고 건설되기 때문에 경사도가 강을 따라 건설된 임도보다 훨씬 심하고, 자갈 등으로 표면을 깔아주더라도Surfacing 워낙 경사가 심하다 보니 비가 오면 원목 운반Trucking 작업에 그만큼 더 영향을 준다.

중요한 것은 일단 주임도Main road를 위의 두 가지 중 어느 하나로 선택하면, 이 주임도에서 뻗어 나가는 나머지 부임도Secondary/Spur Road나 지선도로^{Feeder Road}도 이 주임도 방식을 따라야 한다. 능선 상에 건설된 주임도에서 갑자기 강가로 내려와 부임도를 건설할 수는 없기 때문이다. 또한 반대로 강가에 있는 주임도에서 갑자기 산꼭대기로 부임도를 연결하는 것도 불가능하다.

능선 상에 건설된 임도는 주로 산의 위쪽에 건설되므로, 나무를 벌채^{伐採}하는 현장은 보통 이 임도 아래쪽에 있게 된다. 물론 강가를 따라 건설된 임도는 반대로 대부분의 벌채 현장이 임도보다 위쪽에 있다. 즉 벌채된 원목을 현장에서 임도까지 불도저로 끌고 올 때^{集材, Skidding}, 한쪽은 위쪽에서 아래로 끌고 내려오고, 다른 쪽은 밑에서 위로 힘들게 끌고 올라가게 된다. 그러니 당연히 원목의 집재 비용^{集材費用, Skidding Cost}에 차이가 나는 것이다.

정리하자면, 서양식은 초기 비용과 건설 기간이 상대적으로 많이 요구되는 반면, 생산 비용 즉, 집재^{Skidding} 비용과 운반^{Trucking} 비용 등이 적게 들고 또한 건기나 우기에 크게 관계없이 지속적으로 생산할 수 있는 장점이 있어, 장기적으로 보면 오히려 더 경제성이 있다고 볼 수 있다.

그러나 동양식은 초기에 큰 비용을 투자하지 않고, 임도 건설을 빨리 진행시켜 원목 생산을 일찍 시작하고 원목 시황이 좋을 때에 속전속결로 자금을 확보한다. 이렇게 일단 1차로 전 임지를 재빨리 훑고 지나간 뒤, 다시 원래 시작했던 곳으로 돌아가 제2차 생산^{Relogging, Secondary logging}을 한다. 만약 그 사이 무슨 일이 있더라도 투자금은 이미 확보한 뒤여서 그만큼 위험은 작다고 보는 것이다.

어쨌든 어느 방법을 선택하느냐는 그 임지의 지형 상태나 경영자의 결정 여하에 따라 결정된다고 볼 수 있다.

KI신서 4261

정글
서베이어

1판 1쇄 인쇄 2012년 9월 24일
1판 2쇄 발행 2013년 1월 7일

지은이 한동천
펴낸이 김영곤 **펴낸곳** (주)북이십일 21세기북스
부사장 임병주
MC기획1실장 김성수 **BC기획팀** 심지혜 장보라 양으녕
출판개발실장 주명석 **편집1팀장** 박상문 **디자인 본문** 네오북 **표지** 씨디자인
마케팅영업본부장 최창규 **영업** 이경희 정경원 정병철
마케팅 김현섭 민안기 강서영 최혜령 김해나 김다영 이은혜
출판등록 2000년 5월 6일 제10-1965호
주소 (우 413-120) 경기도 파주시 회동길 201(문발동)
대표전화 031-955-2100 **팩스** 031-955-2151
이메일 book21@book21.co.kr **홈페이지** www.book21.com
트위터 @21cbook **블로그** b.book21.com/book_21

ISBN 978-89-509-4018-8 03810
책값은 뒤표지에 있습니다.